Heiß, heiß!
Beiß, beiß!
Aus einer alten Nußknacker-Geschichte für Kinder . . .

»Fort, fort mit dem abscheulichen Nußknacker!«
Prinzessin Pirlipat
(in E. T. A. Hoffmann, Nußknacker u. Mausekönig)

Nußknacker, hebelartiges Gerät zum Aufknacken von Nüssen. Einen N. mit Hebelkraft kannte schon Aristoteles um 330 v. Chr.
DER GROSSE BROCKHAUS

Zur Nußknackertheorie:
Harte Schale – süßer Kern!

Nußknacker, – 2. (landsch.) [alter] Mann [mit grimmigem Gesichtsausdruck]; –
Aus: Duden, Gr. Wörterbuch

»Aber lieb ist mir doch Nußknacker gar zu sehr, weil er so komisch ist und doch so gutmütig, und darum muß er gepflegt werden, wie sich's gehört!«
Marie Stahlbaum
(in E. T. A. Hoffmann, Nußknacker u. Mausekönig)

Da kriegte der Nußknacker rote Ohren – er hatte sein zweites n verloren . . .
Frantz Wittkamp

WER IST DAS?

für Christine Nöstlinger
zum 50. Geburtstag
am 13. 10. 1986

Alle Tage, immer wieder
muß ich an dich denken;
was ich denke, schreib ich nieder,
um es dir zu schenken.

Frantz Wittkamp

Nussknacker

ÜBER KINDERBÜCHER UND AUTOREN...
WERKSTATTBUCH VON HANS-JOACHIM GELBERG

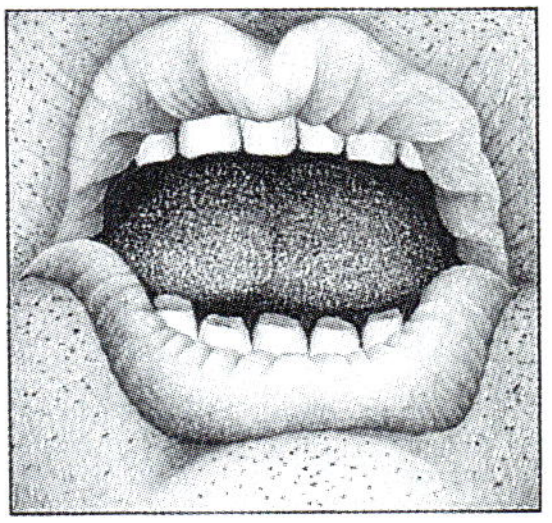

BELTZ & Gelberg

Das Bild auf dem Innendeckel hat Anne Bous gemalt; es wurde für diese Ausgabe gegenüber dem Original vergrößert, koloriert und im Ausschnitt verwendet; entnommen wurde es dem großen Illustrationswerk »Phantastische Reise« (90 Bildtafeln) von Anne Bous zur Nonsensgeschichte »The story of four little children, who went round the world« von Edward Lear; es erschien 1973 als Kinderbuch bei Beltz & Gelberg (mit mäßigem Erfolg). Die Textstelle hierzu lautet (in der Übersetzung von Josef Guggenmos): »Aber es kam noch viel schlimmer, als ihnen nämlich Millionen und Abermillionen Orangen auf die Köpfe fielen. Das plumpste und bumste und bumste und plumpste so gewaltig auf sie herab, daß sie, hast du, was kannst du um ihr Leben laufen mußten ...« Die von Edward Lear gezeichneten »Weltreisenden« sind nachfolgend abgebildet:

Darf ich dir etwas Kostbares geben?
Ich gebe dir zehn Minuten Zeit
und ein Kästchen, um sie aufzuheben.
Dann hast du ein Stück Ewigkeit.

Frantz Wittkamp

WER IST DAS?

Einmalige Auflage!

Gullivers Bücher (15)

Programm Beltz & Gelberg, Weinheim
Reihenlayout und Einband von Wolfgang Rudelius, Friedberg
Gesamtherstellung Druckhaus Beltz, 6944 Hemsbach
Printed in Germany
10.86.1
ISBN 3 407 78015 X

Überblick (keineswegs vollständig):

Der Bleistift flüsterte: »Glaube mir, ich kann ohne dich nicht leben.«
»Du Schmeichler«, sagte das Blatt Papier, »das mußt du mir schriftlich geben.«
Frantz Wittkamp

Kinder sind anders?

Vorwort von Hans-Joachim Gelberg

Sind sie es, oder sind sie es nicht – anders? Die Größenverhältnisse sind anders. Das auf jeden Fall. Zunächst. Später nicht mehr. Noch später wieder – nur umgekehrt. Und alles fängt von vorne an. Ein Grundfehler ist wohl, unausgesetzt den falschen Maßstab zu benutzen. So wie Gulliver, der es einmal mit kleinen Leuten zu tun hat (sie sind nicht wirklich klein – nur Gulliver sieht sie so klein), ein anderes Mal mit riesigen Leuten. Wer ist nun mustergültig, sozusagen? Verhalten sich nicht alle so, wie es menschenüblich ist? Mit Swift gesprochen: unvernünftig. Das meint, zwischen KLEIN & GROSS gibt es keinen wesentlichen Unterschied. Aber es gibt ihn natürlich doch. Es ist eine Frage der Macht. Natürlich auch von Machtmißbrauch.
Unter dem 31. August (heute ist der 31. August 1986) finde ich in meinem Lieblingsbuch*, mit Hinweis auf den Geburtstag von Maria Montessori (1870), ein Zitat**, das heute geschrieben sein könnte:
»Das schlimmste Vergehen der menschlichen Gesellschaft ist, daß sie das Geld vergeudet, das sie ihren Kindern zugute kommen lassen müßte, ja, daß sie dieses Geld darauf verwendet, die Kinder und sich selbst zugrunde zu richten. Dem Kind gegenüber hat sich die Gesellschaft so verhalten wie ein Vormund, der ein Vermögen verschleudert, das nicht ihm, sondern seinen Mündeln gehört. Der Erwachsene verbraucht sein Geld für sich, wo doch offensichtlich ein gut Teil des Reichtums für das Kind bestimmt sein müßte. Dies ist eine allem Leben innewohnende Wahrheit: die Tiere, und unter ihnen selbst die primitivsten Insekten, legen dafür ein Zeugnis ab. Warum speichern die Ameisen Nahrung auf? Warum suchen die Vögel Würmer und tragen sie zum Nest? In der Natur gibt es kein Beispiel von Erwachsenen, die alles selbst aufbrauchen und ihre Nachkommenschaft dem Elend preisgeben ...«
Mehr ist nicht dazu zu sagen. Auch nicht weniger.
Man (er oder sie) kann nicht über einen längeren Zeitraum hinweg Bü-

* Wolfgang Weyrauch · Kalenderbuch
365 Tage lesen
Büchergilde, Frankfurt 1977

** Maria Montessori; Kinder sind anders, 1938

»Tiere in Lilliput«
Grandville (1838)

cher für Kinder machen, ohne Partei für die Kinder zu ergreifen. Das sagt sich schön (viele sagen es), aber man muß es auch tun. Nichts ist leichter als Spiele, Bücher, Bilder für Kinder zu ersinnen – es ist sozusagen die reichste Form der Unterhaltung. Und doch ist dies schwierig. Ersonnen, getan und gemacht wird ja nicht für Kinder – ersonnen, getan und gemacht wird für einen »Markt«, der an Kinder verkauft; und da Kinder mittellos sind, sind die Käufer erwachsen. Eltern kaufen Kinderbücher. Schön und gut, sagen Eltern, ich weiß, was für mein Kind richtig ist. Wissen sie es wirklich?

Ich habe mir die Sache leichtgemacht. Ich fand es reizvoll, Kinderbücher so zu machen, daß sie Kindern *und* Erwachsenen gefallen können. So gefallen sie mir auch. Ich habe herausgefunden, daß ich andere Kinderbücher nicht machen kann – *nur* für Kinder. Wie könnte ich auch? Mir fehlt dazu eine wichtige Voraussetzung – ich bin kein Kind. Aber das eben ist ja das Spiel, das uns diese Literatur spielen läßt. Literatur im (Kinder-)Sinn müßte noch erfunden werden. Sie existiert nicht. Was Kinder erzählen, wird nicht aufgeschrieben. Also liest das Kind, was Erwachsene erzählen. Hat es davon Nachteile? Wohl kaum. Aber der Erwachsene ist, wie er ist; er ist zum Beispiel autoritär. Und er hat – das ist bekannt – eine Reihe schlechter Eigenschaften. In Bezug auf Kinderliteratur – macht er da eine Ausnahme?

Vielleicht können wir die Frage anders stellen. Ist Literatur in der Lage, den Menschen zu ändern, zu bessern? Werden Kinder, die Kinderbücher lesen, bessere Menschen (als die, welche keine Kinderbücher lesen)? Die Frage ist nicht zulässig. Wer will sie beantworten? Etwa der Politiker, der seine kleine tägliche Entscheidung fällt – nachdem er am Abend zuvor »König Hänschen« von Janusz Korczak gelesen hat? Oder anders: ... sich dankbar erinnernd, als Kind »König Hänschen« gelesen zu haben?

Ich glaube nicht, daß Bücher die Welt verändern – oder den Menschen verändern. Aber sie machen – solange es sie gibt – den Mächtigen und anderen Nichtlesern ein schlechtes Gewissen; wofür sich diese bitter rächen.

Ich frage auch nicht, ob es besser oder schlechter ist, der Lektüre ein Videoband oder sonstwas Unterhaltsames vorzuziehen. Die Wertfrage

ist nicht zu stellen. Ich habe dafür keine Maßstäbe. Aber ich habe Maßstäbe, wie ein Buch (für Kinder & Erwachsene) aussehen könnte, wie es zu schreiben und zu drucken ist, wieviel es kosten muß, wie es zu vertreiben ist, wie und wen es unterhalten könnte. Ich habe Vorstellungen, Erwartungen, Hoffnungen, Glücksgefühle, die sich mit Büchern verbinden. Und ich habe den Anspruch, die Kinderbücher aus meinem Programm für die besten zu halten. Sicher ein naiver Anspruch – aber verständlich, meine ich, vielleicht sogar nützlich bzw. in seiner Konsequenz erfolgreich.
Dieses neue Werkstattbuch* zur Kinderliteratur ist mit einigem Aufwand gemacht. Es soll Rückblick ermöglichen, wie etwas geworden ist: Das Programm Beltz & Gelberg gibt es mittlerweile über 15 Jahre. Mehr noch geht es um den IST-Zustand, um Bücher, um Autoren und ihre Absichten. Gern möchte ich etwas vermitteln von der Zusammenarbeit mit Autoren und Künstlern – was in diesem Zusammenhang nur annähernd möglich ist. Vielleicht ergibt sich daraus so etwas wie eine Standortbestimmung. Hoffentlich keine Nabelschau! Ich denke, dieses Werkstattbuch kann den unterschiedlichen Experten sowie interessierten und zufälligen Lesern anregend sein.
Werkstattbücher sind auch Korrespondenz mit Autoren und Autorinnen des Verlages; dieses neue Werkstattbuch, nach 15 Programmjahren, ist zugleich ein Geburtstagsgeschenk für Christine Nöstlinger.

Weinheim, am 31. August 1986

Hansi Linthaler

* Ein erstes Werkstattbuch erschien 1974: »Almanach zur Kinderbuchszene«, herausgegeben von Hans-Joachim Gelberg Weinheim, 160 Seiten

Gespräch mit Christine Nöstlinger

Sabine Jörg

Sabine Jörg: Frau Nöstlinger, warum schreiben Sie Bücher für Kinder und nicht für Erwachsene?

Christine Nöstlinger: Ich würde meinen – und ich sage das jetzt absichtlich im Konjunktiv, weil ich es nicht genau weiß –, ich würde meinen, daß das einfach ein Zufall war. Weil ich damit Erfolg hatte, bin ich dabei geblieben. Vielleicht hat es natürlich noch andere Gründe. Ich hab oft in Kritiken über mich gelesen, daß ich für Kinder schreibe, weil Kinder noch unverbildet seien und mit Kindern noch sehr viel Positives zu erreichen sei, aber sehr bewußt ist mir das nicht.

Sabine Jörg: In Ihren Büchern ergreifen Sie klar Partei für die Kinder. Ich habe manchmal den Eindruck, daß Sie die Erwachsenenwelt und die Kinderwelt als einander unversöhnlich gegenüberstellen.

Christine Nöstlinger: Ich glaube nicht, daß ich das tue. Ich glaube ganz im Gegenteil, daß ich in meinen Büchern versuche, Kindern sehr viel von Erwachsenen zu erklären. Nur merke ich, daß viele Erwachsene, die meine Bücher lesen, das einfach nicht merken. Vielleicht mache ich es schlecht, aber es ist oft meine Absicht. Wenn z. B. ein Buch von mir erscheint, wo dann Kritiker schreiben, ich habe schon wieder die Mutter in diesem Buch so fürchterlich entsetzlich dargestellt, bin ich eher betroffen, weil ich meine, ich hätte da eine Mutter mit ihren Schwierigkeiten Kindern so erklärt, daß sie von diesen Schwierigkeiten ein bissl was kapieren.

Sabine Jörg: Welche Absichten verfolgen sie allgemein mit Ihren Büchern?

Christine Nöstlinger: Ich verfolge erst einmal die Absicht, eine Geschichte zu schreiben, die stimmt, die meiner Ansicht nach nicht verlogen ist. Ich versuche das sprachlich so hinzubringen, daß es meinen Kategorien von Sprachgefühl entspricht und alles, was dann noch dazu kommt, das überlege ich nicht sehr. Also mir ist vor allem Sprache wesentlich und mir ist die Stimmigkeit der Geschichte wesentlich. Natürlich kommt meine Sicht von Welt, meine Ideologie, irgendwo in jedes Buch hinein. Das ist mein Background, aus dem heraus ich schreibe. Da überlege ich nicht viel.

Sabine Jörg: Welche Sicht der Welt haben Sie denn?

Christine Nöstlinger: Eine immer verwirrtere. Es wird mir auch oft gesagt, daß meine Bücher nicht mehr so optimistisch seien wie früher, daß die Hoffnung, die in den Büchern steckt, nicht mehr so positiv und so euphorisierend für Kinder sei als vor 10, 15 Jahren. Meine Sicht von Welt ist tatsächlich mit zunehmenden Jahren eine relativ ver-

wirrte. Im Alter von 20, 25 Jahren meinte ich mich sehr gut ideologisch auszukennen (natürlich ziemlich am linken Flügel), das kommt mir im Laufe der letzten 10, 15 Jahre schon ziemlich abhanden.

Sabine Jörg: Zum formalen Aspekt des Schreibens: Wie schreiben Sie?

Christine Nöstlinger: Ich schreibe täglich wahrscheinlich 10 Stunden, bis auf gewisse Tage, wo ich einfach nicht kann, aber im Durchschnitt werde ich schon auf eine 60 bis 70 Stunden-Woche kommen. Ich habe eine tägliche Rundfunksendung, ich habe eine tägliche Zeitungskolumne, also 5 mal in der Woche die Zeitungskolumne, 6 mal in der Woche die Rundfunksendung, ich schreibe pro Jahr meistens 2 Bücher und erledige auch sonst noch eine Menge journalistischer Arbeit. Da kommt man unter 60, 65 Stunden die Woche nicht durch.

Sabine Jörg: Ist das nicht ein bißchen zuviel?

Christine Nöstlinger: Ja, das ist ein bißchen zuviel. Das merke ich schon. Warum ich mich immer wieder in diese Arbeitswut hineinmanövriere, das verstehe ich selber nicht. Das ist eine Sache, die mir total unerklärlich ist. Ich bin eigentlich ein fauler Mensch, so wie ich mich sehe, und arbeite unentwegt. Ich bin ein wahnsinnig optimistischer Mensch nebenbei: Wenn mir am Telefon z. B. von einem lieben Menschen ein Vorschlag gemacht wird für irgendein Projekt, dann meine ich in diesem Moment, »das schaffst du ja leicht«, wenn mir das Projekt gefällt. Und so kommen eben sehr viele Sachen zusammen. …

Sabine Jörg: Arbeiten Sie an verschiedenen Büchern gleichzeitig, ein Jugendbuch, ein Kinderbuch z. B., oder wie gehen Sie vor?

Christine Nöstlinger: An mehreren Büchern gleichzeitig arbeiten kann ich nicht. Und es gibt für mich kein Jugendbuch. Es gibt Kinderbücher und Bücher für Erwachsene. Denn ein Jugendlicher, ein Mensch ab 15 Jahren, müßte ja ein Volltrottel sein, wenn er nicht das lesen könnte, was normale Erwachsene auch lesen. Es gibt sehr viele Leut, die leider Gottes, wennn sie 15 Jahre alt sind oder 16, nicht mehr lesen. Aber der 16-jährige, der liest und ein Jugendbuch liest, den kenne ich nicht. Das ist mir noch nicht passiert.

Sabine Jörg: Das heißt, Ihre Bücher sind für Kinder bis 14 Jahren?

Christine Nöstlinger: Ja, ich schreibe Bücher, die von Kindern unter 14, 15 gelesen werden und von ihren Vätern und Müttern, wobei ich mich manchmal frage, ob nicht den Vätern und Müttern diese Bücher oft besser gefallen als den Kindern.

Sabine Jörg: Wie kommen Sie zu dieser Vermutung?

Christine Nöstlinger: Wenn mir zum Beispiel Mütter ihr großes Vergnügen an einem Buch schildern und die Kinder, für die dieses Buch gekauft wurde, eher relativ frustriert danebenstehen. Es gibt naürlich schon Kinder, denen meine Bücher gefallen, aber ich habe auch schon bemerkt, daß es Familien gibt, wo der Antrieb, ein Buch von mir zu kaufen, von der Mutter ausgeht, weil die das Buch so mag und z. B. dann durch Vorlesen die Kinder dazu bringt, mein Buch zu mögen. Wenn man Kindern was vorliest – nun, das könnte ja auch das Telefonbuch sein, nicht. So weit stehe ich schon mir selber auch kritisch gegenüber. Da ist einfach die Freude, daß Mama am Bett sitzt und was vorliest, aber ich glaube, den meisten Spaß macht's der Mama. Ich merk das z. B. auch daran, daß viele Mütter ihren Kindern Bücher von mir vorlesen, die die Kinder nicht verstehen. Die Kinder sagen dann sehr höflich, es hat ihnen gefallen, aber ich bezweifle, daß 7- oder 8-jährige mit einem Buch, das von Schulschwierigkeiten eines Gymnasiasten handelt, viel anfangen können.

Sabine Jörg: Es ist ja überhaupt sehr schwierig, ein Gefühl für die Kinder, die jetzt gerade Kind sind, für ihre Sorgen und Vorlieben zu bekommen. Die haben einen bestimmten Jargon, bestimmtes Gruppenverhalten und wechselnde Spiele. Ich empfinde, daß Sie in Ihren Büchern sehr genau, sehr treffend die Eigenheiten der jeweiligen Altersstufe widerspiegeln. Woher haben Sie das Wissen, wie Kinder heute miteinander umgehen?

Christine Nöstlinger: Also, Jargon geht einmal im Kinder- und dem sogenannten Jugendbuch nur bis zu einer gewissen Grenze, da der Jargon heute bei uns sehr sehr kurzlebig ist. Ich hab das zwei-, dreimal in Büchern getan, daß ich echten Wiener Jugendjargon nahm: Jetzt schreibt man an einem dickeren Buch eindreiviertel Jahr lang. Dann dauert es wieder ein dreiviertel Jahr, bis das am Buchmarkt erscheint, und ein Jahr später bereits ist der Jargon längst tot. Alle Idioms, alle Spezialausdrücke sind schon wieder vom Markt weg, und das wirkt einfach altmodisch. Man muß sich daher einen stilisierten Jargon zulegen. Woher ich den hab? Na ja, durch Zuhören. Ich bin sogar durch meine Morgensendung im ORF jahrelang daran beteiligt gewesen, diesen Jargon zu entwickeln. Es ist ja nicht so, daß nur Jugendliche diese Worte entwickeln. Das machen meistens erwachsene Leute, und die werden von Jugendlichen angenommen.
Mir macht's Spaß, einen Dialog auch sehr, ich möcht einmal sagen, sehr cool zu halten. Ich liebe überhaupt das Coole und den schwarzen Humor, und dafür haben Jugendliche sehr oft viel – ich will nicht sagen Verständnis –, aber ein Gespür dafür. Also, irgendwo bin ich da noch sehr kindisch, vielleicht kindlich oder jugendlich. Ein Spiel mit Worten macht mir einfach Spaß, und das macht jungen Leuten auch Spaß.
Sich in junge Leute zu versetzen, das kann ich ja überhaupt nicht. Das ist so: Ich bin ja nicht jung, ich bin 48 Jahre alt und auch nicht, wie viele Autoren erklären, im Herzen jung geblieben, ein Schmarrn, ich bin im Herzen und im Hirn genauso meine 48 Jahre alt. Ich kann von heutigen jungen Menschen eigentlich nur Ausstattung nehmen und zur Kenntnis nehmen, wieviel Taschengeld junge Leute heute haben, wo sie sitzen, wie sie reden. Wenn's aber um Emo-

tionen geht, dann kenne ich heutige junge Leute nicht, dann kann ich mich nur an mich selber erinnern, wie ich in dem Alter war. Leider Gottes, für junge Leut, Gott sei Dank für einen Autor, ist so wenig passiert inzwischen, daß ich meine eigenen Emotionen nehmen kann. Aber nicht nur Emotionen: Ich kann tatsächlich eine Lateinstunde so schildern, wie ich sie erlebte vor mehr als einem viertel Jahrhundert. Wiener Jugendliche fragen mich, wieso ich über den Ablauf einer Lateinstunde und die Sturheit und Merkwürdigkeit des Lateinprofessors so gut Bescheid wisse. Es ist aber *meine* Lateinstunde, so wie ich sie noch in Erinnerung habe.

Sabine Jörg: Sie schreiben für Kinder verschiedener Altersstufen. Eines Ihrer letzten Bücher handelt von einem Kind »in den besten Jahren«. Gibt es ein Alter, für das Sie am liebsten schreiben, in das Sie sich am besten einfühlen können?

Christine Nöstlinger: Prinzipiell ist es so, daß ich mich am schwersten tue, wenn ich für Leseanfänger schreiben soll. Da komme ich mir vor, wie der Reiter über den Bodensee. Erstens kenne ich mich in Wirklichkeit überhaupt nicht aus, wie gut 7- und 8-jährige lesen können. Es ist ja auch so verschieden, wie gut sie lesen können. Ich mag natürlich kein Buch schreiben, wo ich mir dann denken muß: »Hoppla, den Kindern fällt das Lesen so schwer, daß sie das Buch frustriert auf Seite 10 zuklappen.« Ich weiß aber natürlich, daß 7-, 8-jährige Kinder über sehr viel Bescheid wissen, sehr viele Probleme schon haben oder Probleme ihrer Eltern miterleben müssen, eben ziemlich viel verstehen, das aber rein vom Handwerklichen her nicht lesen können. Da wird es für mich sehr schwierig. Einen Sachverhalt, den ein 8-jähriger schon kapieren kann, so simpel sprachlich darzustellen, daß er ihn auch lesen kann und dabei keine Schwierigkeiten hat, das ist für mich ein sehr großes Problem. Und ich glaub auch immer, daß ich dann sprachlich irgendwo zu schwierig werde. Es gibt kaum Untersuchungen – obwohl ich hin und wieder Untersuchungen mißtraue, aber da wäre ich einer Untersuchung sehr dankbar –, wie das eigentlich funktioniert mit Lesen. Da gibt es einfache Dinge, auf die ich beim Erzeugen einer Schulfibel gekommen bin, die getestet wurde. Z. B. habe ich auch vorher nicht gewußt, daß sich noch ein 8-jähriger mit einem eingeschobenen Nebensatz sehr schwer tut, oder daß es viel einfacher ist, wenn da steht: Der Vater sagte: »...« und dann kommt die direkte Rede, als zuerst kommt die direkte Rede, und dann steht: »...«, sagte der Vater. Es gibt sicher viele solche Dinge, die man wahrscheinlich wissen müßte, um für Leseanfänger so zu schreiben, daß denen wirklich das Lesen Spaß machen kann. Die meisten Kinderbuchautoren, inklusive mir, beherrschen halt dieses Wissen nicht.

Sabine Jörg: Soll ich Ihnen jetzt widersprechen?

Christine Nöstlinger: Nein, Sie sollen mir nicht widersprechen. Ich weiß einfach, daß es so ist. Ich habe das gemerkt bei dieser Schulfibel, daß die Texte, die ich für Leseanfänger geschrieben habe, alle mindestens um zwei Altersstufen zu hoch waren. Denn wenn so ein Autor wie ich davon ausgeht, wie ein Kind lesen kann, nimmt er sich ja auch meistens die Kinder zum Vorbild, die um ihn herum leben. Das sind natürlich Kinder, die mit Büchern viel intensiver umgehen – z. B. meine Töchter haben, ohne daß ihnen das jemand beigebracht hat, vor der Schule schon lesen können und waren daher mit 7,8 Jahren Leser. Denen hat das keine Schwierigkeiten gemacht. Es gibt in jeder Schulklasse sicher dann auch 3,4 solcher Kinder, aber ich habe festgestellt, daß die einen Kinder in der Schulklasse zum Lesen meines Textes z. B. 30 Sekunden gebraucht haben und gewußt haben, was darin passiert – das war aber im Höchstfall das obere Drittel der Klasse –, und andere haben 2 Minuten gebraucht und haben nicht kapiert, was darinnen steht. Also kann am Text was nicht stimmen.

Sabine Jörg: Oder liegt das möglicherweise weniger am Text, sondern daran, daß den Kindern das Lesen nicht genügend nahegebracht wird? Wie werden überhaupt aus Kindern Leser oder Leseratten?

Christine Nöstlinger: Also, erstens einmal hasse ich das Wort Leseratten. Zweitens drängt mich eigentlich – obwohl das jetzt fürchterlich klingt – nichts dazu, Kinder zu Leseratten oder zu Lesern zu machen. Ich will eigentlich nur für die Leser unter den Kindern schreiben. Ich sag manchmal, um Widerstand zu wecken, daß es auch sehr viele hochintelligente Menschen gibt, die nie ein Kinderbuch gelesen haben und trotzdem blitzgescheite, phantasiebegabte Menschen werden. Ich sag manchmal auch, daß es immer noch vernünftiger sei, wenn die Sonne scheint und Kinder was zum Spielen wissen, daß sie spielen und nicht lesen. Ich sage ferner, daß es überhaupt nicht darauf ankommt, ob ein Kind liest, sondern was ein Kind liest. Ich kenne z. B. viele Kinder, die so die wirklichen Leseratten sind und soviel Schmarren und Plunder lesen, – das, was ich unter Fluchtliteratur verstehe . . .

Sabine Jörg: Zum Beispiel?

Christine Nöstlinger: Na, zum Beispiel diese Literatur, die unter 10- bis 14-jährigen Mädchen ganz beliebt ist, die ganzen Pferdebücher . . . Ich würde ja gerne mal einen Psychologen um seine Meinung befragen, warum gerade Mädchen zwischen 10 und 14 so wahnsinnig vernarrt in Pferde sind, sowohl in die lebendigen als auch in die beschriebenen Pferde, Knaben weniger. Da gibt es ja eine ganze Flut von Pferdeliteratur, die am Trivialsektor der Kinderliteratur kursiert. Ich meine also Bücher, wo man das happy-end garantiert hat und wo man drei, vier Stunden einfach abschalten kann.
Ich versteh schon Kinder, die einfach abschalten wollen und mit dem garantierten happy-end drei Lesestunden verbringen wollen. Mir ist auch klar, daß, wenn ein Autor ein Buch über Kinder schreibt, die die Scheidung ihrer Eltern gerade miterleben, dann werden es nicht die Kinder sein, die gerade die Scheidung ihrer Eltern miterleben, die dieses Buch lesen. Oder wenn ein Schüler ge-

rade am Schulschluß ist und zwei »Nichtgenügend« zu erwarten hat, dann ist es wirklich zuviel verlangt, daß er in seiner Freizeit sich jetzt zu Hause hinsetzt und ein Buch liest über einen Schüler, der zwei »Nichtgenügend« zu erwarten hat. Das tun nur die wenigsten Kinder.

Sabine Jörg: Ich dachte, Bücher, die derartige Probleme aufgreifen, wären für Kinder mit entsprechenden Problemen geschrieben.

Christine Nöstlinger: Das wäre schön, wenn dem so wäre, und der Autor mag ja für diese Kinder diese Bücher schreiben, nur lesen diese Kinder nur äußerst selten diese Bücher. Vorzugsschüler lesen dann die Bücher über die Kinder, die zwei »Nichtgenügend« haben. Der mit den zwei »Nichtgenügend«, der möchte lieber drei Stunden von seiner Problematik nichts wissen und liest ein Buch, in dem alles schön ist und gut geht.

Sabine Jörg: Ist das eine resignative Aussage? Haben Sie den Eindruck, daß Sie nicht diejenigen Kinder erreichen, die Sie erreichen wollen?

Christine Nöstlinger: Ja, ich habe manchmal das Gefühl, daß der Kinderbuchautor – also nicht nur ich, sondern sämtliche meiner Kollegen auch, die es aufrichtig meinen –, nicht unbedingt die Kinder erreicht, die er erreichen will. Das hat jetzt nicht nur mit sozusagen individuell belasteten Kindern was zu tun, das ist ja ein schichtspezifisches Problem. Wir erreichen allesamt nur in sehr kargem Maß zum Beispiel Arbeiterkinder. Wenn man es jetzt ein bißchen zugespitzt sagt, trägt der Kinderbuchautor, der sozial engagiert ist, eigentlich – falls seine Bücher Kinder klüger machen (was wir ja alle meinen von uns) – dazu bei, die klugen Kinder noch klüger zu machen und sozusagen Chancengleichheiten nicht einzuführen, sondern eine größere Kluft aufzubauen.

Sabine Jörg: Hat das Bücherlesen denn nur etwas mit dem Klugsein zu tun, oder wird beim Lesen nicht auch besonders der emotionale Bereich angesprochen? Ein Kind, das ein Buch liest, wird dadurch nicht notgedrungen klüger, aber es wird vielleicht anders oder möglicherweise differenzierter mit seinen Gefühlen umgehen können.

Christine Nöstlinger: Ich hoffe doch, daß Kinder durch das Lesen meiner Bücher klüger werden. Damit meine ich natürlich nicht gebildeter, sondern daß sie mehr Zusammenhänge, zum Beispiel im zwischenmenschlichen Bereich, durchschauen. Und das würde ich ›klüger‹ nennen. Die Frage ist natürlich überhaupt, inwieweit man mit einem Buch irgend etwas erreichen kann. In antrainierter Bescheidenheit nenne ich es eher flankierende Maßnahmen.
Es ist ja auch so: Ein Kind, dem es im Elternhaus sehr gut geht, kann jederzeit seine Eltern kritisieren, ist auch jederzeit bereit, in einem Kinderbuch bei Problemen, die es selber hat, mitzugehen. Aber Kinder, denen es wirklich schlecht geht zu Hause, die können erst ab einem gewissen Alter, das setzt erst mit 12, 13, 14 Jahren ein, wenn sie zu einer peer group kommen, wo sie aufgenommen

werden, kritisch über ihre Eltern reflektieren. Denn Kinder sind total abhängig. Es kann doch nicht ein Achtjähriger sich sagen: »Um Himmels willen, bei welchen zwei fürchterlichen Menschen wachse ich auf?« Daher wird er das Problem gar nicht sehen wollen und daher auch in einem Buch, das ähnliche Zustände beschreibt, wie die, in denen er leben muß, überhaupt keine Parallelen zu seinem eigenen Leben ziehen.

Sabine Jörg: Was lesen Sie persönlich gerne?

Christine Nöstlinger: Ich persönlich lese sehr viel, sehr gerne; Kinderbücher sicher nicht, Jugendbücher sicher auch nicht, also, ich bin kein Mensch, der sich hundertprozentig über das informiert, was die Kollegen schreiben. Erstaunlicherweise – aber das ist, glaube ich, sogar eher ein Zufall – lese ich viel mehr theoretische Sachen als Romane oder Literatur und Belletristik. Das ergibt sich so, daß mein Mann ein theoretischer Leser ist, und ich immer im Subabonnement irgendwas hinterherlese.

Sabine Jörg: Aus welchen Wissenschaftsbereichen?

Christine Nöstlinger: Meistens soziologische, psychologische Sachen, was es da halt so gibt, was man da liest heutzutage, wenn man »in« sein will. An belletristischen Dingen sind mir eigentlich die Amerikaner im Moment am liebsten: Thomas Pynchon lese ich privat am liebsten, obwohl es oft sehr mühselig ist, ihn zu lesen. Ansonsten les ich natürlich manchmal auch einen richtigen Schmarrn. Wenn ich den ganzen Tag lang gearbeitet habe, wirklich sehr gearbeitet habe, dann sehne ich mich nach irgendeinem Krimi und les den dann. Aber meistens klapp ich den in der Hälfte zu, weil es eh keine ordentlichen Krimis mehr gibt. Die sind ja auch am Aussterben.

Sabine Jörg: Schreiben Sie vielleicht mal einen?

Christine Nöstlinger: Das könnte ich mir überhaupt nicht vorstellen. Nein. Denn ich lese das zwar manchmal, wenn ich müde bin, sehr gerne, aber irgendwo bin ich doch sehr eng an der Realität. Was in einem Krimi passiert, damit er wirklich spannend ist, hat überhaupt nichts mit der Realität zu schaffen. Wenn ich hin und wieder einen Kriminalroman lese, der sich bemüht realistisch zu sein, dann ist er mir selber zu langweilig. Man will ja das Klischee, und man wartet ja auf das Klischee, das Klischee soll sich ja erfüllen. Man weiß z. B. genau, daß ein Mörder selten dreimal im Zusammenhang mordet, nämlich um einen Mord zu vertuschen. 80% aller Krimis sind aber so ausgestattet, daß der Mörder wieder mordet, um den ersten Mord zu vertuschen. Aber ich werde sehr grantig, wenn man mir einen Krimi vorsetzt, in dem es wirklich so zugeht, wie die Polizei recherchiert. Um Himmels willen.

Sabine Jörg: Was wird Ihr nächstes Kinderbuch sein?

Christine Nöstlinger: Ich hab keine Ahnung, was mein nächstes Kinderbuch sein wird. Im Moment mache ich überhaupt mehr journalistische Arbeit. Das freut mich einfach im Moment mehr. Ich schreibe auch im Moment lieber für Erwachsene, eben auf dem journalistischen Sektor. Es ist ja wahnsinnig schwer, unentwegt von einer Bewußtseinsebene her zu formulieren, die nicht die eigene ist. Das ist erstens strapaziös, und zweitens, wenn man kritisch zu sich selber ist, merkt man natürlich, daß man leicht in Klischees kommen kann, wenn man nicht so schreiben kann, wie man selber fühlt und selber denkt, sondern immer versucht so zu schreiben, wie ein 13-jähriger denkt, was den bewegt. Dabei weiß man nie, ob das dann stimmt, und im Moment macht es mir viel mehr Spaß, für Zeitungen zu schreiben. Das ist auch sehr bequem. Am nächsten Tag wird der Salat darin eingewickelt, und die Zeitung ist verschwunden. Ich lieb das im Moment sehr. Ich weiß aber, daß sich das wieder ändern wird, denn ich habe immer solche Etappen. Ich wollte nie nur für Kinder schreiben, das hat mir nie Spaß gemacht. Ich habe immer entweder Fernsehfilme oder journalistische Arbeit gemacht. Das ergibt sich immer so, nach zwei Jahren sag ich: »Pfui, Teufel, dieser ganze Journalismus oder das Fernsehen, das kotzt mich alles an«, und dann schreib ich wieder mehr Kinderbücher. Dann wird das wichtig für mich, und wenn ich das zwei, höchstens drei Jahre getan habe, mag ich das eigentlich nicht mehr so heftig tun, und dann mach ich wieder mehr journalistische Sachen, und nach ein paar Jahren wechselt das wieder.

Das Interview wurde am 28.9.1984 im Programm (1) des Bayerischen Rundfunks gesendet.

Drei Ausstattungsversuche, welcher kommt besser an?

Ein Mensch, dieses Prihoda-Mensch

Michael Scharang über Christine Nöstlingers Lieblingsbuch

Das Prihoda-Mensch ist zehn Jahre alt, mit bürgerlichem Namen heißt es Lotte Prihoda, es wohnt in Wien, in einem Haus mit Klo auf dem Gang, wo es ein Klo ganz für sich allein ergattern konnte, zu dem es einen Schlüssel hat, den es nie jemand gibt, und das es nach seinen Bedürnissen einrichtet. »Von Beruf« ist Lotte Schülerin und Hauptperson des Buches »Der Spatz in der Hand*«.

Das Buch heißt deshalb so, weil im Hinterzimmer des Gemüseladens der Familie Wolf ein paar Sprüche hängen, von denen einer lautet: Besser der Spatz in der Hand als die Taube auf dem Dach! Auf Lottes Frage, was das heißen soll, sagt die Wolf: Daß man nicht nach was greifen soll, was man nicht kriegt, und der Herr Wolf ergänzt die Erklärung: Weil man sonst noch das verliert, was man hat.

Mundi ist der Bub der beiden Gemüsetandler, und er ist Lottes Spielgefährte, nach Frau Wolfs Auffassung ist Lotte sogar Mundis Braut. Das will Lotte aber auf keinen Fall sein. Im Grunde mag sie nämlich den Mundi nicht. Hin und wieder aber mag sie ihn schon, wenn sie sonst niemand hat, vor allem aber, wenn sie von der wohlhabenden Familie Wolf im Mercedes in den Prater mitgenommen wird. Ihr Vater, Arbeiter in einem Gaswerk, hat nur einen ramponierten VW. Der Mundi kann ihr gestohlen bleiben, als der Schurli in ihrem Haus auftaucht. Der Bub hatte dunkle Augen und dunkle Haare. Er war groß und dünn und der schönste Bub, den sie je gesehen hatte. Sie starrte ihn an und verstand nicht, wieso der schönste Bub, den sie je gesehen hatte, bei der Meier ihrem Küchenfenster herausschaute. Denn Lotte kann die Meier, diese alte Schraufen, nicht leiden.

Da Lotte der Spruch der Frau Wolf, daß man nicht nach was greifen soll, was man nicht kriegt, nicht kümmert, greift sie nach dem Schurli und kriegt ihn auch. Aber leider nur für ein paar Tage. Dann muß er wieder zurück zu seinen in Scheidung lebenden Eltern, weit weg von der Lotte, in einen anderen Wiener Gemeindebezirk, nach Favoriten.

Jetzt hat sie wieder nur den Mundi mit der rotzverstopften Nase, und der will sich nun ihr gegenüber sogar aufspielen. Da ist er aber bei ihr an der falschen. Sie sagt ihm glatt, daß sie ihn nie gemocht hat und auch jetzt nicht mag. Da bleibt ihm nichts anderes über, als ihr eine Probefahrt mit seinem neuen Fahrrad anzutragen.

Und so oft sie beim Haustor am Mundi vorbeikam, rief der Mundi: »Lotte, Lotte!« Sie winkte ihm dann, trat in die Pedale, so fest sie konnte, und dachte: Das wird er mir büßen, das wird er mir büßen! Was der Mundi büßen würde und warum er büßen würde, war ihr nicht klar, aber sie spürte ganz genau: Wenn ich darüber nachdenke, dann fange ich zu weinen an. Und weinen wollte sie nicht.

So hört das Buch auf. Ich habe es auf einen Sitz gelesen. Da mir Kinderbücher

---

* *In der ersten Auflage (1974) erschien das Buch unter diesem Titel, der dann aufgrund eines Einspruchs ab der 2. Auflage verändert wurde.*

selten gefallen, mußte ich mich fragen, ob das, welches mir so gefallen hat, ein gutes Kinderbuch sein kann. Und da ich mich nicht in meine Kindheit zurückversetzen kann, wußte ich natürlich keine Antwort. Es war einfacher, meine beiden größeren Kinder, zehn und zwölf Jahre alt, zu fragen. Sie haben es ebenfalls in einem Zug gelesen, sie fanden es spannend (obwohl nicht weiß der Teufel, welche Abenteuer an den Haaren herbeigezogen werden). Sie fanden es gut, sie fanden es besser als alles, was sie in letzter Zeit so gelesen hatten.
Ich mußte mein Urteil also erweitern: Es ist ein gutes Buch und ein gutes Kinderbuch. Der Satz liegt in der Luft: Christine Nöstlinger beweist, daß beides (gutes Buch und gutes Kinderbuch) in einem möglich ist. Der Satz ist aber zu oberflächlich. Man kann sicher nicht sagen, daß jedes gute Buch auch ein gutes Kinderbuch sein muß. Kann man aber sagen, daß jedes gute Kinderbuch auch ein gutes Buch sein muß, interessant also auch für alle Älteren?
Ich werde mich hüten, aus der Frage schnurstracks eine Forderung zu machen. Diese Frage aber, meine ich jedenfalls nach der Lektüre von Nöstlingers

Zeichnung von Edith Schindler zu Nöstlinger, Der Spatz in der Hand . . .

Erzählung, hat schon was für sich. Schließlich war jeder einmal ein Kind und stand in der Situation, von dem, was er war, nichts oder kaum etwas in seiner Lektüre zu finden. Das trägt vielleicht gar nicht so unerheblich dazu bei, daß viele aus diesem Grund nur noch zwangsweise in der Schule und später überhaupt nichts mehr lesen.

Es geht also ums realistische Kinderbuch: um das Kinderbuch, das sich mit der Realität der Mehrheit der Kinder, und das sind die Kinder der Werktätigen, einläßt, und zwar so, daß diese Realität nicht »kindergemäß« umgefälscht, sondern unverblümt dargestellt wird. Es gibt nur eine Grenze, das ist die Grenze kindlicher Erfahrungs- und Verstehensmöglichkeit. Es ist davor zu warnen, diese Grenze zu eng zu setzen. Die das tun, sind meist identisch mit denen, die die Wirklichkeit verfälschen.

Was ich hier sage, ist gleichsam die Lehre, die ich aus Nöstlingers Buch gezogen habe. Es ist keine von einem bloßen Wunsch hervorgebrachte Theorie. Bleibt die Frage nach möglichen Funktionen einer realistischen Kinderliteratur. Ich möchte auch hier von der eigenen Erfahrung ausgehen.

Ich habe, ehe ich auf Bücher der Christine Nöstlinger stieß, nie etwas über das Leben von Arbeiterkindern in unserem Land, in dieser Gesellschaft gelesen. Und schon gar nicht etwas, das dieses Leben von seiten eines Arbeiterkindes kritisch sieht, nicht aber bürgerlich in Frage stellt. Ich habe, anders gesagt, nie etwas gelesen, nie etwas zum Lesen gefunden, das mit der Wirklichkeit meiner Kindheit und Jugend zu tun gehabt hätte.

Na und? Hätte ich was davon gehabt? Ganz sicher. Denn ich habe jetzt als Erwachsener noch sehr viel davon, wenn ich Nöstlingers Kinderbücher lese. Man erinnert sich wieder an Gefühle, an Probleme, die man als Kind hatte, an die Küche, in der man die Aufgabe schrieb, an die Kredenz, in der das Brot war.

Man erinnert sich daran aber nicht so, wie man eben an alles mögliche erinnert werden kann, sondern wie an etwas, das für die Erinnerung fast schon verloren war. Verloren, nicht weil es verlierenswert ist, sondern, weil es verlorengehen soll – auf Weisung der bürgerlichen Gesellschaft. Andernfalls wird man kein vernünftiger und ordentlicher Mensch, der sich ausbeuten und für dumm verkaufen läßt.

Jetzt ist mir auch die Funktion der bürgerlichen Kinder- und Jugendliteratur klar: Sie besteht sozusagen in der Illegalisierung der Welt des Arbeiterkindes. Damit wird das Kind unsicher gemacht. Es soll kein Selbstbewußtsein entwikkeln, damit es später kein Klassenbewußtsein entwickeln kann.

Nöstlingers Bücher sind eindeutig gegen diese gemeine Kinderverzahrer-Literatur geschrieben. Sie legalisieren die Welt des Kindes, und da sie wirklich realistisch sind, das heißt am Klassengegensatz in unserer Gesellschaft nicht vorbeischauen, legalisieren sie vor allem die Welt des Arbeiterkindes. Und da Nöstlinger mit einem Wissen und Können schreibt, wie man es nicht bald findet, sind ihre Bücher Kindern unbedingt, aber, wie gesagt, auch Erwachsenen sehr zu empfehlen.

Aus: Volksstimme, Wien 13 / 14.12.1974

»Proportionen des Kindes«
Albrecht Dürer

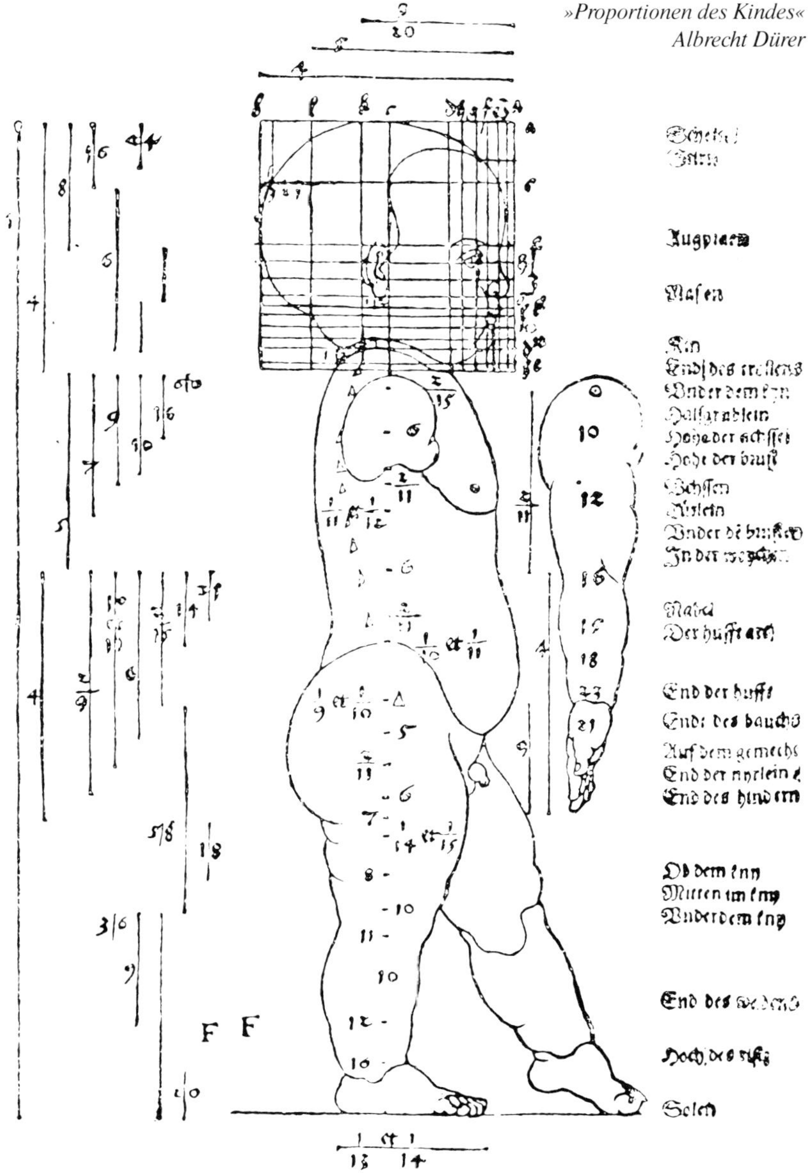

Ist Kinderliteratur Literatur?

Eine Rede von Christine Nöstlinger

Es ist etliche Zeit her, da traf ich auf dem Flughafen eine mit Kinderliteratur heftig und hauptberuflich beschäftigte Freundin. Sie kam aus der BRD und war dort bei Germanisten in vehementer Diskussionsrunde zu Gast gewesen. Verbittert teilte sie mir mit, daß man bei BRD-Gemanisten Kinderliteratur als »zielgruppenorientierte Trivialliteratur« definiert habe. Ich bekundete kurzgefaßt tiefe Abscheu über solch lästerliche Anschauung, wieselte gate-wärts und verdrängte die Aburteilung meiner Profession.
Ich verdrängte allerdings nicht perfekt. Immer wieder und in den ungefälligsten Momenten – sei's beim Zwiebelschneiden oder beim Fernschauen, gottlob nicht beim Arbeiten – kommt mir seither diese »zielgruppenorientierte Trivialliteratur« in den Sinn. Um mich zu beruhigen, suchte ich Trost bei einheimischen Germanisten. Er wurde mir nicht zuteil! Etwas höflicher als die BRD-ler waren sie zwar, aber im Grunde genommen waren sie der gleichen Ansicht. Was »echte« Literatur ausmacht, erklärte man mir schonend, sei in der Kinderliteratur nicht zu finden! Nun wäre es leicht, darauf zu antworten, Germanisten seien halt Kinderliteratur-Ignoranten und ihre Meinung brauche uns nicht zu kümmern, solange zwischen den Kinderbuchautoren und ihren Lesern schönes Einvernehmen herrscht!
Doch an diesem Statement hätten wohl die Germanisten ihre helle Freude. So könnte schließlich Herr Konsalik – und der ist ja behördlich beeideter Trivial-Meister – auch argumentieren und ein schöneres Einvernehmen als das zwischen Herrn Konsalik und seinen Millionen Lesern ist wahrlich nicht vorstellbar. Den Begriff »Kinderliteratur« gibt es ja noch nicht sehr lange. Trutzige Autoren und Verleger haben ihn erfunden. Vorher gab es das »gute Buch« und den »Schund«. Und das gute Buch war meistens ein braves Buch, eines, das Büblein und Mädlein zu einem tugendsamen, hübsch an die herrschenden Verhältnisse angepaßten Lebenswandel animieren sollte; wobei Büblein und Mädlein natürlich nicht die gleichen »guten« Bücher angedient wur-

den; das hätte ja im Sinne der angestrebten Rollenfixierung böse Folgen zeitigen können. Erst seit die trutzigen Kinderbuchmacher auf dem anspruchsvollen Begriff »Kinderliteratur« bestehen, wird die Sache kompliziert und fordert dazu heraus, das Triviale in diesem Metier vom Literarischen zu trennen. Kinderbuchautoren fällt die Trennungsarbeit leicht. Fast jeder geht davon aus, er selbst produziere Literatur. Woraus sich ergibt, daß die seiner Kollegen, die seinem Werk artverwandt schaffen, ebenfalls Literatur produzieren, und Kollegen, die dies nicht tun, Triviales erzeugen.

Die kindlichen Leser haben es noch leichter. Sie scheren sich nicht darum, ob das, was sie spannend, lustig, irre, fad, super, spitzig oder mies finden, nun Literatur oder Trivialliteratur sei. Ihre Eltern gehen mit ihnen konform. Die wettern höchstens gegen Comic-strips, aber was zwischen zwei harten Buchdeckeln konsumiert wird, gilt in Elternkreisen üblicherweise als »fördernd« für das liebe Kind. Mamas und Papas, die sich um die Bewußtseinslage des Nachwuchses sorgen, weil der den 25. Band Enid Blyton liest oder die 100ste Ponygeschichte, sind rar.

Gottlob haben wir aber noch die haupt- oder nebenberuflichen Kinderbuch-Experten, die in Kommissionen, Ausschüssen und Prüfstellen, auf Tagungen, Work-shops und Seminaren, in Empfehlungslisten, Broschüren und Gutachten unermüdlich an der Arbeit sind. Zeigen uns die nun, wo das Triviale wohnt? Sondern die nun triviale Spreu vom literarischen Weizen? Sie tun es – ich bitte natürlich die aus dieser Profession hier anwesenden Damen und Herren, sich als Ausnahmen zu sehen – leider nur sehr selten.

Um dies zu belegen, möchte ich Sie mit ein paar Zitaten aus Gutachten über Kinderbücher verwöhnen: Ich zitiere: »...ist dieses Buch abzulehnen, weil siebenmal (Seite 6, 12, 23, 34, 47, 52 und 81) Bier getrunken wird!« Zitat Ende.

Ist ein Literaturkritiker vorstellbar, der – etwa – Charles Bukowsky aus dem Grunde ablehnt, weil da quer durch die Seiten Alkohol konsumiert wird? Nein, so einer ist nicht vorstellbar! Aber wo es um Bücher für Erwachsene geht, werden ja auch Kritiken geschrieben und keine Gutachten.

Man kann – aus pädagogischer Sicht, und ich will gar nicht darüber urteilen, ob das eine falsche oder eine richtige sei – meinen, Kindern haben in Kinderbüchern nur Limonadentrinker unter die lesewilligen Augen zu kommen. Mit Literatur hat diese Forderung aber überhaupt nichts zu tun. Man kann auch meinen, daß Jugendliche gut beraten wären, wenn sie sich bis zur Großjährigkeit keusch verhielten. Von der Jugendliteratur deshalb zu fordern, sie möge diesbezüglicher Ratgeber sein, ist eine unliterarische Forderung.

Oder nehmen wir die Sprache! Gutachterzitat: »... die Autorin meint, sich einer Gossensprache bedienen zu müssen!« Die Autorin meint bloß, Kindern aufs Maul schauen zu müssen, wenn sie Kinderdialoge aus dem Gossenmilieu wiedergibt. Sie hält dies allein noch lange nicht für Literatur, meint aber, wenn sie Literatur im Sinne hat, ohne sprachliche Ehrlichkeit nicht auskommen zu können.

Die entsetzte Gutachterin hingegen möchte, daß sich Kinder einer gepflegten Sprache befleißigen und fürchtet, daß Kinder, ermuntert durch Lektüre, an der Pfui-Sprache Gefallen finden könnten. Sie will sogar, daß Kindern, die mit der Pfui-Sprache leben, angeregt durch Lektüre, ein artigerer Wortschatz zu eigen wird. Dies wackere Wollen in Ehren, aber es hat nichts mit Litertur zu tun! Literatur ist kein pädagogisches Hilfsmittel! Keine flankierende Maßnahme bei der Erlangung von Umgangsformen! Wer meint, daß allerhand, was Kinderleben ausmacht, im Kinderbuch nicht vorkommen darf, oder – wie es dann so oft heißt – nicht »so kraß« oder »nicht so drastisch«, der versucht, auch wenn er das nicht will, Kinderliteratur auf das Triviale zu reduzieren.

Ich habe noch ein Zitat: »... fand dieses Buch weder bei meinem Sohn noch bei anderen Kindern, denen ich es zu lesen gab, viel Anklang ...« Absurd, sich vorzustellen, ein Literaturkritiker schriebe: »... fand Martin Walsers ›Brandung‹ weder bei meinem Freund Otto noch bei meiner Schwiegermutter Anklang, ist daher nicht zu empfehlen!«

Abgesehen von der schrecklichen Vereinfachung, daß Kind gleich Kind zu sein habe, was den literarischen Anspruch betrifft, sind wir damit beim erstaunlichsten und unliterarischsten Aspekt der Kinderbuch-Beurteilung: Es gilt zwar nicht alles als »gut«, was viele Kinder

mögen. Aber »gut« kann nur sein, was viele Kinder mögen. In der Literatur, die für Erwachsene geschrieben wird, ist das eher umgekehrt! Dort kommt zu speziellen literarischen Ehren, was nur kleine Eliten goutieren! Oder würde irgendwer James Joyce den Vorwurf machen, daß sein ›Ulysses‹ von der Altersgruppe 30 – 40 und der Altersgruppe über 60 nicht durchgehend »angenommen« wird, daß seine Sprache dem geübten Simmel-Leser nicht ins Gemüt gehe?
Der Kinderbuchautor aber soll – und das ist eine Forderung nach Trivialliteratur – auf einen Schlag die Lesebedürfnisse aller Kinder befriedigen: die der Landkinder und der Stadtkinder, die der intellektuellen Knirpse und der denkfaulen Trägen, die der Schonkostsüchtigen und der tiefen Denker, die der verkitschten Gemütszwerge und der poesieliebenden Gern-Kicherer. Kinder sind doch noch so offen und spontan erreichbar! Das muß doch zu machen sein!
Kinder sind tatsächlich offen und spontan erreichbar, sowohl für Literatur als auch fürs Triviale. Sie haben noch zu wenig Lese- und Lebenserfahrung, um auf Anhieb Klischees und Platitüden, Banalitäten und Trivialitäten zu erkennen.
Literatur kann Kindern andere Augen einsetzen. Trivial-Literatur kann Kindern die Hirne versumpfen. Die Kinder haben nicht die Wahl, sich frei zwischen dem einen und und dem anderen zu entscheiden. Wenn sie beim Lesen weinen oder lachen, ist ihre Anteilnahme eine echte und ehrliche, ganz gleich, ob es um Hanni und Nanni oder die rote Zora, den Hirbel oder einen Schneiderbuch-Pappkameraden geht, oder um einen Drogensüchtigen, so wie ihn sich der unbedarfte Kinderbuchonkel vorstellt.
Ich habe noch ein letztes Zitat: Es stammt aus dem Brief einer Pädagogik-Studentin: »Was wollen Sie den Kindern mit ihren Büchern sagen? (Bitte, Ihre Stellungnahme so kurz als möglich).«
Aus vielen Gesprächen, die ich mit solchen Fragestellern führte, weiß ich die gewünschten Antworten. Lebenshilfe geben, hört man besonders gern. Aber auch: soziale Phantasie wecken, Kritikfähigkeit lehren, Zusammenhänge im zwischenmenschlichen Bereich erkennen, soziale Barrieren abbauen helfen, gegen Rollenfixierung ankämpfen ist sehr erwünscht. Da leuchtet das Pädagogik-Studenten-Kullerauge!

Da weiß er, wie er seine Hausarbeit anzulegen hat! Ich würde gern einmal so eine Hausarbeit – oder noch lieber die Ausführungen eines Pädagogik-Professors – zu Peter Bichsels »Vom Onkel Jodok« lesen. Wie beurteilen Pädagogen ein Stück Literatur, an das sie mit ihrem pädagogisch-soziologischen Handwerkszeug nicht heran können? Ich nehme an, sie beurteilen gar nicht und ziehen sich verunsichert von der Literatur zurück.

Ich will nun wirklich nicht den Eindruck erwecken, als ob die literarische Qualität von Kinder- und Jugendbüchern von den Qualitäten derer abhinge, die über Kinder- und Jugendliteratur urteilen. Ich glaube bloß, daß es an dieser ganz speziellen Art von Beurteilung liegt, wenn – zum Beispiel – Germanisten von der zielgruppenorientierten Trivialliteratur reden. Die Kinderliteratur hat sich in den letzten zwei Jahrzehnten enorm verändert, die Beurteilung der Kinderliteratur leider nicht. Sie ist beim »guten« Buch hängengeblieben, von dem man sich zwar heutzutage etwas ganz anderes erwartet als früher, aber »Literatur« erwartet man sich leider kaum.

Was auf dem Kinderbuchmarkt gehandelt wird, ist wahrscheinlich zum gleichen Prozentsatz Trivialliteratur wie der Anteil der Trivialliteratur an dem, was Erwachsene lesen. Daß es unter Kindern sehr viel gibt, die sich gern füttern lassen, die sich gern die Arbeit beim Lesen abnehmen lassen wollen, die sich nicht zum Denken verführen lassen wollen, die ihre Hoffnungen tief gehängt haben und ihre Sehnsüchte nicht zu begreifen wagen, die beim Lesen nicht »mehr an Welt« haben, sondern aus dieser Welt flüchten wollen, ist gewiß und nicht so schnell abzuschaffen. Durch Literatur schon gar nicht. Durch Leseförderung – selbst wenn es in der BRD dafür eine eigene Gesellschaft gibt – überhaupt nicht. Es gibt keine Leseförderung, es gibt nur Leserförderung.

Darum ist es in der momentanen Situation auch gar nicht so dringend nötig, daß sich die Kinderliteratur mehr zur »echten Literatur« hin verändere, um vor Germanisten und anderen kritischen Leuten als Literatur bestehen zu können. Man sollte ihr allerdings andere Beurteilungskriterien gönnen!

Doch das wird wahrscheinlich erst dann möglich sein, wenn es unsere Gesellschaft geschafft hat, zu ihren Kindern ein neues, besseres und menschlicheres Verhältnis zu haben. Die Kinderliteratur wird nicht ernst genommen, weil die Kinder nicht ernst genommen werden. Solange Kinder als »Unmündige« gelten, wird die Kinderliteratur unmündig bleiben und wird es sich gefallen lassen müssen, daß oft Triviales gelobt und Literatur »nicht empfohlen« wird, daß Autoren gefragt werden, ob unter ihren Büchern »auch eins sei, das ein Kind vom Nägelbeißen abbringen könne«, daß etliche Verleger, ehrlich bekümmert, Streichungen in Manuskripten empfehlen, obwohl sie das Manuskript literaturmäßig o.k. finden, aber fürchten, bei Eltern, Lehrern oder gewissen kindertümlich befaßten Kreisen anzuecken und dadurch den Verkauf zu mindern.

Hätten wir endlich literarische Kriterien zur Kinderbuchbeurteilung durchgesetzt, dann würde es allerdings auch einen so schönen Satz, wie den, der in Autorenkreisen bereits zum Sprichwort geworden ist, nicht mehr geben. Er ist einem Gutachten über ein Osterhasenbuch entnommen und lautet: »Ich glaube nicht, daß Osterhasen so miteinander reden!« Wäre doch eigentlich traurig, wenn wir solcher Weisheiten verlustig gingen, oder?

Da die Kinderbuchmacher weder die Eltern und die Lehrer ihrer Leser ändern können, geschweige denn den Personenkreis derer, die Kinderbücher besten Gewissens nach unliterarischen Maßstäben beurteilen, bleibt ihnen nichts anderes übrig, als sich selbst zu ändern. Sie müssen mündiger werden, ihre Bravheit ablegen, ihre Kompromißbereitschaft auch. Sie müsen es lernen, auf der Hut zu sein, um nicht für Anliegen mißbraucht zu werden, die nicht die ihren sind.

Sie müssen endlich beherzigen, was sie ihren Lesern – seit die Trotzköpfchenlektüre im Aussterben ist – dringlichst empfehlen. Mehr Selbstbewußtsein tut uns not.

Es ist hoch an der Zeit, daß wir die auslachen, die uns zu Handlangern ihrer eigenen Interessen – und seien es noch so ehrenwerte, aber unliterarische – machen wollen. Dann würde sich schön langsam herumsprechen – sogar bei Germanisten –, daß auf Kinderzimmerregalen allerhand Literatur lagert, die – im Unterschied zu vielen literarisch wertvollen Büchern im Wandverbau der Eltern – tatsächlich gelesen wird.

Daun muassi wana

Christine Nöstlinger

Maunchmoi sizi beim disch,
und da radio schbüd a musik,
und daun muasi wana.
Maunchmoi lesi in an biachl
mitn in ana gschichd an soz,
und daun muasi wana.
Maunchmoi lani aum sensda
und riach wos,
wosi ned ken,
und daun muasi wana.
Und maunchmoi greifd mi ana au,
und i gschbia wos,
von dem i ned was,
wos des is,
und daun muasi wana.
Und ima, wauni so wan,
daun sichi mi söba vua mia
ois wira tods engal
auf ana rosanan woikn schwem,
und daun greifi noch mia
und wü mi dawischn,
do de rosane woikn zarind
und zaged
und des engalkind
schiasd aufe in hime
ois wira raketn mid an feiaschwaf.
Do kauni daun vua lauta wud
goa nima wana.
I dras radio o
und mochs fensda zua
und des biachl a.
Und waumi ana augreifn wü,
daun dugi mi und ren davau
so gschwind und so schnö, wiri kau,
damid i ned wida wana muas
und midn feiaschwaf in hime fliag.

Was mich weinen macht...

Manchmal spielt mir mein Radio
eine Musik,
die mich weinen macht.
Manchmal hat ein Buch
einen Satz für mich,
der mich weinen macht.
Manchmal ist vor meinem Fenster
ein Geruch,
der mich weinen macht.
Manchmal berührt mich jemand
– nur ganz leicht,
nur mit der einer Hand –
und das macht mich weinen.
Und immer, wenn ich weine,
ist eine rosa Wolke über mir.
Auf der rosa Wolke liege ich
wie ein dicker, toter Engel.
Und dann greife ich
nach der Wolke
und will mich herunterholen.
Aber die Wolke zerflattert
und verweht,
und ich sause in den Himmel
hinauf,
schnell wie eine Rakete
mit Feuerschweif.
Das macht mich so wütend,
daß ich zu weinen aufhöre.
Ich drehe das Radio ab,
lege das Buch weg,
schließe das Fenster,
und wenn mich jemand
angreifen will,
laufe ich davon,
so schnell ich nur kann,
weil ich nicht dauernd weinen
und mit einem Feuerschweif
in den Himmel fliegen will.

*(Übertragen von
Christine Nöstlinger)*

Dann muß ich weinen...

Manchmal hör ich im Radio Musik
und weiß nicht warum,
plötzlich muß ich weinen.
Manchmal les ich ein Buch,
ich find einen Satz
und weiß nicht warum,
plötzlich muß ich weinen.
Oder ich steh am Fenster,
ein Duft weht mich an,
und ich weiß nicht warum,
plötzlich muß ich weinen.
Es kann auch sein,
daß mich jemand ganz flüchtig,
ganz zufällig berührt,
und weiß nicht warum,
plötzlich muß ich weinen.
Und immer, wenn ich weinen muß,
sehe ich mich als toten Engel
zwischen rosafarbenen Wolken schaukeln.
Und will ich mich toten Engel greifen
und will ich mich toten Engel halten,
geschieht es:
Wie weggeblasen sind die Wolken,
und der tote Engel
rast in den leeren Himmel
wie eine irre Rakete.
Dann steh ich da
mit leeren Händen,
und vor lauter Wut
wie weggeblasen ist das Weinen.
Was soll mir das Radio,
das Fenster, das Buch?
Und wollte mich jetzt einer anrühren,
ich würd ihm entwischen,
so schnell ich könnt.
Weil ich nicht wieder weinen müssen will
und nicht als toter Engel,
als irre Rakete
in diesen leeren Himmel rasen will.

*(Übertragen von
Ernst Nöstlinger)*

Großmutter, die Flieger kommen

Josef Guggenmos über »Maikäfer, flieg!«

Wien, Ende des Krieges. Ein achtjähriges Mädchen sitzt bei der Großmutter, die Kartoffeln schält und, zitternd vor Wut, auf die schwarzfleckigen Erdäpfel und auf den Krieg schimpft. Der Volksempfänger meldet den Anflug feindlicher Kampfverbände auf Stein am Anger.

Das Mädchen sagt: »Großmutter, die Flieger kommen«, aber so leise, daß die schwerhörige Großmutter es nicht hört, denn die Flieger können noch abdrehen, und es will nicht umsonst in den Keller laufen. Aber jetzt kreischt es aus dem Volksempfänger: »Kuk kuk kuk kuk kuk kuk...« Das Zeichen, daß die Bombenflugzeuge auf Wien zufliegen.

Das Mädchen geht ans Fenster. Auf der Gasse läuft die Hannitante, eine alte Frau, die der Krieg verrückt gemacht hat. Unter dem einen Arm trägt sie ein hölzernes Klappstockerl, unter dem andern eine zusammengerollte karierte Decke. Sie läuft und ruft: »Der Kuckuck schreit! Leut, der Kuckuck schreit!« So rennt sie bei jedem Bombenangriff um den Häuserblock, immer wieder rund um den Häuserblock, bis der Bombenangriff vorüber ist. Dann geht sie nach Hause, klappt gleich hinter der Wohnungstür das Klappstockerl auf, setzt sich, legt die karierte Decke auf die Knie und wartet, bis der Radiokuckuck zu schreien anfängt.

Die Großmutter fragt: »Heulen net die Sirenen?« Das Mädchen sagt: »Nein, nein!« Es muß nein sagen, denn mit der Großmutter kann es nicht in den Keller gehen, sie ist zu wütend und hätte im Keller weitergeflucht, auf den Herrn Blockwart, den Hitler, den Goebbels, den Gauleiter und die Gemüsefrau.

Die Großmutter stellt die Erdäpfel auf den Gasherd; da wird sie freundlicher, weil die Gasflamme schön groß und hellblau brennt; das kommt davon, weil niemand im ganzen Bezirk kocht, alle sitzen im Keller.

Das Mädchen schaut zum Himmel. Er ist vergißmeinnichtblau. Und dann sieht es die Flieger, es sind sehr viele, sie sind schön und glitzern in der Sonne. Jetzt sieht es die Bomben. Die Flugzeuge lassen so viele Bomben so schnell hintereinander aus ihren Bäuchen, daß es aussieht, als hinge aus jedem Flugzeug eine dunkelgraue, glänzende Perlenkette.

Die Bomben sind auch für die Großmutter laut genug. Sie muß das Mädchen, das sich nicht mehr bewegen kann, von dem Fensterbrett, an das es sich geklammert hat, wegreißen und schleppt es in den Keller.

Nach der Entwarnung läuft der Mann der Hannitante herum: »Habts die Hanni gesehen?« Er gräbt sie dann selber aus einem Schutthaufen. Sie hat noch das Klappstöckerl unter dem einen Arm und die karierte Decke unter dem andern. Sonst hätte er sie gar nicht erkannt, weil ihr Kopf fehlt.

Der Großmutter aber fallen die Erdäpfel ein. »Die Erdäpfel werden mir angebrannt sein!« Aber die Erdäpfel sind nicht angebrannt, das Gas ist ausgegangen, eine Bombe hat irgendwo die Gasleitung zerschlagen.

Davon berichtet das erste, nicht ganz sechs Seiten umfassende Kapitel des Buches **Maikäfer, flieg**! in dem Christine Nöstlinger erzählt, wie sie als Kind das Jahr fünfundvierzig erlebte, die Wochen, ehe die Russen anch Wien kamen, und die ersten Wochen, als sie da waren.

Für mich ist das Buch ein kleines Wunder. Da ist alles da, ein echter Stoff, eine zupackende, genau profilierende Gestaltung.

Das Erzählen gehört auf eine unabdingbare Art zum Humanen; und hier wird erzählt, phrasenlos, ehrlich, eindringlich. Christine Nöstlinger erzählt von Menschen, von dem Mädchen, das es selber war, von Cohn, dem häßlichen, hilflosen, liebenswerten russischen Koch, von vielen anderen. Sie erzählt ein Stück Geschichte. Der Mensch ohne eigene und allgemeine Erinnerung ist ein amputierter Mensch, und in dieser Erzählung ist eine Elle Vergangenheit auf eine so faszinierende Weise präsent, daß sie auch in hundert Jahren noch ihre Gültigkeit hat.

An einer Stelle wird der Führer erwähnt, und da ist in einer Fußnote angemerkt, wie der Mann hieß. So sehr ist also die Zeit, von der berichtet wird, schon Geschichte.

Ach ja, es handelt sich um ein Jugendbuch. Ich weiß nicht, ob so manches an dem Drumherum des Buches, wodurch es so betont zum Jugendbuch erklärt wird, hat sein müssen. Aber sei's drum. Es ist ein Buch, das Rang hat und das man auch einem Jugendlichen in die Hand geben kann. Und es ist, im Rahmen des Jugendbuchs, in einem Raum, in dem sich unversehens wieder einmal viel verlogene Erbauungsliteratur breitmacht, in seinem redlichen Realismus ein ehrliches Buch.

Aus: »Welt des Buches«, 15.11.1973

Zwei Ausstattungen: von Günther Stiller, die zweite von Jan Buchholz & Reni Hinsch (Titelbild von Willi Glasauer).

JAPANISCH

ENGLISCH (USA)

NIEDERLÄNDISCH

SCHWEDISCH

FINNISCH

NORWEGISCH

ENGLISCH (GB)

DÄNISCH

INTERNATIONALE LIZENZAUSGABEN:

»MAIKÄFER, FLIEG!« Die Gesamtauflage in aller Welt liegt bei ca. 185.000 Exemplaren.

»WIR PFEIFEN AUF DEN GURKENKÖNIG« Die Gesamtauflage in aller Welt liegt bei 400.000 Exemplaren.

Weitere Übersetzungen sind in Vorbereitung.

ITALIENISCH

GEORGISCH

BULGARISCH

HEBRÄISCH

FRANZÖSISCH

GRIECHISCH

TSCHECHISCH

SPANISCH

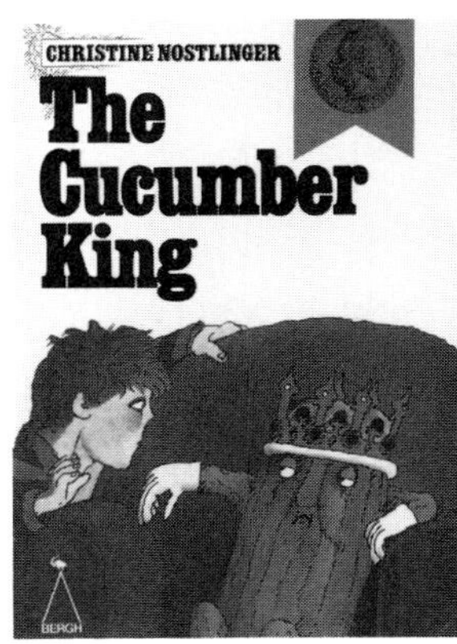

ENGLISCH (USA)

Nöstlinger über Nöstlinger

Fast alle Autoren haben mit dem »Ich-über-mich-Schreiben« ein Lebtag lang ihre liebe Not. Wenn sie relativ jung und unbekannt sind, nehmen sie die Sache sehr ernst und sinnen stundenlang über ein paar Absätzchen, die ihren Lebenslauf und ihre Anliegen exakt darstellen, auf daß nur ja kein Detail ihrer wichtigen Persönlichkeit und ihrer weltbewegenden Absichten verloren gehe! Mit den Jahren legt sich das. Man hat sich eine Biographie zurechtgehäkelt und ein paar Sätze formuliert, die als Absichtserklärung für das »Werk« gut dastehen. Doch wieder ein paar Jahre später, wenn der Autor diese Statements schon dutzende Male heruntergeschnurrt und schwarz auf weiß gedruckt wiedergelesen hat, traut er ihnen selbst nicht mehr. So einfach, sagt er sich, so auf Pointen auslaufend, ist das, was er lebt und meint, nun auch wieder nicht!

Da ich seit vielen Jahren Bücherschreiben, Fernseh- und Hörfunksendungen erzeugen und Zeitungsartikeltippen zu meinem Beruf erklärt habe, befinde ich mich bereits in der dritten der geschilderten Phasen. Ich weiß nicht mehr viel über mich, abgesehen von ein paar amtlich bekannten Daten, wie: Geboren am 13.10.1936. Geburt zweier Töchter, 1959 und 1961. Und daß ich verheiratet bin, weiß ich auch. Da uns der Trauschein abhanden gekommen ist, kann ich das exakte Datum nicht angeben. Es muß ein paar Monate vor der Geburt der ersten Tochter liegen.
Aufgewachsen bin ich in einem Wiener Arbeiterbezirk und galt dort als »besseres« Kind, weil meine Mutter einen Kindergarten und mein Großvater ein Geschäft hatte. Das waren dort, wo ich lebte, sehr »gehobene« Positionen.
Mein Vater war zur Zeit meiner Geburt arbeitslos, zur Zeit meiner Kindheit auf dem großen Fußmarsch Moskau-retour. Daß er ein sehr schöner Mann war, ist auf Fotos zu besichtigen. Daß er der liebste, klügste und herrlichste Mensch war, den es nur geben kann, ist eine Erfindung von mir, an der ich wahrscheinlich bis zu meinem Lebens-

ende festhalten werde, denn Beweise, daß dem nicht ganz so war, habe ich schon reichlich vorgelegt bekommen und empört abgelehnt.
Mit meiner Mutter hatte ich – wie alle Töchter – stets große Schwierigkeiten. Auf die oft gestellt Frage, ob meine Kindheit »glücklich« gewesen sei, antworte ich manchmal mit einem strahlenden »ja«, manchmal mit einem traurigen »nein«. Beides stimmt. Kindheiten sind immer sehr glücklich und sehr unglücklich.
Zum Schreiben kam ich, weil ich eine schlechte Zeichnerin war. Ich malte ein Bilderbuch und schrieb mir einen Text dazu. Das Buch wurde gedruckt, der Text fand mehr Anerkennung als die Bilder. Da ich damals sehr hinter Anerkennung her war, verlegte ich mich aufs Schreiben und Texten, hatte damit Erfolg und war davon so hingerissen, daß ich wie eine Brummhummel darauflos produzierte.
Manchmal, wenn mir einfällt, was ich schon alles erzeugt habe, wird mir mulmig um die Seele. Ich sage mir: Über fünfzig Bücher, über zwanzig Fernsehspiele, unzählige Hörfunksendungen und kubikmeterweise Zeitungsartikel, das ist einfach zuviel für sechzehn, siebzehn Jahre Autorenleben. Wie eine Ein-Mann-Buchstabenfabrik komme ich mir dann vor.
Über die Schwierigkeiten, die man hat, wenn man für Kinder schreibt, also nicht von der eigenen Bewußtseinslage aus formulieren kann, sondern sich andauernd auf Leser einzustellen hat, von denen man eigentlich gar nichts weiß und nur vermutet, will ich hier nicht schreiben. Das wäre eine uferlose Sache! Ich möchte nur gestehen, daß ich mich unentwegt »durchmogle«. Ich habe gewisse Vermutungen darüber, was Kinder lesen wollen und gewisse Vermutungen, was Kinder lesen sollten. Und dann habe ich noch das dringende Bedürfnis, mir gewisse Dinge von der Seele und aus dem Hirn zu schreiben. Und die feste Überzeugung, daß Kinder beim Lesen gern lachen, die habe ich auch. Aus diesen vier Komponenten mische ich üblicherweise meine Bücher zusammen. Manchmal allerdings breche ich aus diesem Käfig, in den ich mich selbst gesperrt habe, aus und schreibe ein Kinderbuch, ganz so, wie es mir gefällt. Diese Bücher bekommen dann ein paar lobende Kritiken mehr, haben aber bei den Lesern weniger Anklang. So werde ich dann wieder bescheiden und arbeite im nächsten Buch erfolgsre-

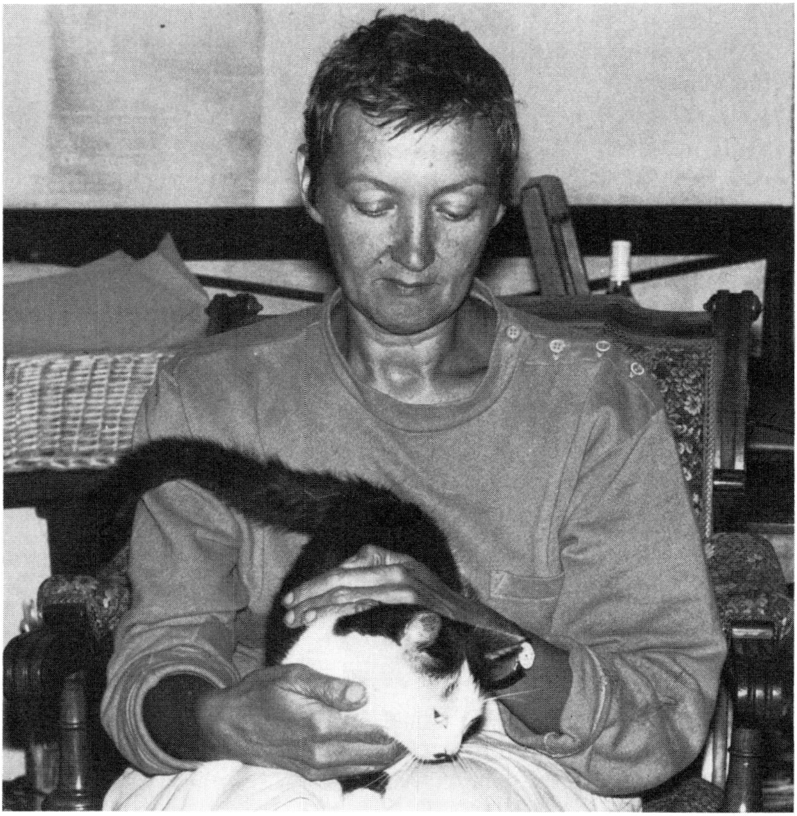

zepttreu und wandle auf dem schmalen Grat zwischen Trivialität und Literatur brav dahin.

Das klingt, nehme ich an, ziemlich desillusionierend und hat so gar nichts von Wertevermitteln und Gutem-Wahrem-und-Schönem und Lebenshilfe-geben und Hinterfragen-üben und all dem, was Kinderbuchautoren als Schreibberechtigung gern angeben, an sich. Mag sein! Im Moment jedenfalls kommt es mir halbwegs ehrlich vor. Kann aber auch sein, daß ich mich und meine »Anliegen« in einem Jahr ganz anders sehe.

Aus: ›Bulletin Jugend + Literatur‹, Nr. 12/1983

». . . einschreiten, wo man kann, träumen hilft nichts.«

Die Bücher der Christine Nöstlinger

Roswitha Budeus-Budde

Die »feuerrote Friederike« fliegt mit der Annatante, der Katerkatze und ihren Freunden in ein fernes, besseres Land, um den Quälereien der Mitmenschen zu entfliehen. Als die Erzählung 1970 erscheint, kann der Leser noch nicht ahnen, daß es einmal Hugo sein wird, »das Kind in den besten Jahren«, der seine Flugkünste dazu verwendet, um hier, in unserer Gesellschaft, für ein besseres Leben zu kämpfen. Sein Manifest:

> »Ich bin ein Kind und habe ein Recht auf alles Kindliche! Ich weigere mich, Ordnung als den höchsten Wert im Leben anzuerkennen! Ich habe ein Recht darauf, glücklich zu sein! Ich muß nicht dauernd Sachen machen, die mir sinnlos vorkommen! Ich muß mich nicht dauernd danach richten, was die Erwachsenen wollen! Ich bin ein freies Kind und weiß am besten, was für mich gut ist!«

Diese Menschenrechte des Kindes sind die Kampfansage Christine Nöstlingers an unsere Gesellschaft, die auf Kosten von Menschlichkeit und Individualität zu Ja-Sagern und Anpassern erzieht. Weil sich der schmerzhafte Erziehungsprozeß als alltägliches Drama zwischen Eltern und Kindern und Kindern und Lehrern abspielt, wählt sie als Schauplatz ihrer Erzählungen die Familie und die Schule.

Inzwischen kennt der Leser die verschiedenen »Nöstlinger-Familien«; sie alle scheinen miteinander verwandt zu sein. Und alle müssen sie Konfliktsituationen bewältigen.

Christine Nöstlinger ist ein Anwalt der Schwächeren, darum verlaufen diese häuslichen Dramen nicht nach dem gängigen Prinzip der Jugendliteratur; denn sie hat aus ihrer eigenen Kindheit nichts vergessen und nichts vergeben. Darum findet sich in ihren Erzählungen kein fauler Kompromiß, der in Wirklichkeit ein Sieg der Stärkeren und der bestehenden gesellschaftlichen Verhältnisse bedeutet. Darum werden die

Buchhelden nicht angepaßt und endlich erwachsen und der Autor beugt sich zum Leser hinunter und vermittelt Lebensweisheit.
Lebensweisheiten vermitteln in den Erzählungen der Nöstlinger nur Personen, die außerhalb der direkten Turbulenzen stehen; oft sind es die Großeltern oder gute Freunde. Die direkt Betroffenen sind böse, aggressiv und uneinsichtig. Die Kinder kämpfen um ihre Freiheit und Selbstverwirklichung, die Erwachsenen um ihre Autorität und gewohnte Ordnug. Ein happy-end herkömmlicher Art schließt sich dabei aus. Es bleibt die Hoffnung, daß Aussicht auf ein humaneres Zusammenleben besteht. Die Voraussetzung dafür aber ist eine faire Auseinandersetzung, in der die Kinder keine angepaßten Ja-Sager sind und die Eltern die Bereitschaft zeigen, von ihnen zu lernen und autoritäres Verhalten abzulegen. Wenn diese faire Auseinandersetzung nicht stattfindet, wie in »Ilse Janda, 14«, deutet sich eine Katastrophe an…
Um aber in diesem Kampf als Schwächere zu bestehen, brauchen die Kinder Hilfe. Die Hilfe ist bei Christine Nöstlinger nie ein gütiges Schicksal, das die Schwierigkeiten aus dem Weg räumt, sondern immer Hilfe zur Selbsthilfe. So wird in »Wir pfeifen auf den Gurkenkönig« die Familie Hogelmann von dem hinterlistigen Gurkenkönig so lange unter Druck gesetzt, bis sich alle zusammentun, um gegen ihn und den autoritären Vater erfolgreich zu opponieren. Ist der Gurkinger eine phantastische Figur, die die faulen Kompromisse, auf denen das nach außen so harmonische Familienleben beruht, ins Wanken bringt, so hat dieselbe Wirkung Jaspar, das »Austauschkind«. Wieder erzählt der Sohn der Familie. Er ist unglücklich, weil seine Eltern total über ihn verfügen. Im Gegensatz zu seiner Schwester, die schon anfängt sich zu wehren, akzeptiert er, wenn auch zähneknirschend, diese Behandlung. Bis der englische Gastjunge kommt, der jede Gemeinsamkeit mit der Familie verweigert. Weil die Eltern sich nicht eingestehen wollen, daß es ein Kind gibt, mit dem sie nicht fertig werden, schicken sie ihn nicht zurück, sondern versuchen mit Gewalt seinen Widerstand gegen Waschen, Ordnung und häusliches Miteinander zu brechen. Darüber sind Ewald und seine Schwester so wütend, daß sie sich mit ihm solidarisieren. Als sie dann herausfinden, warum

er alle und alles ablehnt (er wurde schon als kleines Kind zwischen verschiedenen Bezugspersonen hin und her geschoben), informieren sie die Eltern. Bei diesen beginnt darauf ein Umdenkungsprozeß, der in turbulenten Verbrüderungsszenen endet.

Hilfe zur Selbsthilfe heißt bei Christine Nöstlinger aber nicht nur, sich mit Gleichgesinnten zu solidarisieren, sondern auch darüber nachzudenken, warum Erwachsene ungerecht und autoritär sind. Darum werden besonders die Mütter, auch wenn sie schonungslos demaskiert werden, oft als Opfer ihrer Rolle und der gesellschaftlichen Ungleichheit dargestellt. Wenn sie sich nicht emanzipieren, werden sie zu ihrer eigenen häßlichen Karikatur. Das treffendste und boshafteste Beispiel ist die Mutter in »Pfui Spinne!«, für die die Ehe eine Falle ist. Sie rächt sich und wird dick und unbeweglich und für die Familie eine Last. – Christine, die Tochter, kämpft gegen diese Mutter an, gemein und ohne Mitleid, um sich von ihr zu distanzieren. Und sie meint, sie habe den Durchblick auch in dem etwas komplizierten Verhältnis zu ihrem Freund Hasi, um dann im Urlaub einer »Liebe auf den ersten Blick« zu verfallen. Erst die langsame Erkenntnis, daß diese »Liebe« ein windiger Typ ist, der auf Kosten verschiedener Freundinnen ein gutes Leben führt, läßt sie Abstand gewinnen. Ihr Bruder, der zwar selbst einen etwas lockeren Lebenswandel führt, sich aber für sie verantwortlich fühlt, und Hasi helfen ihr dabei. Als sie zu ihm zurückkehrt, ist sie um die Erkenntnis reifer, »daß es eben etlichen Arten von Liebe geben muß und daß es einem nicht erspart bleibt, alle kennenzulernen«.

Liebe wird hier nicht, wie oft im Jugendbuch, als eine freundliche, behutsame, vernünftige Begebenheit gezeigt, sondern Christine wird davon unheilbar, unrettbar überfallen – wenn auch der Leser schon ahnt, daß sie nicht ewig dauern wird; denn die erste Begegnung der beiden liest sich wie die Parodie auf einen Frauenroman. In »Pfui Spinne!« läßt die Autorin ihre Heldin selbst Erfahrungen machen. Da sie dabei keine Tabus respektiert, erreicht sie eine für die »Gattung Mädchenbuch« ungewohnte Authentizität.

Warum ist Christine Nöstlinger so erfolgreich? Es ist ihre lockere, kreative Sprache – diese Verbindung aus dem österreichischen Dialekt ihrer Wiener Kindheit und spontanen, der Jugendsprache abgeschauten Neuschöpfungen. Sie ist voller Witz und schafft zum ernsthaftesten Geschehen und zu den boshaftesten Menschen ironische Distanz. Besonders wirkungsvoll ist dieser Stil in Dialogen: Die Autorin läßt die Personen wie im Drama auftreten. Sie charakterisieren sich selbst und führen sich so in die Handlung ein. Diese Auftritte spielen oft im Familienalltag. Die realistische Härte der verbalen Auseinandersetzung wird dabei durch die Schilderung des täglichen Kleinkrams komisch verfremdet. Das bereitet dem Leser, der sich in diesen Szenen wiederfindet, großes Vergnügen.

Genauso angesprochen fühlt er sich durch den Kriegszug der Nöstlinger gegen die herkömmliche Familienerziehung und die Schulpädagogik. Wie schlecht ein guterzogenes Kind im Leben zurecht kommt, muß Konrad, »das Kind aus der Konservenbüchse«, erleben. Als vorgefertigtes Kunstprodukt mit allen Tugenden, die Eltern und Lehrer erfreuen, ausgestattet, kann er sich nur behaupten, weil er sich rigoros einer Umerziehung zu einem echten »Nöstlinger – Kind« unterwirft. In einem parodistischen Kunstgriff entlarvt sich dabei die herkömmliche Erziehung als untauglich: Immer, wenn Konrad sich »richtig« verhält, hat er zur Realität keinen Bezug. Sein Verhalten wirkt komisch, und wenn ihm seine Mutter, Frau Bartolotti, und seine Freundin Kitty nicht geholfen hätten, hätte es ein schlechtes Ende genommen...

Genauso ein schlechtes Ende nimmt es, wenn man sich mit der herkömmlichen Schule identifiziert. Bestenfalls kann man die Schule passiv duldend über sich ergehen lassen, und sehr bezeichnend ist es, daß »Hugo« von den 125679 erlernten Schulweisheiten nur noch 93 übrig bleiben; diese konnte er noch nicht auf ihre Richtigkeit überprüfen. Mit der »Wohn-Wald-Schule«, in die Hugo seine Freunde schickt, entwirft Christine Nöstlinger ihre Utopie einer menschlichen Schule...

Ein absolutes Muß für alle »Nöstlinger-Helden« ist die Solidarität mit den Klassenkameraden; nur als Gemeinschaft hat man gegen die Lehrer eine Chance. – Eine Außenseiterposition innerhalb ihrer Klasse ist der Ausgangspunkt für die Schwierigkeiten von Thesi in »Man nennt mich Ameisenbär«. Weil sie häßlich ist, aber geliebt werden möchte, ist sie in der Schule eine »Strebsau« und zu Hause angepaßt und ausgleichend. Als ihre Klassenkameraden eine Aktion gegen eine ungeliebte Lehrerin planen, gerät sie in den Verdacht, dies verraten zu haben. Ihre mühsam aufgebaute Welt bricht zusammen; sie wird gezwungen, sich mit sich selbst und ihren Schwierigkeiten auseinanderzusetzen. Die Mithilfe der aggressiven Schwester und der Beistand der Eltern und der Großmutter helfen ihr.

In dieser Familie hat sich im Vergleich zu früheren Erzählungen etwas entwickelt. Der Konflikt entsteht nicht mehr aus dem Dualismus Eltern-Kinder, als Beispiel für den Kampf um eine menschlichere Zukunft, er wird vielmehr als schwierige Identitätsfindung in das Innenleben der Heldin verlegt. Diese Identitätsfindung konnte aber nur gelingen, weil Thesi eine Familie hat, die zueinander steht. Vielleicht entwirft Christine Nöstlinger hier ihr Modell einer zukünftigen Gemeinschaft. Sie besteht aus gleichberechtigten Individualisten, jeder verteidigt sein Recht, aber es gibt keine zerstörerischen Auseinandersetzungen, die das Miteinander und die Zuneigung ernsthaft demontieren. Die Sprache spiegelt das neue Verständnis; sie verliert manchmal ihre ätzende Schärfe, Versöhnliches, leise Töne und Selbstironie nehmen zu.

Von dieser versöhnlichen Haltung ist in Hugo, »dem Kind in den besten Jahren«, noch nichts zu spüren. Diese Erzählung ist bemerkenswert, weil Christine Nöstlinger sie zu acht fertigen Bildtafeln verfaßte. Es ist beeindruckend, wie die skurrile Welt des Malers durch den phantastisch-sozialen Aspekt einen Sinn bekommt, den Bildern gleichsam rückwirkend eine Bestimmung zugesprochen wird. Hugo ist die Integrationsfigur, die mit ihrem Kampf um eine bessere Zukunft diese Trödelmarktwelt (als Spiegel unseres Alltags) lebenswert gestalten soll. Er sucht sich dazu Bundesgenossen, alle alten Kinder, die wie er nicht erwachsen werden, weil sie sich Wahrhaftigkeit, Humanität und List als Kampfmittel gegen menschenfeindliche Lebensbedingungen bewahrt haben. Bei dieser Suche durch die vorgegebene Bilderwelt erlebt er Abenteuer, die einen Blick in die Abgründe der Phantasie der Christine Nöstlinger geben und sich einer eindeutigen Interpretation und Festlegung entziehen. Der Leser wird aufgefordert, dies selbst zu erfahren. Als Hilfe bekommt er die Worte Hugos mit auf den Weg: »Man muß einschreiten, wo man kann, träumen hilft nichts.«

»Ich kann nur über Dinge schreiben, die ich kenne«

Christine Nöstlinger

Als Hitler in Österreich einmaschierte, war ich drei Jahre alt. Als die Russen Österreich befreiten, war ich neun Jahre alt. Als die Amerikaner meine Umerziehung für beendet ansahen, war ich achtzehn Jahre alt.

Vom Frieden wußte ich als Kind genausoviel, wie die Kinder heute vom Krieg wissen: ein paar verjährte Bilder und ein verwirrtes Staunen, daß es ihn anderswo gibt; damals den Frieden, heute den Krieg. Doch ich habe dieses Buch nicht geschrieben, damit die heutigen Kinder mehr vom Krieg verstehen. Wenn man ein Buch über den Krieg schreiben wollte, kann es nicht genügen, aufzuschreiben und abzuschildern – und sei es noch so eindringlich –, wie scheußlich es im Krieg zugeht. Kriege passieren nicht einfach. Kriege werden gemacht. Von Menschen. Und die, die sie machen, haben meistens den Nutzen davon.

Früher – bis auf wenige Ausnahmen – waren die, die vom Krieg profitierten, auch die, die im Unrecht waren. Ich hoffe, daß sich das ändern wird. Erste Anzeichen sind vorhanden. Doch die, die im Recht sind, werden – zumindest in den nächsten Jahrzehnten – zu ihrem Nutzen auch nur durch Krieg kommen.

Für mich bedeutet ein schießender Green Berret etwas anderes als ein schießender Vietcong.

Für mich haben die Nazis auch etwas anderes bedeutet als die Russen. Das war keine freie Entscheidung. Wäre mein Vater nicht Sozialist gewesen, sondern ein SA-Mann, wäre mein Großvater kein furchtsamer alter Mann, sondern Blockwart gewesen, hätte ich nicht in einem Proletenbezirk, sondern in einem Villenviertel gewohnt, hätten meine Zuneigungen und Abneigungen andere Vorzeichen gehabt.

Meine Zuneigungen und Abneigungen sind auch heute sehr ausgeprägt. Ich habe Partei ergriffen: für den Vietcong, für die Proleten, für die Sozialisten; auch für die furchtsamen alten Männer.

Doch bei dem, was so meine tägliche Arbeit ist – Bücherschreiben für Kinder – wird meine Parteinahme sehr wenig sichtbar. Ich glaube, mehr ist Kindern nicht zumutbar. Ich finde, als Autor kann ich dem Leser nur Dinge vorsetzen, die ihn interessieren. (Wenn ich ein Lehrer oder ein Geschichtsbuchschreiber wäre, lägen die Dinge anders.) Ich meine: Meine Leser haben Interesse an Vätern, Müttern, Tanten, Lehrern, Schularbeiten, Fahrrädern, Liebe, Spielplätzen, Taschengeld und Autos. (Auch an Bergen und Pferden und Hunden und dem lieben Gott. Doch dazu fällt mir leider nie etwas ein.)
Einschränkend noch: Ich kann nur über Dinge schreiben, die ich kenne. Indianer, Filmstars und Söhne von Atomphysikern mit Nobelpreis fallen also weg. Wie es dem Eskimo am Morgen geht, wenn er aus dem Iglo tritt, ist mir genauso unklar.
Dafür kenne ich mich noch aus: bei durchsichtigen Männern aus blauem Rauch, fliegenden Katzen und Großmüttern, Erdäpfeln mit Hirn und Herz und dergleichen mehr.
Ob diese Art von Bekanntschaften für meine Leser von Nutzen ist, weiß ich nicht.
Ich weiß überhaupt nicht viel.
Ich weiß zum Beispiel nicht, ob den Kindern meine Bücher gefallen. Oder, warum sie ihnen gefallen. Manchmal, wenn ich in einer Schulklasse etwas vorlese, bin ich sehr erstaunt, bei welchen Stellen die Kinder lachen. Es sind selten die Stellen, die ich besonders lustig finde.
Als Kinderbuchautor ist man ja überhaupt vom Markt in eine schiefe Lage gebracht. Von einem, der Literatur für Erwachsene schreibt, wird niemand verlangen, er solle gleichermaßen die bürgerliche Hausfrau wie den linken Studenten wie den Bauersmann befriedigen, doch der Kinderbuchschreiber darf höchstens für Jungen oder Mädchen verschiedenartig fabrizieren. Dazu darf oder soll er noch drei oder vier verschiedene Altersgruppen unterteilen. Beides sehr fragliche Unterordnungen.
Das *zehnjährige* Mädchen, das möchte ich nämlich sehen. Wenigstens ein einziges Mal in meinem Leben. Um mir einen Eindruck davon machen zu können, für wen ich da eigentlich Tag für Tag vor mich hintippe.

Die handvoll Zehnjährige, die ich kenne, sind so verschieden, daß ich nicht wagen würde, ihnen das gleiche Buch zu Weihnachten zu schenken. Noch weniger sehe ich mich in der Lage, ein für alle Zehnjährigen gleichermaßen interessantes Buch zu schreiben. Die einzige Kinderperson, die mir als Modell – als Leser-Modell wie als Buchfigur – zur Verfügung steht, ist das Kind, das ich einmal war. Gewiß: es gibt Kinder, mit denen ich lebe, Kinder, die ich beobachte, Kinder, denen ich zuhöre. Davon kann man Sprache holen, Kleidertips, Musikbegleitung und sonstige Ausstattung.

Für alles andere muß ich mein Erinnerungsvermögen belasten. Mit Einsatz aller kritischen Fähigkeiten, wie weit Erinnerungen getraut werden kann. Daß nach der kritischen Betrachtung Manipulation einsetzt – bescheiden, beharrlich und listig –, Manipulation in Richtung meiner Parteinahme, Manipulation, von der ich mir keinen Erfolg erwarte und doch im hintersten Winkel des Herzens erhoffe, – das ist für mich der Spaß beim Kinderbuchschreiben.

Erstveröffentlicht als Nachwort zur ersten Auflage von »Maikäfer, flieg!«, Herbst 1973.

Nachwort zum Nachwort

Weil da noch »eine halbe Seite frei wäre«, meint mein Lieblingslektor, möge ich doch ein »Nachwort zum Nachwort aus heutiger Sicht« schreiben. Der Gute ist weit weniger sensibel, als ich annahm, sonst wüßte er, daß ich dazu nicht eine halbe Seite, sondern zehn Seiten brauchen würde; und die ganz eng bedruckt mit winzigen Buchstaben. So einfach, daß ich statt *Green Barret* und *Vietcong* nun *Buren* und *Schwarze* oder *Sandinisten* und *USA* einsetze und damit die Sache up-to-date mache, ist das nicht. Die dreizehn Jahre, die seit dem Erscheinen von »Maikäfer, flieg« vergangen sind, haben mich ratlos und traurig gemacht. Ich muß höllisch aufpassen, daß ich nicht hoffnungslos und zynisch werde. Ich habe erkannt, daß die *Proleten* bereits damals, als ich für sie *Partei ergreifen* wollte, längst Kleinbürger waren. Ich sehe nirgendwo mehr *Sozialisten*, ich sehe nur mehr Sozialdemokraten; und

die mag ich nicht. Für die *furchtsamen alten Männer* bringe ich auch nicht mehr viel Mitgefühl auf, weil sie mir altersmäßig immer näher rücken und man kein Mitleid mit der eigenen Generation haben soll. Vielleicht fällt mir demnächst sogar etwas zu *Hunden, Bergen und dem lieben Gott* ein. Auf alle Fälle fällt mir mehr – und wesentlich freundlicheres – zu Frauen ein als vor dreizehn Jahren. Am Ende des Nachwortes schrieb ich von *Manipulation*. Das ist mir oft zum Vorwurf gemacht worden, nach dem Motto: Da hat sie sich unbedacht entlarvt! Meine Wortwahl war aber nicht unbedacht. Doch um zu erklären, warum ich dieses negativ besetzte Wort sehr bewußt gewählt habe, würde ich allein schon eine Doppelseite voll winziger Buchstaben brauchen. Vielleicht ist im nächsten Werkstattbuch eine frei…

Ein Kind von Wien*

Christine Nöstlinger

Der Verleger will ein Vorwort von mir, weil ich auch einmal ein »Kind von Wien« war, in derselben beschissenen, lausigen Zeit in dieser Stadt zehn Jahre alt war – also Experte bin für die bezüglichen Ruinen, Bombentrichter, Kellerunterschlüpfe, Russen-soldaten-ami-soldaten, Kinderschicksale und Herren mit Bewilligungbescheinigungen. Und weil er – der Verleger – weiß, daß ich Robert Neumanns »Kinder von Wien« liebe.
Ich bitte den Leser, dieses Buch genau und aufmerksam zu lesen, sich der Tränen nicht zu schämen, die ihm vielleicht hin und wieder die klare Sicht auf die Buchstaben trüben, es seinen Freunden, falls sie es nicht von selber lesen möchten, wortgewaltig aufzudrängen und nicht lange darüber zu sinnieren, ob er bei der Lektüre nicht vielleicht-etwa-doch Emotion an Sentimentalität vertan habe... – Mehr hätte ich eigentlich nicht zu sagen, wenn ich nicht wüßte, daß dreiunddreißig Jahre eine sehr lange Zeit sind, daß dreiunddreißig-Jahre-zurück für junge Leser, die in der Schule absolut nichts Brauchbares erlernt haben, eine sehr fremde Zeit sind; selbst wenn sie, was ja auch vorkommen soll, über Friedensverträge, Besatzungen, Lebensmittelkarten, Stalinorgeln und V2-Träume Bescheid wissen.
Ich fürchte, daß der Leser, auf der Suche nach »Wirklichkeit und Wahrheit«, Robert Neumanns Wahrheit für Wirklichkeit nehmen könnte, oder – was schlimmer wäre – Robert Neumann überhaupt nicht glaubt, weil da – immerhin – etliches geschrieben steht, was mit der historischen Wirklichkeit nicht viel gemein hat.
Ich fürchte, es ist manchem Leser zuviel abverlangt, vom postergeschmückten, teppichbodenbelegten, Fichte-natur-Jugendzimmer in diesen Bombenkeller mit »Ziehwasserbequemlichkeit, wie Stalin keine bessere hat« hinunterzusteigen. Ich möchte deshalb zwischen Jugendzimmer 79 und Bombenkeller 46 Station machen: bei den ganz »normalen« Kindern von Wien, anno 46. Bei denen, die , wenn schon keine Väter, so doch Mütter oder zumindestens ein Stück Großeltern hatten.

* Vorwort zur Neuausgabe »Die Kinder von Wien« von Robert Neumann, Weinheim 1979.

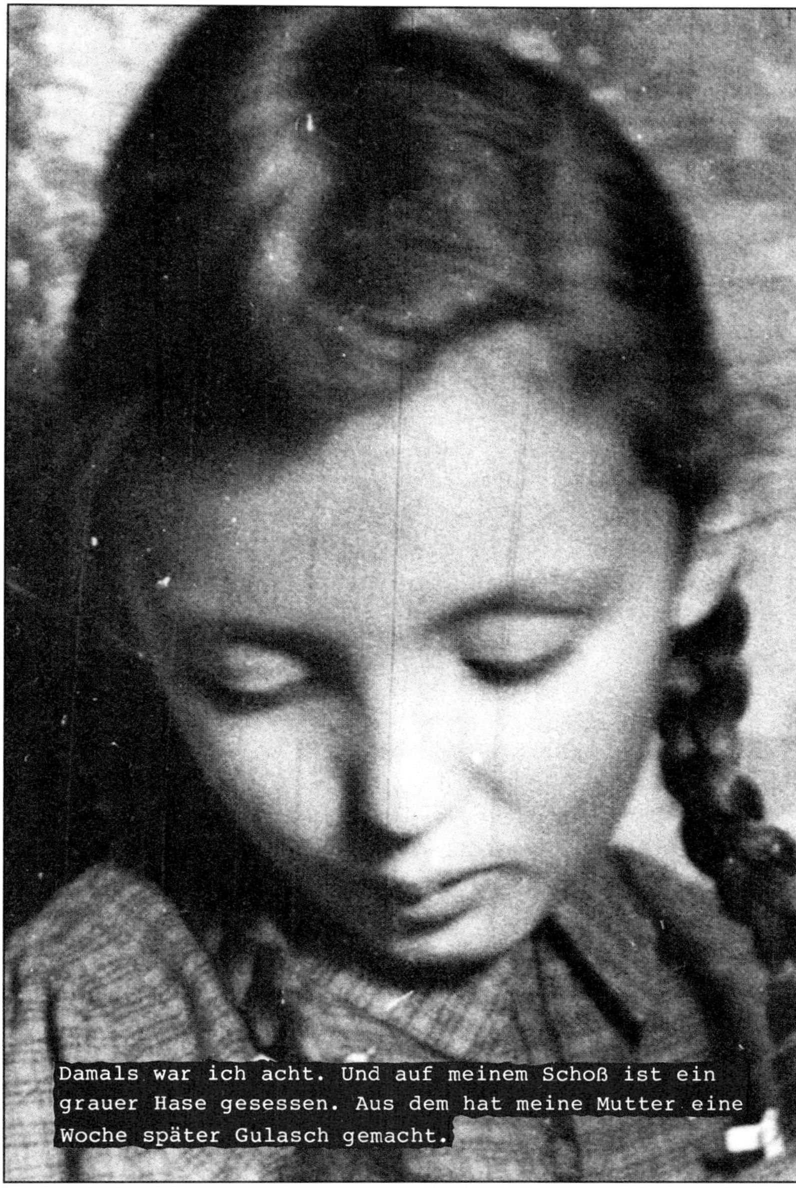
Damals war ich acht. Und auf meinem Schoß ist ein
grauer Hase gesessen. Aus dem hat meine Mutter eine
Woche später Gulasch gemacht.

Bei denen, die nicht aus den Konzentrationslagern entkommen waren, die nicht vom Wehrmachtsbordell und dem Werwolfslager übriggeblieben waren. Und auch keinen Widerstandskämpfer zum Vater hatten. Bei denen, die ein Bett hatten und zu essen auch. Die nicht zwischen fünf Arten von roten Flecken, zuzuschmieren mit Dreck, unterscheiden mußten. Die auch nicht Brieftaschen stehlen konnten, so gut, daß man hätte meinen können, sie haben Flügel gekriegt.
Ich glaube, daß die Kenntnis der ganz normalen Kinderlebenssituation 46 es dem Leser leichter machen kann, in den Keller der »Kinder von Wien« hinunterzusteigen. Der Weg ist dann nicht mehr so weit.
Ich will von den einfachen Dingen reden:
Wir hatten wenig zu essen. Aber unsere Eltern und unsere Großeltern sagten uns, daß wir gut dran seien. Nach dem ersten Weltkrieg sei die Lage noch viel schlimmer gewesen. Da habe man richtig hungern müssen. Richtig hungerten wir nicht. Und Schinken, Schnitzel, Torten, Erdbeeren und ähnliche gute Dinge entbehrten wir ja gar nicht. Aus dem einfachen Grund, weil wir sie nicht kannten. Wir waren im Krieg aufgewachsen. Da hatte es das alles auch nicht gegeben.
Zwei Sorten von Nahrungsmittel gab es 1946 in reichem Maße: schrumpelige, grüne Trockenerbsen mit getrockneten Würmern darin – eine Spende aus der UdSSR. Und »Silver-Hake«, kleine, faschierte Fische, faschiert samt Haut und Kopf und Gräten, in Dosen ohne Aufschrift. Angeblich war das Verpackungspapier absichtlich entfernt worden, wei es sich bei den »Silver-Hake«-Dosen eigentlich um Hundefutter handelte. Um Hundefutter, das keine Käufer gefunden hatte. Die »Silver-Hake«-Dosen waren eine Spende aus den USA.
Für die Kinder, die bei dieser Kost weder Fett noch Fleisch ansetzten, gab es die Schwedenausspeisung. Wir kamen mit Blechheferln und Löffeln in die Schule. Zu Mittag, wenn der Unterricht beendet war, marschierten wir in Zweierreihen in den Turnsaal. Dort standen etliche gütige und ausländische Frauenspersonen bei einem riesigen Aluminiumbottich und schöpften uns dunkelgraue Suppe mit hellgrauen Brocken in die Blechheferln. Die Suppe war lauwarm. Manchmal auch kalt. Soweit ich mich erinnern kann, aß etwa ein Drittel von

Damals war ich sechszehn und färbte mir die Augenbrauen mit abgebrannten Streichhölzern schwarz, weil ich kein Geld für einen Augenbrauenstift hatte.

uns die Suppe ohne jedes Murren, das zweite Drittel würgte das entsetzliche Zeug unter verbalen Ekelbezeugungen hinunter. Der Rest entledigte sich des Heferlinhaltes, was streng verboten war. Die Frau Lehrerin inspizierte die leeren Heferln. Hatte ein Heferl einen total bekleckerten Rand, was vom entschlossenen Ausgießen ins Klo herrührte, so wurde der Heferlbesitzer mit einer Stunde Nachsitzen und einer Strafpredigt über »sündhaftes Verhalten« belegt.

Der Schwedensuppe-verweigernde-Teil von uns bestand nicht nur aus Kindern von Begünstigten, wie Schleichhändlern, Hühnerhaltern, Obstgartenbesitzern und Leuten mit Bauern in der Verwandtschaft. Es gab auch damals Kinder, die sich trotz andauerndem, nagenden Hungergefühl nicht in der Lage sahen, schleimige, dunkelgraue Brokkensuppe lauwarm zu löffeln. Magerten diese Kinder auf Grund ihrer Geschmackseinstellung weiter ab, kamen sie – gewogen und für zu leicht befunden – in den Genuß der »Quäker-Spende«. Die wurde auch in der Schule verteilt. In der großen Pause. Sie bestand aus einem Becher Trockenmilch-Kakao und zwei Weckerl, länglich in der Fasson, ansonsten den heutigen McDonald-Erzeugnissen sehr ähnlich. Die Weckerln waren gefüllt: Eins mit Peanutbutter und orangfarbenem Käse, eins mit Peanutbutter und brandroter Marmelade. Die Quäker-Spende-Bedachten wurden vom Lehrkörper dazu angehalten, ihre Weckerln abseits der anderen Kinder zu essen, um den Neid der großen Masse nicht zu erregen.

Wer auch von den watteweichen Weckerln sein Untergewicht nicht verlor, der kam auf »Kinderland-Verschickung«. Salzburg, Tirol, Schweiz, Schweden. Vier Wochen oder vier Monate – je nachdem, wie lange einen die Gastfamilie duldete. Die kinderlandverschickten Heimkehrer aus Salzburg und Tirol sahen komisch aus, weil sie dort gemästet worden waren und ihre alten Kleider wie Wursthäute um ihre prallen Körper gespannt waren. Die Heimkehrer aus der Schweiz und aus Schweden waren mit neuen, herrlichen Kleidern ausstaffiert. Sie waren bewunderte, beneidete Elite.

In Kellern haben die wirklichen Wiener Kinder im Jahr 1946 nicht gelebt, es sei denn – was in Wien nie selten war –, sie hatten schon immer dort gewohnt. In den besseren Wiener Bezirken hießen die

Damals war ich achtzehn und hab mich sehr geärgert
daß mich alle für vierzehn halten

Hausmeisterwohnungen »Portierslogen« und waren unter der Erde. Nasse, kalte, kleine Löcher mit den Fenstern in Straßenhöhe. Und das einzige, was an diesen Wohnlöchern hübsch war, waren die Türen der Portierslogen. Die waren meistens reich mit Schnitzereien verziert und hatten funkelnde, glänzende Messingbeschläge und Messingklinken. An den Portierstüren mußten ja auch die feinen Herrschaften vorbeigehen, die im Haus wohnten.

Die Wiener Kinder anno 45/46 haben über der Erde gewohnt. In vielen Wohnungen allerdings war es auch nicht heller als im Keller. Es gab kein Glas, um die zerschlagenen Fensterscheiben zu ersetzen, es gab kein Holz, um die kaputten Fensterflügel zu erneuern. Und Tischler gab es auch nicht. Die Fenster waren entweder mit Blech und Brettern vernagelt oder hatten Ersatzglas in den Rahmen. Das Ersatzglas war Hasenstallgitter, auf das regenfestes Pergamentpapier geklebt war.

In manchem Wohnungen, die nur aus Zimmer-Küche-Kabinett bestanden, wohnten zehn Leute.

Aber ich kann mich auch an Zimmer-Küche-Kabinett-Wohnungen erinnern, in denen schon vor den Bombenangriffen zehn Leute gewohnt hatten.

Dann gab es noch die Wohnungen der geflüchteten Nazis. In die zogen alte – oder auch neue – Mitglieder der KPÖ, der Kommunistischen Partei Österreichs. Lang erfreuten sie sich dieser Wohnungen allerdings nicht. Ein paar Jahre später mußten sie diese Wohnungen wieder verlassen, und die zurückgekehrten Nazis zogen ein.

Aber es gab in Wien auch Gegenden, wo alle Häuser heil geblieben waren, wo keine einzige Fensterscheibe zerbrochen war, wo jedes Villentürmchen und Balkongeländerchen und Torschnörksel prunkte wie eh und je, wo die Kirschenbäume auch anno 46 vor sich hin blühten, als sei die Welt in Ordnung. Für mich – als Kind – war es widerspruchslos hingenommene Tatsache, daß die Bomben dort fallen, wo die Arbeiter wohnen, daß die Russen dort plündern und vergewaltigen, wo die Arbeiter wohnen, daß die Amis für Nylons und Instant-Coffee dort beischlafen dürfen, wo die Arbeiter wohnen – ob das gerecht oder ungerecht ist, warum das so ist –, daran verschwendete ich keine

Gedanken. Kinder, damals, nahmen ziemlich alles widerspruchlos hin: den Krieg, die Bomben, die Nazis, das Kriegsende, die Befreier, den Hunger, die Spenden – wir hatten nichts anderes erlebt, nichts, was wir all dem Elend hätten entgegensetzen können. Daß jetzt angeblich Frieden war, beglückte mich nicht, bedrückte mich auch nicht. Die Schinkensemmeln, die mir meine Mutter für den Fall des Friedens in Aussicht gestellt hatte, waren nicht eingetroffen. Daß man den Nazi-Amtsarzt am Bezirksamt im Besenkammerl erschlagen aufgefunden hatte, störte mich nicht. Es war einfach ganz klar: Zuerst hatten die einen die anderen erschlagen. Nun war Frieden. Nun erschlugen die anderen. Trotzdem – und auch das wunderte mich nicht – war es besser, ein Nazi-Kind zu sein als ein Kommunistenkind. In meiner Klasse gab es zwei Nazi-Töchter. Sie schämten sich nicht für ihre Eltern. Ganz im Gegenteil. Sie fühlten sich – etwas leidend – einer verkannten Elite zugehörig. Sie waren etwas »Besseres«. Ein Kommunistenkind gab es in meiner Klasse. Das genierte sich für seine Eltern und leugnete strikt, seine Nachmittage in den Räumen der Sowjetisch-österreichischen-Freundschaftsgesellschaft zu verbringen. Es tat gut daran. Hätte es das zugegeben, hätte in der Klasse kaum mehr eines mit ihm geredet. Auch ich verschwieg, daß meine Eltern Sozialisten waren. Die anderen Sozialistenkinder in meiner Klasse hielten ebenfalls den Mund. Wir hatten im Krieg nicht zu denen gehört, die etwas »zu sagen« hatten. Wir gehörten auch im Frieden nicht zu denen. Wir waren opportunistisch. Wir waren ohne Orientierung. Wir waren ohne Moral. Ich mochte es, daß mein Großvater über die »dummen Amis«, die »blöden Farmer-Buben« laut herzog. Ich mochte es, wenn mir ein GI einen Kaugummi schenkte und mich freundlich angrinste. Ich mochte es, wenn meine Mutter von den Tagen um das Kriegsende herum erzählte und die russischen Soldaten, die bei uns gewesen waren, lobte, weil sie sehr freundlich zu uns gewesen waren. Ich protestierte mit keinem Wort, wenn meine Freundinnen über die Russen schimpften und sie als »Untermenschen« bezeichneten. Ich hockte in den Wohnungen der heimgekehrten Nazis, aß gierig ihre Schmalzbrote und hörte mir an, wie sie noch immer über die Juden loszogen. Ich hockte in den Wohnungen der heimgekehrten Juden, aß gierig ihre Corn-flakes und hörte mir an, was sie über die Nazis zu sagen hatten. – Nein, Moral und Anstand war da nicht viel im Spiel.

Und so einen, wie er in Robert Neumanns Bombenkeller lebt, so einen kannte ich auch. Er muß etwa dreizehn Jahre alt gewesen sein. Sehr häßlich war er. Sehr schmutzig war er. Und seine Kleider waren noch viel sonderbarer und zerlumpter als die meinen. Er ging oft auf der Hauptstraße spazieren. Wo er wohnte, wußte ich nicht. Aber daß er keine Eltern und keine Großeltern hatte, das wußte ich. Das wußte jeder. Er konnte kaum deutsch reden. Und angeblich stahl er wie »ein Rabe«. Aber viel zu stehlen hat es in unserer Gegend damals ja nicht gegeben. Ich machte immer einen großen Bogen um ihn. Wenn er auf einer Bank im Park saß, sich von der Sonne anscheinen ließ und dabei rauchte, manchmal auch vor sich hin lächelte, dann setzte ich mich nicht neben ihn. Mindestens zwei leere Bänke Abstand brauchte ich zur Sicherheit. Ein paarmal sagte er: »Komm mit!« zu mir. Ich habe ihn nicht gefragt, wohin ich mitkommen solle, warum ich mitkommen solle. Ich wollte mit ihm nichts zu schaffen haben. Ich merkte, daß er noch viel ärmer und viel elender und viel hilfsbedürftiger war als ich. Das erzeugte bei mir nicht Mitleid, sondern Ablehnung und Verachtung. Die Zeiten waren nicht danach, daß ich mich um andere kümmern konnte. Das hatte mir niemand beigebracht.

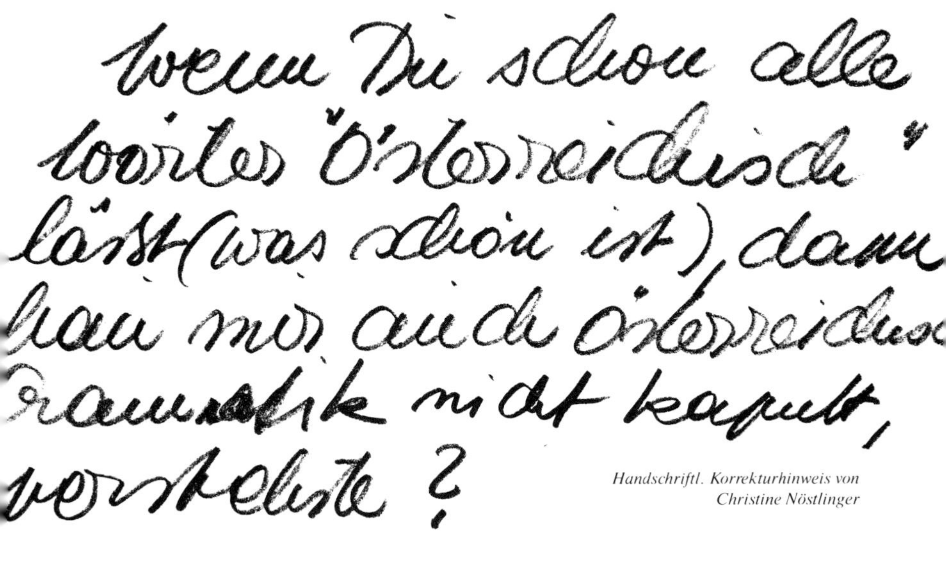

Handschriftl. Korrekturhinweis von Christine Nöstlinger

Botschaft an die Kinder in der Welt zum Andersen-Tag*

Christine Nöstlinger

Auf der Welt ist sehr wenig so, wie es sein sollte. Auf der Welt ist fast alles so, wie es nicht sein sollte.
Nur wenigen Menschen geht es gut. Den meisten Menschen geht es schlecht.
Und dort, wo es den Erwachsenen schlecht geht, geht es den Kindern noch schlechter.
Laut schreien, kämpfen, sich mit anderen zusammentun, etwas verändern scheint also im Moment nötiger, als ein Buch zu haben und darin zu lesen. Aber wenn man die Welt verändern will, muß man Bescheid wissen. Man muß das Falsche vom Richtigen auseinanderhalten

* In jedem Jahr am 2. April (Geburtstag von Hans Christian Andersen)
Für ihr Gesamtwerk erhielt Christine Nöstlinger den höchsten internationalen Jugendbuchpreis, die Hans-Christian-Andersen-Medaille.

können. Man darf nicht auf Lügen hereinfallen. Die Menschen lügen mit Wörtern und Sätzen. Aufgeschriebene Wörter und Sätze lassen sich besser als gehörte Wörter und Sätze auf »falsch oder richtig« kontrollieren.
Es ist sicher nicht so – wie viele Leute sagen –, daß Fernsehen dumm mache und Bücher klug machen. Aber das Fernsehen gehört auf der ganzen Welt denen, die an der Macht sind, und die sind dafür, daß es auf der Welt so ist, wie es ist. Viele Bücher sind auch dafür. Aber es gibt eine Menge Bücher, in denen man lesen kann, wie es auf der Welt wirklich zugeht, und warum es auf der Welt so zugeht.
Um zu wissen, was ihr laut schreien sollt, um zu wissen, wofür ihr kämpfen sollt, um zu wissen, wo ihr mit dem Verändern anfangen sollt, können Bücher eine Hilfe sein, die ihr von sonst niemandem bekommt.

Wieso. Weshalb. Warum.

Dagmar Chidolue

Ja, warum eigentlich Kinderbücher. Jugendbücher. Ach, zunächst war ja die eigene Kindheit noch so nah, da kannte man sich aus, da konnte einem keiner was vormachen, in all diesen wilden Gefühlen, Träumen und Gedanken. Und so richtig erwachsen sein wollte man auch nicht, immer so beherrscht und geschäftig und überhaupt, alles entscheiden zu müssen und immer vorgeben, alles zu wissen, wo's lang geht und so.

Es sind ja doch zwei getrennte Welten, die der Kinder und die der Erwachsenen, und letztere arg verkrüppelt an Herz und Seele. Ach nein, mit so was wollte ich mich nicht so sehr beschäftigen.

Diese schönen, großen Worte wie Sehnsucht, Liebe, Leben, Traum, auch Wut und Schmerz und Einsamkeit, ja, damit ließ sich was anfangen. Inzwischen ist mehr hinzugekommen. Freude und Spaß und Lust, Komik auch, und in Zukunft noch ein Wort, das Hans-Joachim Gelberg einwarf und das mir sehr gefällt: das Burleske.

Sicherlich hätte ich ohne die Kinder nicht so geschrieben. Meine Kinder. Da wurde ich wohl oder übel mit Dingen konfrontiert, die ich lieber außen vor gelassen hätte. Ich bin zu gern Zuschauer und Zuhörer. Aber plötzlich ist man mittendrin und merkt, der Film findet mit dir statt.

Und dann spürt man das alles selber. Wut und Freude, die Sorgen und ein bißchen Glück.

Manchmal steht man auch vor den Kindern und muß erziehen und ist gleichzeitig mit einem gut Stück bei ihnen und in ihnen und so in einer Zwickmühle. Eigentlich möchte ich noch ein Kind sein und bin doch erwachsen.

Das kann auch sein Gutes haben. Ich kann mich in einer Eisdiele hinter einen großen Topf Nußeis setzen und essen, bis ich platze. Das könnte ich. Wenn ich wollte.

In dieser Rolle nun – als Erwachsene – und mit diesen beiden Kindern

1. Weinheimer Kinderbuchseminar, Juni 1986: Dagmar Chidolue liest aus »Vicky« und diskutiert. Zu diesem Seminar (anläßlich des Jubiläums ›15 Jahre Beltz & Gelberg‹) wurden 15 Buchhändlerinnen und Buchhändler nach Weinheim eingeladen; drei Tage stellte sich der Verlag mit Autoren und Mitarbeitern vor, u. a. mit Dagmar Chidolue, Peter Härtling, Klaus Kordon, Erwin Moser, Wolfgang Rudelius, Arnulf Zitelmann . . .

bekomme ich einen ganzen Wust Geschichten vorgeworfen, ja, täglich. Ein bißchen ist das schon eine Flucht oder ein Trick, daß ich nicht zuviel Sorgenfalten und graue Haare bekomme, die mich sehr wundern, wenn ich in den Spiegel schaue (denn eigentlich bin ich ja noch nicht erwachsen, wir wissen das): ich denke mir, das ist ja alles Kino. Und dann setze ich mich hin und schreibe den Film ab, und siehe da, man liest das ja auch noch.

Da werden mir also Geschichten ins Haus geholt, und es sind nicht nur »liebe« Kinder, die einem begegnen (die gibt es aber auch), sondern manchmal richtig fiese Möppel. Oder so jemand wie die »Lady Punk« Terry Burger, die schon eine Handvoll ist, oder die Vicky. In Zukunft soll es noch ein paar davon geben.

Und wenn meine jüngste Tochter mal zu groß ist, um mich am Ball bleiben zu lassen, dann hoffe ich, daß es Enkelkinder gibt, die mich

weiterhin ein bißchen unter die Decke schauen lassen (ja, so denke ich schon).
Aber ja, ich schreibe ja auch was für so richtig Erwachsene. Aber von denen bin ich ziemlich enttäuscht, jetzt, da ich hinter den Spiegel schauen kann. Sie sind ja tatsächlich, was wir schon immer ahnten: die großen Heuchler, die Anpasser, die Ja-Sager.
Ja, ich wünschte mir, daß die Erwachsenen öfter zu Nein-Sagern würden. Gerade gegenüber ihren Kindern. Man gibt den Kindern heute alles. Mein Gott, was die alles haben. Radio? Haha. Receiver und Tuner und Verstärker mit Fünfzig-Watt-Boxen. Elektrische Orgel? Elektrische Orgel. Peh Zeh? PC. Ich werde aber verdammt noch mal das Gefühl nicht los, daß da noch was fehlt. Das Nein-Sagen. Und etwas anderes, schrecklich Altmodisches. Familie, vielleicht.
Ich glaube nicht, daß die Kinder daran schuld sind, daß sie alles verloren zu haben scheinen. Es sind die Erwachsenen, die einmal alles hatten und es zum Fenster hinauskippten: die Sehnsucht, die Träume, das Glück. Sie stehen mit leeren Händen da.
Das ärgert mich schon, und so muß ich das immer wieder aufschreiben. Geschichten. Kindergeschichten. Menschengeschichten.
Ich hoffe, dies hier ist keine Predigt geworden. Nicht, daß man den falschen Eindruck gewinnt: Manchmal trete ich aus dem Kino heraus in das, was man so Leben nennt. Man kann 'ne Menge anfassen, was Glück bringt. Schneeglöckchen und die erste Rose. Den Besuchskater. Die Schnoddernase von der Jüngsten. Im Sommer den heißen Stein in der Sonne unterm Popo. Oder sonst noch was. 'n Mann oder 'ne Frau. Je nachdem. Kann sich ja jeder aussuchen. Ein fernes Land.
Und Papier. Ich zum Beispiel liebe ein leeres Blatt Papier und einen weichen Bleistift. Weil man immer wieder anfangen kann.

Im Juni 1986

Ja ist ja und nein ist nein.
Was nicht sein kann, kann nicht sein.
Hoch ist hoch und tief ist tief.
Was nicht gutgeht, das geht schief.
Frantz Wittkamp

ALPHABET

Kinderbuchwerkstatt von A bis Z
nach 15jähriger Programmarbeit
mehr oder weniger (keineswegs vollständig)
zur besseren Einsicht und Nachlese
zusammengestellt von Hans-Joachim Gelberg

A

Abc – Buchstaben von A bis Z; früher standen für die heile & ordentliche Kinderwelt sogenannte ABC-Bücher (die sind aus der Mode gekommen); ein anderes Alphabet: ABC-Waffen.

Abenteuerbücher – was für ein Wagnis: auf dem Papier!; kaum ging etwas darüber – früher, als wir Karl-May-Leser waren; inzwischen ist alles anders (ist alles anders?); noch immer wird unterschieden zwischen Jagd-, See-, Kriegs-, Forscher-, Lehrer-, Indianer-, Reise-, Detektiv-Abenteuern (Liebesabenteuer nicht mitgerechnet); das Bild auf dem Bucheinband macht die Spannung; Täuschungsversuch bei B & G: die dort erschienenen Bände der Reihe »Abenteuer« entsprechen nicht dem Vorstellungsklischee einer Abenteuer-Reihe; also falsche Reihenbezeichnung?; wie auch immer – inzwischen gibt es 13 Bände dieser Reihe im Karl-May-Format (Gesamtauflage rund 180.000).

Abzählvers – von Kindern gern aufmotzig benutzt; in diesem Sinn von Autoren übernommen; zB Chr. Nöstlinger: *»Einer stinkt / und einer duftet, / einer ist faul / und einer schuftet.«*

Alice – Hauptfigur in »Alice im Wunderland« (L. Carroll); eines der 7 wichtigen Kinderbücher; Traumziel aller Kinderbuchmacher.

Alleinsein – das sagt schon alles.

Allerleirauh – Märchen der Brüder Grimm; Titel von H. M. Enzensberger übernommen für die schöne (nein, schönste!) Anthologie mit alten Kinderreimen.

Andersen (Hans Christian) – seine Märchen gehören zu den 7 wichtigen Kinderbüchern; bei B & G gibt es gleich zwei Auswahl-Editionen (beide mit farbigen Bildern von S. Friedrichson); merkenswert & beglückend Andersens Märchenanfänge!; nach A. wurde die wichtigste internationale Auszeichnung der KL benannt, die »Hans-Christian-Andersen-Medaille«; bisher dreimal an deutschsprachige Autoren & Autorinnen verliehen: Kästner (1960), Krüss (1968), Nöstlinger (1984).

Anfang – magischer Aspekt der Erzählung; angefangen mit den Kinderbüchern von B & G hat es Herbst 1971; im Startprogramm waren 8 Titel.

Anthologie (»Blütenlese«) – Auswahl; von Herausgebern meist sträflich mißbrauchte Publikationsform (fortwährender Transport der Texte von Anthologie zu Anthologie).

Antwort (auf Fragen, zB Kinderfragen) – lästige Situation für Erwachsene, Politiker.

Autor – ohne r fährt es; unter »Verfasser« steht noch mehr.

B

Bär – Lieblingsfigur in Kinderbüchern; zB bei Janosch, Moser, Wittkamp.

Basta – seltenes Wort.

Besprechung (Beschwörung) – Buchkritik; von Autoren & Verlegern verschwörerisch oder beschwörend verstanden; wichtiger Bestandteil der KL; als Verkaufshilfe beliebt.

Bild (in der KL) – gegen gegenwärtige Praxis (der Medien) alternativ zu sehen; entspr. der Tradition von über 200 Jahren; Einbandbild unterliegt modischer Entwicklung.

Bilderbuch – Buchform; Bilder (mit oder ohne Text) ins Erzählen gebracht; für kleine und größere Kinder (nirgendwo wird in der KL so sehr nach dem Kindsalter unterschieden); dennoch in der Regel für jedes Alter; Sammelobjekt für Erwachsene; bei B & G ab Herbst '73 etabliert auch als eigene Reihe »Bilderbuch«; als Alternative zum gängigen Bilderbuch gedacht; ab '77 eingestellt.

Biographie (Lebensbild) – im Programm B & G als Reihe »Biographie« seit Herbst '83 etabliert: Lebensberichte von bedeutenden Frauen & Männern; wird fortgesetzt.

Biographien bei B & G:
v. Arnim, Bettine und Achim *(Hetmann: Bettina und Achim)* **Büchner**, Georg *(Hetmann: Georg B. oder Büchner lief zweimal von Gießen nach Offenbach und wieder zurück)* **Burton**, Isabel *(Hetmann: Drei Frauen zum Beispiel)* **Che Guevara** *(Hetmann: »Ich habe sieben Leben«)* **v. Günderrode**, Karoline *(Hetmann: Drei Frauen zum Beispiel)* **King**, Martin Luther *(Zitelmann: »Keiner dreht mich um«)* **Korczak**, Januscz *(Pelz: »Nicht mich will ich retten«)* **Langgässer**, Elisabeth *(Hetmann: Schlafe, meine Rose)* **London**, Jack *(Krausnick: Hungrig!)* **Luther**, Martin *(Zitelmann: »Widerrufen kann ich nicht«)* **Luxemburg**, Rosa *(Hetmann: Rosa L.)* **Meitner**, Lise *(Kerner: Lise, Atomphysikerin)* **Modersohn-Becker**, Paula *(Steenfatt: Ich, Paula)* **Pasolini**, Pier Paolo *(Siciliano: Pasolini)* **Weil**, Simone *(Hetmann: Drei Frauen zum Beispiel)*

Broschur – (vorwiegend) preisgünstige Einbandform; im B & G-Programm Name für die Reihe »Broschur ab 14« (seit Herbst '75), die sich an Jugendliche (junge Erwachsene) wendet; ursprünglicher Werbeslogan: »Die Schutzschicht ist behutsam zu entfernen« (Romantitel von Donovan); wird regelmäßig ergänzt.

B & G-Literatur – Programmteil mit literarischen Titeln; Herbst '77 mit »Die verbrannten Dichter« von Jürgen Serke begonnen und ab Frühj. '78 fortgesetzt; erfolgreich die Anthologien »Männerleben«, »Im Kreislauf der Windeln«, das Buch über Pasolini (Sicilliano), der Roman von Janosch (»Cholonek«); seit Frühj. '83 keine Neuerscheinungen mehr.

C

Circus (Zirkus) – magisches Wort für Kinder und untrennbar mit KL verbunden; im Programm B & G genutzt bei Janosch, Nöstlinger, Röckener.

Clown – kinderfreundliche Figur verbindlich-unverbindlicher Herausforderung; ohne ihn wird die Wahrheit schmal; setzt verzweifelt zweifelnd Zweifel; diesem Thema ist eines der wirklich bedeutenden Kinderbücher (»Denktexte für junge Leser« – einschränkender Untertitel) gewidmet; es erschien 1971 im B & G-Startprogramm: »Ein Clown sagt« von Wolfgang Weyrauch (Fotografik von Günther Stiller).

Comic – Bildgeschichte; Erzählablauf filmisch (Bildschnitte); Bild und Text ergänzen sich parallel; lange verpönte Unterhaltungsform; in der KL unterentwickelt; bei B & G wiederholt Versuche, Comicgeschichten zu entwickeln; eigenständige Entwicklung bei den Bildergeschichten der Hilke Raddatz.

D

Deutscher Jugendliteraturpreis – (bis 1980: Deutscher Jugendbuchpreis); einziger Literaturstaatspreis der Bundesrepublik (seit 1956); aus dem B & G Programm wurden bisher 7 Autorinnen bzw. Autoren für ihr Buch bei B & G ausgezeichnet.

E

Einer – Titelfigur einer Nöstlinger-Geschichte (mit dem wunderschönen Anfang): *»Es war einmal einer, der hatte niemanden und nichts . . .«;* auch als Bilderbuch (Bilder von Janosch).

»Feuer!!« – Auszug aus dem April-Kalenderblatt (1987) von Erwin Moser.

Emanzipation – wird in der KL (entspr. der gesellschaftl. Entwicklung) zögernd gefördert; bei B & G bevorzugtes Thema; s. a. »Das war doch immer so?« von Ingrid Bachér.

Entdeckung – die Abenteuer der Entdeckungen haben seit jeher die Buchregale der KL gefüllt; die schönste Entdeckung machte Pinocchio im Bauch des Riesenfisches (– er findet seinen Vater); die Entdeckung seiner selbst und des andern im sozialen Sinn geschieht in der KL noch sparsam.

Erfahrungen – macht der Leser; Leseerfahrungen der Kinder sind uneinholbar.

Erzählen – Voraussetzung für KL an sich: Erzähl gut! (wenn du etwas zu erzählen hast); Programm B & G ist hauptsächlich Erzählliteratur, eben ›Erzählgut‹.

Erzählwettbewerb – für Kinder (»Kinder erzählen selbst«); durchgeführt vom Kindermagazin »Der Bunte Hund« (seit 1982).

Es war einmal – berühmter Märchenanfang; ein anderer Anfang: *»In alten Zeiten, wo das Wünschen noch geholfen hat, lebte . . .«*

F

Fantasie (Phantasie) – erste Voraussetzung für Leser, Erzähler, Bildbetrachter; lebenswichtig für Politiker, für jeden.

Farbe – zB Orange; einem gewissen Valentine (offenbar ernstzunehmen) gelang in den 20er Jahren die unterschiedliche Blickdauer von 3 Monate alten Säuglingen bei vorgegebenen Farbpaaren zu messen, und zwar für 9 Farbtöne; danach kommt zB Gelb vor Weiß und Schwarz vor Grün . . . Wie auch immer, Farbe ist stets Bestandteil der KL; die handkolorierten Kinderbücher von früher sind in ihrer farblichen Stimmung kaum wiederholbar; Verbesserungen der Druck- u. Reprotechnik treiben immer mehr Farbe ins Kinderbuch; in wenigen Jahren werden auch Erzählbücher öfter farbig illustriert sein.

Feuer – in Horrorvisionen gern, aber in der KL wenig benutztes Angstmotiv; für Kinder faszinierend; schon in den alten ABC-Büchern eingesetzt; berühmtes (mahnendes) Beispiel im »Struwwelpeter«.

Film – aus dem Programm wurden viele Bücher verfilmt, u.a. von Härtling, Janosch, Korinetz, Nöstlinger, Ossowski, Pressler, Ruge; weitere Verfilmungen in Vorbereitung.

Aus: »Neues Bilderbuch. Anleitung zum Anschauen, Denken, Rechnen und Sprechen für Kinder von 2 ½ bis 7 Jahren, zum Gebrauche in Familien, Kleinkinderschulen, Taubstummen-Anstalten und auf der ersten Stufe des

Flaschenpost – kommt in der KL gern an; bei B & G gibt es Flaschenpost in Buchform; zB »Die Flasche aus dem Meer« von Erwin Moser.

Foto – die Fotografie (in den letzten 10 Jahren bilderbeherrschend geworden) spielt in der KL kaum eine Rolle; bei B & G wurde wiederholt Fotografik bzw. Fotoillustration den Texten beigefügt; Hauptvertreter dieser Richtung: G. Stiller, W. Kilian, T. Lüdicke, B. Jansen, N. Höchtlen; Wolfgang Rudelius; s. a. Reihe »Bilderbuch«.

Frau – in der KL meist umfunktioniert in einseitige Rollen: Mutter, Schwester, Nachbarin, Lehrerin usw.; allergrößte Schwierigkeit, dem gesamten Anspruch gerecht zu werden; positiv die »Frauenrollen« in den Abenteuerromanen von Arnulf Zitelmann.

Frosch – Lieblingstier der KL; zB bei Janosch, Moser u. a.

Fuchs – beliebtes Fabeltier; unterliegt in der KL und auch generell (zB »Reineke Fuchs«) festgelegtem Handlungsklischee.

Fundevogel – so heißt eines der (tiefsten) Märchen der Brüder Grimm (»Verläßt du mich nicht, verlaß ich dich auch nicht!«); wiederholt als Titel übernommen; bei B & G Sammeltitel für Märchen mit Farbtafeln von Sabine Friedrichson (Herbst '79).

G

Gammler – auch bezeichnet als »Einer«, Faulpelz, Hanswurst, Landstreicher, Nichtsnutz, Niemand, Stromer, Taugenichts; Hauptfigur (positives Gegenbild) in der KL; merkwürdigerweise nur männlichen Geschlechts.

Gedichte – spielen im Programm B & G dominierende Rolle; Einzelbände (von Josef Guggenmos, Martin Auer) und Anthologien (»Jahrbücher der KL«).

»Gelberg extra« – unter dieser Reihenbezeichnung wurde Herbst '80 eine Broschur-Programm für Kinder gestartet, das zwischen Taschenbuch und Hardcover angesiedelt ist; trotz der guten Anfangserfolge Frühjahr '82 eingestellt; (14 Titel).

Geld – Kinderbücher kosten Geld; bislang zu wenig öffentlich diskutiert, daß KL (bei literarisch u. künstlerischer Qualität) trotz ihres hohen Aufwands (Bilder, Druck, Einband) die preiswerteste Literatur der Welt ist.

Elementarunterrichts«, entworfen und bearbeitet von Niklaus Bohny, Lehrer, Verlag von Schreiber u. Schill, Eßlingen. (Anno 1848)

HELGA GEBERT
Das große RÄTSELBUCH
MIT SUCHBILDERN
PETER HÄRTLING
Theo haut ab
ROMAN
MIRJAM PRESSLER
Bitter-Schokolade
ROMAN
UTTA WICKERT
IM JAHR DER SCHLANGE
TIZARS GESCHICHTE
FREDERIK HETMANN
weisses Pferd schwarzer BERG
KINDER GESCHICHTEN AUS IRLAND
CHRISTINE NÖSTLINGER
Lollipop
ERZÄHLUNG
Komm, wir finden einen Schatz
Oh, wie schön ist Panama
HANS manz
DIE Kunst ZWISCHEN DEN ZEILEN zu lesen
NEUES SPRACHBUCH FÜR KINDER
SUSANNE KILIAN
Lenakind
EINE MÄDCHEN GESCHICHTE
PETER HÄRTLING
Ben liebt Anna
ERZÄHLUNG
ERWIN MOSER
Die Geschichte von Philip Schnauze
MONIKA PELZ
ALARM
ZUKUNFTS-GESCHICHTE
SOPHIE BRANDES
HAUPTSACHE jemand hat dich lieb
ROMAN
GULLIVERS BÜCHER

Jubiläums-
BIBLIOTHEK

1986

Der Bunte Hund, das »Magazin für Kinder in den besten Jahren«, erscheint 3 × im Jahr (Januar / Februar, Mai / Juni / Juli und November). Herausgeber: Hans-Joachim Gelberg (ohne Redaktion). Das Magazin (64 Seiten, vierfarbig, mit Beilage) bringt: Texte, Bilder, Rätsel, Mitmachsachen, Erzählwettbewerb für Kinder, Erzählungen, Gedichte, Comics, Cartoons, Spiele usw. (Bisher sind 15 Ausgaben erschienen – kein Nachdruck!)

Glück – Lieblingswort der KL: Lebensglück, »Hans im Glück«, »Glück gehabt« usw.; Thema vieler Geschichten bei Hetmann, Janosch, Kilian, Kordon, Korinetz, Manz, Moser, Nöstlinger, Schubiger.

Gullliver – Hauptfigur in »Gullivers Reisen« (»Reisen in verschiedene ferne Länder der Erde«), ein Werk beißender Ironie und Satire; Fantasie und Wirklichkeit mischen sich reizvoll bei den ersten beiden Reisen (nach Lilliput u. Brobdingnag), die deshalb (in gekürzter Form) bei Kindern beliebt sind; bei B & G als Reihen-Name für Kindertaschenbücher eingeführt; Werbezitat: *»In meinen Mußestunden las ich die besten alten und neuen Autoren, denn Bücher hatte ich immer reichlich bei mir.«*
(Gulliver in: Reise nach Lilliput)

H

Hand – die menschliche Hand ist von besonderer Symbolkraft; sie ist übrigens (wie das Gesicht) äußerst schwierig zu zeichnen; ist das der Grund, weshalb auf vielen Bildern die Hände der Figuren (zufällig) verdeckt sind?; bei den Comic-Figuren hat die Hand oft nur vier Finger; s. a. »Kleine Hand Bücher«.

Hantipanti – Herbst '72 erschien bei B & G das Kinderbuch »Hantipanti« von Christa Reinig (mit Bastelvorlage für Hantipanti-Figur).

Hase – Lieblingsvieh in der KL; durchgrast Liedgut wie Bildergut; s. a. Janosch.

Hiroshima – 6. August 1945.

Hinter (dahinter) – leitmotivisch für Verborgenes, Fernes: Hinter den 7 Bergen . . .

Hugo – so heißt die Hauptfigur in Chr. Nöstlingers Roman »Hugo, das Kind in den besten Jahren«; steht in der Tradition der Protestkinder, die das Erwachsenwerden verweigern; s. a. Pippi Langstrumpf (A. Lindgren) und Oskar Matzerath in der »Blechtrommel« (G. Grass).

Hund – von allen Kindern geliebt; ist dennoch in der KL nicht so oft vertreten wie andere Lieblingsviecher; als Titeltier für Kindermagazin »Der Bunte Hund« übernommen; »Bekannt wie ein bunter Hund«.

I

Indien – Thema der Frankfurter Buchmesse 1986; im Programm B & G gibt es bislang eine Geschichte und einen Roman (von Klaus Kordon), der im heutigen Indien spielt: »Monsun oder Der weißer Tiger«, ausgezeichnet mit dem Friedrich-Gerstäcker-Preis.

Inhalt – bei Büchern folgenschwer (möglicherweise auch sonst); der Inhalt eines Buches läßt lachen, weinen, verzweifeln usw.; er kann emanzipatorische Folgen haben (oder auch nur ein gelangweiltes Gähnen); Inhaltsangaben haben verschiedene Funktion: Klappentext (als Anmache, Werbung, Information?), Kritikertext, Begleittext zum Ms. (hilfreich für Lektoren!), auch als Vortext zum Buchplan; kurz: Inhaltsangaben gehören zum Literaturbetrieb.

Interview – beliebte Frage- und Auskunftsform; durch die Medien publikumswirksam geworden; im Bereich der KL (leider) wenig berücksichtigt.

J

Jahrbuch – eigentlich Sammlung von unterhaltsamen Geschichten (mit Bildern), die jährlich erscheint; oft als Zusammenfassung und Auswahl aus Zeitschriften; Vorformen schon im 18. Jahrhundert; das Jugend-Jahrbuch hat Tradition; im Programm B & G wurde (analog zur Tradition) diese Sammelform erneuert: »Jahrbücher der Kinderliteratur« (herausgegeben von Hans-Joachim Gelberg), bisher erschienen: 1971, 1973, 1975, 1977, 1979, 1981, 1984; alle Bände versuchen die KL als Literatur an sich vorzustellen und weiterzuentwickeln.

Janosiade (fälschlich gebildet aus »Janoschsiade«) – ähnlich der berühmten »Jobsiade« von Kortum (Leben, Meinungen und Taten eines gewissen Jobs) Elaborat von Meinungen von J. selbst, wovon allerdings kein Wort wahr ist; nur mündlich überliefert.

Jubilämumsbibliothek – bisher 8 Bände; erstmalig anläßlich dem 15jährigen Programmjubiläum, Frühj. 1986; Erfolgstitel (fürs laufende Jahr) zum Sonderpreis, Sonderausstattung von Wolfgang Rudelius.

Jugendlicher sein – gilt als ›Zwischenzustand‹ zwischen Kindsein und Erwachsenensein; thematische Nutzungsrechte durch die sogenannte ›Jugendliteratur‹.

Jugendliteratur – umfaßt alles, was Jugendliche lesen; deshalb nur unklar zu definieren; bestimmte Verlage haben dieser Literaturform (zielgruppenorientierte) Programme gewidmet; ob Jugendliche lesen, was ihnen als Jugendliteratur angeboten wird, ist fragwürdig; das beste Jugendbuch gibt es nicht als Jugendbuch: »Der Fänger im Roggen« (Salinger); das berühmteste Jugendbuch wird (gekürzt) als Kinderbuch verwendet: »Die Abenteuer des Huckleberry Finn« (Mark Twain); und so weiter.

K

Kalender – da die Zeit (offenbar) schwindet, versucht man sie in Kalendern festzuhalten (was auch nicht gelingt); es gibt Kalender aller Sorten; davon nur ein relativ geringer Anteil für Kinder; bei B & G ist bisher ein Kalenderbuch (A. Schweiggert) und sind mehrfach Bildkalender entstanden; darunter die großformatigen Posterkalender von Janosch (1980, 1981, 1982) und die von Erwin Moser: »Kalendergeschichten« (ab 1983 ff).

Katalog – (auch Prospekt); eines der teuersten Werbemittel der Verlage; ein Katalog (mit Buch- u. Inhaltsangaben) soll nicht nur schön aussehen, vollständig und (bei Kinderbüchern) farbig sein – er muß auch in hoher Auflage gedruckt werden – um dann weggeschmissen zu werden?

Kind – an sich (als Instanz) ohnmächtig; durch bloßes Dasein von großem Einfluß; häufig zweckentfremdet als Zielobjekt mißbraucht (zB von Politikern); deshalb erwaschsenengeschädigt; bis zum 14. Lebensjahr offiziell anerkannt; danach häufig verkannt oder lebenslänglich verbannt; jahrhundertelang von Kunst & Literatur erkundet.

Kinderliteratur (KL) – gemeint ist die von Erwachsenen gemachte Literatur (für Kinder; unter Mitarbeit von Kindern; gegen Kinder; gegen Erwachsene usw.); zählt deshalb zur allgemeinen Literatur; Kinderliteratur an sich gibt es (noch) nicht.

Kindheit – hat lebenslange Folgen (lesenswert darüber die Bücher von Alice Miller); hauptsächlicher Erzählgegenstand in der KL; daraus ergeben sich ständig Realismus-Probleme unterschiedlicher Bewertung; betrifft Kinderbücher von Gündisch, Härtling, Kilian, Kordon, Korinetz, Manz, Nöstlinger, Pressler u. a. (sozusagen Hauptthema bei B & G).

Klappentext – gemeint ist der Informationstext auf der inneren ›Klappe‹ des Schutzumschlags; bei Büchern ohne Schutzumschlag auf der Buchrückseite; Mischung aus Inhaltsangabe, Problemorientierung, Kaufanreiz; beim Kinderbuch problematisch: der Text richtet sich gleichzeitig an Erwachsene und Kinder!

Helga Gebert
Illustration zu »Der kleine Muck« von Wilhelm Hauff;
erschienen in: Märchen von Wilhelm Hauff, Beltz & Gelberg 1986

Kleine Hand Bücher – »die Hefte mit der kleinen Hand«: eine B & G-Reihe, die vorwiegend farbige Bilder, Spiel- und Mitmachelemente, Rätsel, auch Gedichte & Geschichten usw. in preiswerter Form (meist vierfarbig) anbietet (Frühj.'86 begonnen, Herbst '86 mit 13 erschienenen Titeln beendet); Autoren: Brandes, Gebert, Guggenmos, Härtling, Klages, Kordon, Moser, Röckener, Waechter u. a.

Kleine Menschenbücher – schöner Reihentitel für Minibilderbücher von Marie Marcks (Frühj.'81); entstanden in Nachfolge der Janosch-Minis »Kleine Bärenbücher« (Frühj.'79, Frühj.'80, Frühj.'82, Frühj.'84),; danach neue Mini-Serien: »Erwin Mosers Mäusekiste« (Frühj. '85), »Erwin Mosers Tierkunde« (Frühj.'87).

Kopfstehn – Ausdruck für Durcheinandersein oder auch Lebensfreude; bei B & G alternativ als Titel benutzt: »Kopfstehn macht stark« (Sprachbuch von Hans Manz); in der NA verändert: »Die Kunst zwischen den Zeilen zu lesen.«.

L

Lektor(in) – seine (ihre) Tätigkeit wird nur in der Praxis erlernt; unentbehrlich bei der Entstehung neuer Bücher (mehr oder weniger); der Autor weiß, was ihm ein Lektor wert ist; darüber wird aber nicht laut gesprochen; deshalb weiß man auch nicht so genau, was der Lektor eigentlich macht; er sitzt meistens an einem Schreibtisch (im Verlag oder zu Hause oder sonstwo) und lektoriert Manuskripte; ist alles in allem: Anreger-Mahner-Verbesserer-Fürsorger-Redigierer-Schreiber-Rechtschreibkundiger und noch viel mehr; schuldig bei Mißerfolgen (tröstet Autor und Verleger sogleich mit optimistischen Sprüchen); bei Bucherfolgen spontan Gratulant bei Verlagsvertrieb, Vertretern, Verleger und Autor; das hat ihm (ihr) den Ruf eines honorablen Menschen eingetragen, ein bißchen komisch zwar und verquer, na ja; aber wie gesagt, nichts Genaues weiß man.

Lesen – einschneidendes Ereignis im Kinderleben; Rousseau schreibt: »*. . . wie ich lesen lernte, weiß ich nicht, ich erinnere mich nur der ersten Dinge, die ich las, und ihrer Wirkung auf mich: und von dieser Zeit an datiert ohne Unterbrechung mein Selbstbewußtsein.*« Und Gorki: »*. . . lesen und schreiben, also lest nur, aber glaubt ihnen nichts. Sie können alles drucken, was sie wollen – sie haben es in der Hand!*«

Liebe – braucht der Mensch, brauchen die Kinder – davon erzählen auch die Geschichten; Menschengeschichten sind Liebesgeschichten.

Luftballon – Lieblingswort (Bildwort) für Schweben und Dahinfliegen; für die KL unentbehrlich; bei B & G auch Titelwort: »Sonne, Mond und Luftballon« (Gedichte von Josef Guggenmos).

M

Manuskript – bevor das Buch gesetzt und gedruckt und gebunden wird, ist es ein Manuskript mit großen, schönen, erwartungsvollen Augen; ein Verlag mittlerer Größenordnung bekommt pro Tag zwei bis drei Manuskripte, fünfzehn in der Woche, rund sechzig im Monat (ein Verlag dieser Größe veröffentlicht im Jahr ca. 40 Neuerscheinungen); höchstens 2 % dieser frei eingereichten Manuskripte werden gedruckt (aber sie werden alle gelesen – vom Lektor).

Märchen – »Erzähl mir keine Märchen«, heißt es; Märchen (diese oder jene) werden nach wie vor gern erzählt; auch unmäßig, magenverderbend, wenn die uralte Märchenform durch Endloswiederholung ausleiert; gerne werden auch alte Märchen neu erzählt: Spiel mit alten Formen und Inhalten (zB »Janosch erzählt Grimms Märchen«); das Märchen bekommt heute neue Ursprünglichkeit, zB bei Jürg Schubiger.

Maus – liebstes Lieblingstier der KL; eine Chronologie der Mausliteratur fehlt noch; Mausologien gibt es kaum; das Mausige als Prinzip der KL ist ebenfalls noch nicht berücksichtigt; die Mäuse im Kinderbuch vermehren sich ungehemmt; hochverdiente Mauseschöpfer sind bei B & G Mario Grasso, Josef Guggenmos (der herausgefunden hat, was die Maus am Donnerstag denkt), Janosch, Erwin Moser, auch Hilde Raddatz.

Menschengeschichten – Titel des 3. Jahrbuches der KL (1975); Titelwort in dieser Form zum ersten Mal benutzt; seither im Sprachgebrauch fest eingeführt, aber noch nicht dudenwürdig.

»Mitmachkabinett« – so heißt ein Kinderbuch von F. K. Waechter; es erschien 1976 und leitete einen Trend der KL ein: Kinder eignen sich ihr Buch durch Mitmachen an, malen, schreiben, raten mit – zuletzt gehört es ganz und gar dem Kind persönlich

und ist nicht mehr austauschbar; vielen Eltern ist dieses Angebot des Verlages suspekt geblieben, »weil Bücher zu kostbar sind«; mit anderen Worten: den Kindern wird nichts zugetraut.

Mond – nicht vergessen!

O

Oh – Ausruf der Verwunderung, des Staunens, des Erkennens, der Begeisterung – was auch immer – leitet bei B & G einen Titel von Janosch ein: welchen wohl?

Orange – Druckfarbe HKS 7; wird seit Herbst 1971 in großen Mengen für Kinderbücher aus dem Programm B & G verdruckt; man muß dazu wissen, da die Farbe Orange als Mischfarbe aus dem Vierfarbsatz schmutzig-braun ausfällt – deshalb werden alle orangefarbenen Einbände (mit farbigen Titelbildern) bei B & G fünffarbig gedruckt.

N

Nein – klarste Form der Verweigerung; Politikern ungewohnt, Kindern wenig erlaubt; das »Nein-Buch für Kinder« (1972) von Susanne Kilian (& Günther Stiller) sollte Abhilfe schaffen: in der Folge dieser »Dialog-Texte« sind bei B & G erschienen: »Streit-Buch für Kinder« (1973) sowie »Ja-Buch für Kinder« (1974) von Irmela Brender (& Günther Stiller).

Novemberkatzen –»taugen nichts«, heißt es; diesen Titel wählte Mirjam Pressler für ihren Roman.

Nußknacker – geliebte, meist bärbeißige Kinderfigur, männlichen Geschlechts (wenn man so will); treu ergeben und beharrlich; etwas naiv, doch unverdrossen nußknackerig usw.; Titel für Werkstattbücher zum Programm B & G.

P

Pinocchio – Hauptfigur in »Die Abenteuer des Pinocchio« von Carlo Collodi (d. i. Carlo Lorenzini); Roman für Kinder, 1881 – 1883 in Fortsetzung erstveröffentlicht in einer Kinderzeitschrift; danach bis zum heutigen Tag unverändert beliebt; ausdrücklich für Kinder geschrieben (und deshalb leider gelegentlich belehrend und moralisierend); lebt durch die holzgeschnitzte Hampelmann-Figur, die die gesamte Kinderkultur beeinflußt hat.

Postkarten – beliebter Nebenerwerb für Künstler und andere, die daran (gut) verdienen; Protest potential; auch kitschanfällig mit Denkbeschränkung; auch neue Volkskunst; von Kindern (aus Kapitalmangel) wenig benutzt.

Preise – es gibt Literaturpreise (»Oh, wie schön!«) und Buchpreise (eines der größten Verlagsprobleme!); die verständliche Versuchung, Kinderbücher so billig wie möglich zu machen, läßt viele Verlage äußerst knapp kalkulieren; Ergebnis: der Verlag verliert immer mehr Spielraum (für Experimente, zB zum Aufbau neuer Autoren); dadurch Wiederholung verkaufsträchtiger Buchsorten; die Vielfalt der Literatur, KL wird ideenarm; das ist nur ein Teil des Problems.

Q

Qual – reimt sich auf Aal.

R

Rabe – geheimnisvoller Vogel; nur wenige wissen, wie geheimnisvoll eigentlich; für KL unentbehrlich.

Rätsel – es sind vor allem die Rätsel, die der Mensch lösen möchte, schon von Kindheit an; nie hat er damit aufgehört: Wo ist der Wind, wenn er nicht bläst? Warum ist das Kleine so groß wie das Große?

Realismus – im engeren Sinn: deine Hand fühlen, die mich streichelt; den Atem spüren, während du mit mir sprichst; deine Augen, die mich anschauen; den Namen hören, den du mir sagst, und nicht mehr allein sein; – im weiteren Sinn: dies alles nicht zu verhindern, zB altershalber.

Recht – auch Kinder haben Rechte; sie wurden am 20. November 1959 durch die UN-Vollversammlung einstimmig deklariert; in der KL wird nachdrücklich das Recht der Kinder gefordert; so zB in einem mittlerweile berühmten Kinderroman (der ohne Zweifel zu den 7 wichtigen Kinderbüchern gehört): »König Hänschen« von Janusz Korczak; Korczaks

Novemberkatzen – so heißt der Film von Sigrun Koeppe, der nach dem Roman von Mirjam Pressler gedreht wurde. Anläßlich des Films erscheint bei Beltz & Gelberg eine Neuauflage von »Novemberkatzen«; für den Einband zeichnete Wolfgang Rudelius – in Anlehnung an den Film – ein neues Titelbild.

Kinderkönig macht in diesem Roman eine bittere Erfahrung: Kinder, vom Zwang der Erwachsenen befreit, sind ebenso treulos und böse wie die Erwachsenen . . .

Reisen – die merkwürdigsten Reisen haben in der Literatur stattgefunden; noch vor jeder anderen, wirklichen Reise; besonders in der KL; Reisen zu Lande, zu Wasser, in der Luft, unter die Erde, in den Weltraum; Reisen im Bauch des Fisches, Reisen im Schnabel des Vogels, in die Vergangenheit und in die Zukunft; Alice folgt dem Kaninchen ins Wunderland und geht durch den Spiegel und lernt beizeiten: *»Hierzulande mußt du so schnell rennen, wie du kannst, wenn du am gleichen Fleck bleiben willst.«* (Caroll, Alice hinter den Spiegeln)

Robinson – nie gehört? Na also, seit über 250 Jahren reden wir nun schon von der einsamen Insel und von den abenteuerlichen Robinsonaden; zuletzt in unserer eigenen Kindheit; und fangen schon wieder damit an – mit der einsamen Insel . . .

Roboter – als Gegenstand der KL seit langem tätig, zB bei Guggenmos, Krüss oder auch bei Moser (»Roboter Max«); s.a. Seite 136.

Roman – für Kinder; eigentlich ein schöner Literaturbegriff; auch ehrlich, weil so bezeichnete Romane wirklich für Kinder geschrieben wurden; aber der Markt lehnt diesen Begriff ab; weil Kinder über 12 sich nicht mehr als Kinder fühlen, heißt es; stimmt das?

S

Schüler(innen) – ihre Abhängigkeit von Lehrern ist bitter; das wird in Kinderbüchern oft verschleiert dargestellt; Thema Schüler-Schule vor allem bei Chr. Nöstlinger konkret.

Schwein – auch so ein Identifikationsvieh im Kinderbuch; meist lebensphilosophierend und begabt, begabt; Schweinserfinder bei B & G sind u. a. Waldrun Behncke, Janosch, Erwin Moser, Hilke Raddatz, Andreas Röckener, Simon & Desi Ruge, F. K. Waechter.

Spiel – muß sein.

T

Tageslauf – in der KL ab 1970 eingeführt durch »Und das ist die ganze Familie«, Kindertagesläufe von Peter Härtling sowie durch die Kindertagesläufe von Susanne Kilian (»Na und?«, 1971).

Tierleben – unter dem Mantel des Tierlebens lebt es sich in der KL beschaulich und gut; vom Leben der Tiere berichten bei B & G (und nicht zu knapp) Erwin Moser, Hilke Raddatz, Andreas Röckener (alle mit Bild & Text); das Tierleben in den Märchen

Gestalten & Viecher von Nikolaus Heidelbach; hier auf einer Protestversammlung; denn sie fühlen sich von den Kinderbuchleuten nicht genügend berücksichtigt – veröffentlicht in: Der Bunte Hund, Nr. 14

G. B. Fuchs
(aus: »Wanderbühne«)

zeichnet Helga Gebert; Janosch brachte in seinem »Leben der Thiere« (1981) auch hinterpfotige, bösartige Tierwelt; Nikolaus Heidelbach zeigt liebevolle, gefährliche Krallenviecher; Dieter Brembs überraschte bereits 1974 mit seinem »Brembs' Tierleben« durch neue, alternative Ideen: »Für alle Tiere, für die es schon immer schwer war, in der Menschenwelt zu leben«.

Tigerente – Bilderbuchfigur (von Janosch); wurde vermarktet.

Tintenmännchen – so heißen kleine Klecksfiguren, die Christian Schälicke erfunden hat; als Bilderbuch in der Reihe »Bilderbuch« erschienen, leider erfolglos; inzwischen vergriffen, schade!

Traum – ihm werden vor allem (schöne) Bilderbücher zugeordnet; aber Kinder träumen auch anders; Bilderbuchversuche in mehr realistischer Richtung unterliegen einer Art Marktzensur durch (erwachsene) Käufer; bei B & G zB »Eine Nacht mit Wilhelm« von Nikolaus Heidelbach.

Tschernobyl – 26. April 1986.

U

Umsatz – wie eine Fieberkurve.

Unterhaltung – Kinder werden unterhalten; dabei unterhalten sie sich gern selbst; für ihren Unterhalt brauchen sie nicht aufzukommen.

V

Verfasser(in) – er oder sie verfaßte, was wir erfassen: Ein- und Ausfälle, die eigene Botschaft, das Innere und das Äußere, Sprache und Sprachlosigkeit; Werkzeug unserer eigenen Biographie; und noch mehr.

W

Wal – lernfähig, aber nicht genug, um der Ausrottung zu entgehen; die Anfänge des riesigen Tiers reichen in mythisches Dunkel; sein Junges braucht bis zu Geburt 11 – 16 Monate; schon frühzeitig (durch schöne Bildtafeln) auch in der KL zu besichtigen; in »Preis der Beute« (1973) macht Ludek Pesek das Walfangdrama des Menschen zum Thema von vier Erzählungen; dem Band ist eine Chronik der Walausrottung beigegeben.

Wanderbühne – unter diesem schönen Titel sammelte G. B. Fuchs (1976) Geschichten und Holzschnitte bei B & G.

WAS TUN, WENN DIE KLEINE SCHWESTER EINEM IMMER ALLE BÜCHER KLAUT?

Werbevorschlag zur Kinderbuchwerbung von Simone Klages

Wandgeschichten – Geschichten & Bilder für die Wand; Idee schon mit Bilderbogen im 19. Jahrhundert verknüpft; heutzutage sind es Poster; bei B & G gab es in der Reihe »Bilderbuch« (zusammengefaltete) Wandgeschichten; erfolgreich nur die »Wandgeschichten« von F. K. Waechter (noch lieferbar!).

Warteinweilchen – schönes (altes) Wort.

Warum – Warumfragen sind Spielfragen; aber keine harmlosen, sie gehören zu den bohrenden unausweichlich unaufhörlichen, zuweilen unerträglichen . . .

Werbung – für Kinderbücher ist teuer; die Werbekosten der Verlage sind (für den Laien) unvorstellbar; sie werden immer höher, weil der Buchhandel selbst für die Kinderbuch-Werbung kaum Geld zur Verfügung hat; die rund 80 eingeschriebenen Verlage der Arbeitsgemeinschaft von Kinderbuchverlagen (AvJ) dürften ein jährliches Gesamtvolumen von 22 Millionen DM für die Werbung ausgeben; zukünftig wird jeder Verlag gezwungen sein, wirkungsvoller als je zuvor werben zu müssen.

Werkstattbuch – ein Lesebuch über Absichten, Programmpolitik, Autoren und Bücher; auch ein Bericht vom Machen; ein »Machbuch«, also auch ein »Machwerk«; ein Materialienbuch für Theoretiker, Kenner, Kritiker usw.; das erste Werkstattbuch zum Programm B & G erschien 1974 (160 Seiten Umfang), ebenfalls von (H. J.) Gelberg herausgegeben.

Wind – und Wetter; fürs Kindergedicht unentbehrlich; gute Wettermacher sind u. a. James Krüss, Peter Hacks, Josef Guggenmos (von Goethe nicht zu reden).

Wundertüte – eine bei B & G neu eingeführte Form des Mitmach-Spiel-Bilderbuchs; zB »Knickbilder aus der Wundertüte« von Mario Grasso.

Wut – Kinderwut ist mit Sicherheit die frühestmögliche Wut; sie darf sich nur selten austoben; KL trägt dem sehr wenig Rechnung; später macht manches Kind die Rechnung auf.

Ein *X* für ein *U* vormachen; für ein *Y* auch!

Z

Zauberer – zaubern und Zauberei ist tief verknüpft mit der KL; von allen Anfängen an; Gutes und Böses findet sich darin; einer der großen Bösen wird vorstellbar zB im »Krabat« (1971) von O. Preussler (zweifellos eines der bedeutenden Kinderbücher); auch sonst fliegen noch immer die guten alten Zaubermeister (und -meisterinnen) durch die Lüfte; bei B & G hat ein Zauberer das Erzählen für Kinder angefangen: »Was niemand wissen kann« (1986) heißt sein erstes Kinderbuch.

Zeit – das Leben und die Religion des Menschen in den Zeiten; in den Tiefen der Vergangenheit; im Gegenwärtigen; in ahnbarer Zukunft – ein großes Thema der KL, dem Arnulf Zitelmann in seinen Romanen (seit Frühj. '78) erzählerisch Raum gibt; s. a. »Abenteuer«.

Zeitschriften – für Kinder wären bei dem allgemeinen riesigen Aufwand der Medien ein notwendiger Bestand; dazu braucht es aber auch den riesigen Aufwand dieser Medien; aber dann ist die Zeitschrift nicht mehr alternativ und im eigentlichen Sinn notwendig.

Zweifel – s. a. »Clown«.

Lotsenvogel aus »Brembs Tierleben«, erschien erstmals 1974; erneut '81 in »Alles ist möglich«. . .

Maus von Mario Grasso ►

Lieber Herr Gelberg,

Max Schibronski macht einen Freudensprung! Christoph Eschweiler schreibt dazu: »Das Schibronski-Buch ist wirklich sehr schön geworden. Jetzt bin ich gespannt, wie es aufgenommen wird. Beste Grüße . . .« (Das Bilderbuch »Max Schibronski ist überall« brachte dem Künstler den »Troisdorfer Bilderbuchpreis«; ansonsten ist der Verkauf des Bilderbuches äußerst mäßig, leider!)

Briefzitat von Andreas Röckener:

Lieber Jochen, da kann ich nur hoffen, daß der „Bunte Hund" sich retten kann.

Lieber Herr Gelberg,
das hier ist ein Versuch, etwas über meine Art des »Bildermachens« zu erklären: Ein Bild, eine Bildgeschichte ist ein seltsames Abenteuer. Für den, der's ansieht. Ein Ausschnitt aus einem Abenteuer, dessen gesamter Inhalt einem verborgen bleibt. Wie Szenenfotos im Schaukasten eines Kinos oder Theaters. Auch diese Bilder unterliegen ihrer ganz eigenen Logik; ihrer eigenen rätselhaften Beziehung von Ursache und Wirkung. Nichts scheint unmöglich. Es gibt kein Wieso und Warum. Es ist, wie es ist! Und wieso das für Kinder? Weil die, so hoffe ich, noch sehen wollen und können. Einfach so. Weil es wichtig ist, das wahrzunehmen, was man sieht. Nicht mehr und nicht weniger!
Herzliche Grüße
Christoph Eschweiler

Gudrun Pausewang wurde für ihr Kinderbuch ›Die letzten Kinder von Schewenborn‹ mit dem Gustav-Heinemann-Friedenspreis ausgezeichnet. Bei der Verleihung dieses Preises hielt sie folgende bemerkenswerte Ansprache:

Liebe Freunde,

mit großer Dankbarkeit empfange ich diese Ehrung. Ich verdanke sie dem Land Nordrhein-Westfalen, das die Verleihung des Gustav-Heinemann-Friedenspreises nach der bedauerlichen Auflösung der Deutschen Gesellschaft für Friedens- und Konfliktforschung übernahm, der Jury, die eine mutige Entscheidung fällte, der Initiative, die sich den Namen »Bürokraten für den Frieden« gab (sie veranlaßte, daß mein Buch in die Auswahl der von der Jury zu prüfenden Bücher kam), meinem Verlag, der mir die Veröffentlichung meiner Erzählung ermöglichte, und meiner ehemaligen Lektorin, Frau Elisabeth Raabe, die mein Manuskript behutsam glättete, Gustav Heinemann, dessen Geist die Tendenz des Preises bestimmt, vor allem aber jener Instanz, die mir die nötige Phantasie und Nervenkraft für die Schilderung eines solchen Infernos gab.

Auch denen möchte ich danken, die diese Feier und alles, was dazugehört, gestalteten. So vor allem der Stadt Essen für den äußeren Rahmen und Herrn Professor Dr. Ackermann für die Laudatio, die mich bewegte.

Ich freue mich, daß Sie alle gekommen sind. Ihre Anwesenheit verleiht der Auszeichnung eines Buches Gewicht, das die atomare Rüstung massiv anklagt. Ganz besonders freue ich mich, daß ich Angehörige der Familie Heinemann hier begrüßen kann.

Auch Gustav Heinemann ist unter uns. Sein leidenschaftliches Bekenntnis zum Frieden stärkt alle, die sich gegenwärtig in der Friedensbewegung engagieren. Sein berühmtes Wort »Nicht der Krieg ist der Ernstfall, in dem der Mann sich zu bewähren habe, wie meine Generation in der Kaiserzeit auf den Schulbänken lernte, sondern der Frieden ist der Ernstfall, in dem wir alle uns zu bewähren haben«, ist

aktueller denn je. Der Preis, den ich heute verliehen bekam, ist nach Gustav Heinemann benannt. Die Geldsumme, die mit diesem Preis verbunden ist, werde ich als Hilfe für die Friedensarbeit weitergeben. Gustav Heinemanns Name und Geist werden sie begleiten.
Ich bin Grundschullehrerin in der winzigen osthessischen Stadt Schlitz und schreibe daneben Bücher. Das ist alles. Daß mein Name in letzter Zeit bekannt wurde, erklärt sich aus den beiden Anliegen, die ich in meinen Büchern immer wieder deutlich zu machen versuche: *Solidarität mit der Dritten Welt und Frieden um jeden Preis.*
Ich habe fast 13 Jahre in Südamerika gelebt. Ich kenne die dortigen Verhältnisse einigermaßen, vor allem die, in denen die Armen leben müssen. Deshalb versuche ich meine Leser zu veranlassen, sich mit den Ärmsten der Dritten Welt zu identifizieren, damit sie deren Elend nachzuempfinden vermögen.
Ich habe den Zweiten Weltkrieg miterlebt. Ich trauere nicht nur um meinen Vater, der in Rußland fiel, sondern bange auch um meinen vierzehnfährigen Sohn, um meine Schüler, die mir ans Herz gewachsen sind, und um alle Kinder der Welt. Deshalb versuche ich, meinen Lesern den Wahnsinn jeden Krieges, vor allem aber eines nuklearen, bewußt zu machen und vor dieser Gefahr zu warnen.
Beide Anliegen verschmelzen zu einem einzigen, das da heißt: *wir müssen uns ändern.* Unsere Gesellschaft muß sich ändern: Weg vom Haben, hin zum Sein. Weg von der Gewalt, hin zur Liebe. Es wird höchste Zeit, daß wir uns ändern. Denn schon sind uns unsere Kinder in die falsche Richtung gefolgt. Dazu will ich ein kleines Beispiel aus meinem Schulalltag anführen:

Die Pause ist zu Ende. Meine Klasse, ein viertes Schuljahr, läuft vom Hof in das Schulgebäude. Ein Kind ist den anderen weit voraus, zieht sich im Flur die Jacke aus, hängt sie auf einen der Garderobehaken und verschwindet im Klassenzimmer. Es hat nicht bemerkt, daß die Jacke vom Haken abgerutscht ist.
Nun kommt der ganze übrige Schwarm angerannt, zieht die Jacken aus und hängt sie an die Haken. Dabei treten die Schüler vollkommen unbefangen, ohne das geringste Unrechtsbewußtsein, auf der am Boden liegenden Jacke herum. Als ob sie nicht da wäre. Niemand kommt auf den Gedanken, sie aufzuheben. Als ich vorwurfsvoll auf

sie zeige, bekomme ich im Brustton der Umschuld zu hören: »Es ist doch nicht m e i n e!«
Das hat unsere Wohlstandsgesellschaft aus unseren Kindern gemacht. Wir haben die Kinder dazu gebracht, uns ähnlich zu werden. Denn wir sind ihre Vorbilder.
Ja, so sind wir, die Macher, Helden und Nutznießer des deutschen Wirtschaftswunders. Wir gehen uns über alles. Wir und unser Besitz. Das Elend der Verhungernden in der Dritten Welt kommentieren viele von uns in der Weise: faul, dumm, korrupt – also selber schuld. Kurz vor Weihnachten spenden wir allenfalls eine Summe, die uns ein bißchen weh tut, und genießen dann ein Jahr lang ein gutes Gerwissen. Und wenn uns die Furcht vor einem möglichen Atomkrieg packt, beschäftigen wir uns vorwiegend mit der Frage, was dann uns geschähe. Die Verantwortung für die zahllosen noch ungeborenen Generationen ist uns nicht oder kaum bewußt: Wir plündern die Ressourcen und lassen unseren Nachfahren nichts übrig. Wir verseuchen ihnen die Flüsse, die Meere, die Luft, die Böden, zerstören ihnen die Wälder, belasten sie mit den Problemen der Atommüll-Lagerung. Und wir sind drauf und dran, unseren Wohlstand und unsere Freiheit *mit ihrer Existenz* zu bezahlen.
Man kann in Armut leben. Man kann unfrei leben. Wer arm ist, kann das irgendwann und irgendwie möglicherweise ändern. Wer unfrei lebt, kann früher oder später wieder die Freiheit erlangen. Armut und Unfreiheit sind nie endgültig.
Aber wer tot ist, kann nie wieder leben. Tod ist unwiderruflich. Wenn wir diese Luxusansprüche *Wohlstand und Freiheit* durch die Anhäufung von so überaus gefährlichen Waffen zu verteidigen suchen, spielen wir mit dem Risiko, nicht nur unser Leben und das unserer Kinder auszulöschen, sondern auch den uns folgenden Generationen den Eintritt ins Leben zu verwirklichen.
Darum schrieb ich mein Buch »*Die letzten Kinder von Schewenborn*«. In ihm lasse ich die Kinder uns, die Elterngeneration, massiv anklagen. Vor allem wenden sich die Kinder gegen jene unter uns, die jede Verantwortung für die gegenwärtige politische Lage von sich weisen und sie den Politikern zuschieben mit dem Begleittext: »Wir haben ja nichts

zu sagen. Die da oben machen ja doch, was sie wollen.« Oder, noch schlimmer: »Die da oben wissen besser als wir, was getan werden muß. Lassen wir sie also ruhig machen.« Diese Einstellung führt geradewegs auf das Schewenborn-Szenarium zu.
Es gab immer Kriege und wird immer Kriege geben? Jeder war sich schon immer selbst der Nächste, und so wird es auch bleiben? Irrtum. Die Menschheit ist *nicht* unverbesserlich. Sie *hat* sich weiterentwickelt. Zum Beispiel Kannibalismus ist auf unserem ganzen Planeten undiskutabel geworden. Oder könnte man sich etwa vorstellen, daß heutigentags ein Mann einen anderen umbringt und dann genüßlich verzehrt – sei es, weil er glaubt, daß sich die Schläue oder Stärke oder Sturheit seines Gegners durch diesen Akt der Einverleibung auf ihn übertrage, oder sei es einfach nur deshalb, weil ihm der Mann schmeckt?
Ebenso wie den Kannibalismus haben wir, die Menschheit, zum Beispiel auch die rituelle Menschenopferung, die Hexenverbrennung, die Sklaverei, die Leibeigenschaft hinter uns. Gewiß, es geht sehr langsam voran mit uns und es gibt herbe Rückschläge zu verzeichnen, wie etwa die Tötungsfabriken in der Nazizeit oder die Hiroshima-Bombe oder eben die Herstellung chemischer, biologischer und atomarer Massenvernichtungswaffen und die ernsthafte Absicht, diese Waffen auch einzusetzen. Aber gerade in *jüngster* Zeit wird der Widerstand der Menschheit gegen solche Rückfälle in die Barbarei immer stärker – ein gewaltloser, aber mächtiger Widerstand. Denn kein Mensch ist machtlos, und viele winzige Machteinheiten können sich zu einer großen Macht vereinigen, Mächtige entmachten und scheinbar Unbewegliches bewegen.
Genauso, wie es uns heute unvorstellbar ist, daß es einmal Menschen gab, die unter bestimmten Voraussetzungen einander aufzufressen pflegten, muß es den Menschen, die nach uns kommen – *wenn* es sie noch gibt –, unvorstellbar sein, daß sich ihre Vorfahren aus politischen Gründen millionenfach gegenseitig umbrachten.
Weg von der Gewalt, hin zur Liebe. Ein anspruchsvolles Ziel. Ein bescheideneres Zwischenziel könnte die Friedfertigkeit sein. Als positives Zeichen dafür, daß wir uns schon auf dieses Ziel hinbewegen,

werte ich die aktuelle Diskussion über die Frage, ob es sich nach der Bergpredigt regieren läßt. Noch vor ein paar Jahren hätte man eine solche Frage als lächerlich abgetan.
Kaum zu glauben, aber wahr: Die Lehre dieses Jesus von Nazareth ist plötzlich hochaktuell geworden. Das Kirchenvolk rührt sich, es löckt gegen den Stachel. Die Hirten werden unruhig. In Südamerika – und nicht nur dort! – nehmen Priester das, was Jesus predigte, auf einmal wörtlich und tun das, was Jesus tat: Sie solidarisieren sich mit den Machtlosen, den Unfreien, den Armen.
Es knistert im Traditionsgebälk: Bisher Geglaubtes wird angezweifelt, eigene Meinungen wagen sich hervor, blinder Gehorsam wird versagt. Gehorsam gilt nicht mehr als christliche Tugend, Ruhe nicht mehr als erste Bürgerpflicht. Überall gerät etwas in Bewegung, heraus aus der Infantilität und Abhängigkeit, hin zur Mündigkeit. Verdrängtes wird ins Bewußtsein gehoben, Theorie wird in Praxis umgesetzt. Es zeigt sich wieder einmal das erstaunliche Phänomen, daß der Mensch, daß die ganze Menschheit in einer Situation äußerster Existenzgefährdung ungeahnte Kräfte zu entwickeln imstande ist.
Manche Eltern haben mir vorgeworfen, daß ich die Jugend mit meiner Schewenborn-Erzählung überfordere. Daß ich sie aufwühle und in Ängste stoße, mit denen sie nicht allein fertigwerden kann.
Natürlich ist diese Holocaust-Schilderung ein harter Brocken, der auch von Erwachsenen nur schwer verdaut werden kann. Gerade *jene* Eltern, die ihre Töchter und Söhne vor einer solchen Lektüre bewahren wollen, sind meistens diejenigen, die mit meinem Buch nicht fertigwerden, weil sie die Rüstungsproblematik bisher verdrängt haben und sich nun in die Enge getrieben sehen, wenn ihre Kinder mit dem Buch vor ihnen stehen und fragen: »Und was tut *ihr*, um zu verhindern, daß wir *so* zugrundegehen?«
Ich glaube, daß wir unseren Kindern keinen Gefallen tun, wenn wir uns unausgesetzt bemühen, sie von Nöten und Zweifeln, Furcht und Elend fernzuhalten und ihnen die Welt so darstellen, als ob sie noch heil wäre. Wohl sollten wir ihnen zeigen, wie schön sie war, als sie noch heil *war*, und wie schön sie sein könnte, wenn sie heil *wäre*. Aber wir sollten unsere Kinder auch an der Verteidigung ihres und unseres

Lebens, ihrer und unserer Zukunft teilhaben lassen, sollten gemeinsam mit ihnen diese Aufgabe anpacken. Deshalb habe ich mein Buch mit voller Absicht für die jungen Menschen zwischen Kind- und Erwachsensein geschrieben.
Stellen wir uns einmal vor: Eine schwarze Gewitterwand ballt sich über unserem Haus zusammen. Sturm kommt auf, Donner kommt auf, Donner kracht, in unmittelbarer Nähe schlagen Blitze ein. Hagel ist zu erwarten. Man enpfindet Furcht und begegnet den ängstlichen Blicken der Kinder. Wird man als Vater oder Mutter in einer so beklemmenden Situation die Kinder in ihre Betten schicken mit der Weisung, sich die Decke über den Kopf zu ziehen? Ich tät das nicht. Denn in der dunklen Einsamkeit, fernab vom Geschehen, würden sie geradezu in die Ängste hineingetrieben. Ich würde sie an der Abwehr der Gefahr beteiligen: »Rettet den Sonnenschirm vom Balkon! Schließt die Fenster! Laßt die Rolläden auf der Wetterseite herunter! Zieht die Stecker aus den Steckdosen!« Es gibt eine Menge Arbeit für alle. Jeder wird gebraucht, jeder ist wichtig. Für Angst bleibt keine Zeit. Gemeinsam gelingt es, größeren Schaden abzuwenden.

Zurück zu unserem Problem *Was können wir tun, um unserer Zukunft wieder Chancen zu geben.* Laßt uns das mit unseren Kindern *gemeinsam* überlegen. Die Jungen haben mehr Phantasie als wir. Sie sprühen vor Ideen. Das erkennen wir an den originellen Einfällen jugendlicher Friedensinitiativen. Stehen wir ihnen mit Durchhaltevermögen und Besonnenheit bei, so können sie uns Elan und Begeisterung abgeben, vor allem aber Hoffnung. Hoffnung im Überfluß. Die brauchen wir – unendlich viel.
Aber ist es nicht aussichtslos, das Leben verteidigen zu wollen angesichts der Gefahren, die uns von allen Seiten bedrängen? Die Kriegsgefahr, die Übervölkerung der Erde, die Zerstörung der Natur, die Manipulierbarkeit der Gene, um nur einige zu nennen?
Nein, nicht wieder die Angst hochkriechen lassen, nicht gleich wieder von sinnlosem Bemühen reden. Die Gefahren sind ja menschlichen Ursprungs, also müssen sie auch durch menschliche Kräfte bannbar sein.

Ändern wir uns. Ändern wir uns in kleinen, aber schnellen Schritten. Lassen wir die Frage *Welchen Profit bringt mir dies oder das?* unwichtig werden. Lassen wir uns unser materielles Wohlergehen nicht mehr so sehr am Herzen liegen. Kümmern wir uns mehr um das Wohl der Menschen, mit denen wir zu tun haben. Bücken wir uns nach der Jacke unseres Nächsten. Bauen wir Feindbilder ab. Üben wir uns darin, Verantwortung zu übernehmen für die Natur und unsere Nachkommen. Lernen wir, uns auf Utopien zuzubewegen, ohne uns lächerlich vorzukommen. Es könnte ja sein, daß wir sie tatsächlich erreichen und sie in Realitäten verwandeln.
Zum Beispiel die Utopie FRIEDEN.

Nachdruck mit Erlaubnis von Gudrun Pausewang. *Essen, 14.12.1984*

Text von Martin Auer,
Zeichnung von Hansi Linthaler
aus
»Was niemand wissen kann«,
Seltsame Verse / Sonderbare Geschichten,
Herbst 1986 bei Beltz & Gelberg
(Ebenso auf der nachfolgenden Seite!)

Tischrede

Hast du schon einmal über einen TISCH nachgedacht?
Zum Beispiel, was den TISCH denn zum TISCH gerade macht?
Was macht ihn so TISCHIG, so TISCHARTIG, TISCHHAFT?
Eine geheimnisvolle TISCHKRAFT?
Und TISCHT ein TISCH eigentlich, oder wird er GETISCHT?
Und VERTISCHT er, wenn seine TISCHHEIT erlischt?

Und machst du so weiter mit TISCH, bis du döst,
hat plötzlich TISCH von dem Ding sich gelöst.
Und du fragst dich: »Wieso denn eigentlich TISCH?«
Und TISCH klingt so fremd, TISCH klingt so frisch.
Und du bist ganz erstaunt, weil du ganz sicher weißt,
daß TISCH eigentlich überhaupt nichts »heißt«.
Dafür steht in deinem Zimmer ganz dumm
ein gänzlich Namenloses herum.
So fremd und unheimlich unbekannt,
ganz stumm, unbegreifbar und unbenannt,
fast unsichtbar, gar nicht richtig da...

Und dann, dann sagst du auf einmal: »Aha,
das ist ja der TISCH!« Und es schnappt wieder ein.
»Der Tisch, na klar, was sonst soll es sein?«

Über die Schwierigkeiten und das Vergnügen beim Schreiben für Kinder

Eine Rede von Peter Härtling

Die Zahl der Kindesmißhandlungen, las ich, als ich meine Rede vorbereitete, nehme rapide zu. Und die Zahl der Kinder nimmt in den meisten mitteleuropäischen Ländern ab. Es scheint, als seien wir nicht mehr imstande, Anfänge zu ertragen und zu fördern, als hätten wir es aufgegeben, der Zunkunft zu trauen.

Der jugendliche Mensch, der auf seine Unabhängigkeit bedacht ist und in seinen Bindungen wechselt, ist zum Idol der Verbrauchergesellschaft geworden. Kinder und Alte hingegen verlangen soziale Aufmerksamkeit, Pflege, Verpflichtung – das ist einer modischen Asozialität schon zuviel. Allenfalls nähme man Zeitkinder in Kauf, die man nach Lust und Laune abholen und abliefern könnte.

Zärtlichkeit verschwenden die krisenbewußten Erwachsenen nur noch untereinander.

Das Kind stört in der fatal falsch verstandenen Selbstbefreiung von Frauen und Männern. Die Familie – häufig genug mißbraucht als Zelle restaurativer Ideologie – wird nun in ihrer Funktion, ihrem Sinn angezweifelt. Sie enge ein, mache dumm, zeige sich einer beweglichen Gesellschaft nicht gewachsen. Das sind egoistische Vorwände. Wieso den Konsum teilen? Wieso sich mindestens für ein halbes Leben verpflichten? Wieso sich auf die Folgen einer Gemeinsamkeit einstellen, die auf Widerruf eingegangen wurde? Ich weiß, mein Zorn läßt mich übertreiben. Doch ich denke an Kinder und unter welchen Umständen viele aufwachsen: schon empfangen als Störenfriede und hernach auf Wohlverhalten dressiert. Die Generation der heute Dreißigjährigen, der jungen Väter und Mütter, kennt nur den Frieden, der freilich stets bedroht ist – eine vom Wohlstand gepolsterte Friedlosigkeit. Sie folgte, ohne Zeit zum Nachdenken, den Parolen eines geradezu rasenden Verbraucher-Egoismus, und die Werbung suggerierte ihr, daß allein Jugend den Aufstieg garantiere. Sie hat allen diesen Versprechungen, die sich in schönen Bildern gleichsam bestätigen, getraut.

Als dann fragwürdig wurde, was bis in alle Ewigkeit haltbar schien, brachen manche aus, zum Erstaunen und Entsetzen der Älteren, die sich nun wunderten über die Heftigkeit, die Verzweiflung, die Brutalität dieser Rebellion. Die Eltern dieser Rebellen hatten sich in der Tat nach dem Frieden gesehnt, sie haben ihn sich auch nach ihrer Vorstellung geschaffen, aber sie haben ihn so gut wie nie erklärt, seine Notwendigkeit und seine Anfälligkeit; die Furcht und die Zerstörung, aus der er entstand. Sie holten atemlos nach. Die Früchte ihrer Anstrengung fielen den Kindern erst einmal in den Schoß. Wie konnten sie, so verstrickt in die Mehrung des Wohlstands, sich verständlich machen?
Als die Kinder dann den Besitz als selbstverständlich hinnahmen, als sie, über alles verfügend, von »Gewalt gegen die Sachen« zu reden begannen und auch jene verhöhnten, die den Grund ihrer Wut verstanden, als die Gewalt sich schließlich gegen den Menschen richtete, als die Nachrichten über Kriege und Guerilla wieder die Zeitungen füllten, reagierte diese bewegliche Gesellschaft zwar rhetorisch voller Abscheu, merkantil jedoch höchst durchtrieben – in den Spielwarenlä-

den stapelte sich wieder kleines Kriegsgerät: Panzer und Raketen, Schlachtschiffe zum Selberbauen; und in Büchern und Zeitschriften wird der tapfere Hartmann vom Himmel geholt oder graben sich Landser ein, um auf den ewigen Feind zu warten. Wie, frage ich, sollen die Jungen mit der geschäftstüchtigen Verlogenheit ihrer Väter zurechtkommen?

Die Moden wechseln, die Kinder müssen es büßen. Es ist noch nicht lange her, da hat man unser Jahrhundert in einem zweiten Anlauf zu einem des Kindes machen wollen. Viele Eltern lasen mit Eifer die Schriften der großen Kinderfreunde unserer Zeit, studierten Anna Freud und Piaget, Bernfeld und Rühle. Antiautoritäre Erziehung war nicht nur ein Schlagwort. Man gab sich Mühe zu Hause, in den Kindergärten, den Schulen. Es war nützlich, auch wenn Dogmatiker manche Anstrengung vorzeitig verdarben. Und jetzt? Jetzt ist in der Phase der Selbstentdeckung von Mann und Frau vom Kind kaum mehr die Rede...

Zugegeben: Ich verallgemeinere. Doch aus diesen Erfahrungen, an denen ich mich reibe, schreibe ich Kinderbücher. Ich tue es, wie gesagt, mit Vergnügen ebenso wie mit List und Zorn.

Einige der bereits angedeuteten thematischen Beweggründe will ich genauer erklären:

Es bestand, bis vor wenigen Jahren, in der Kinderliteratur eine Tendenz, Realität auszusparen, zu beschönigen, Härten zu harmonisieren, Unglück zu bagatellisieren oder in einem guten Ende aufgehen zu lassen. Hier wurde eine aus dem 19. Jahrhundert kommende Tradition fortgesetzt: Kinder als kleine Erwachsene, mit einem trivialen Gefühlsleben versehen, fest eingespannt in das Schema von oben und unten, gut und böse, arm und reich.

Ein Spyri-Mädchen wurde, derart vorbereitet, zur Courths-Mahler-Frau. Gefühle verkümmern zu Platitüden. Wer, so lesend, Wirklichkeit lernt, wird nicht nur irregeführt, sondern wehrlos gemacht. Wenn einer mit Hilfe der Literatur fliehen will, sollte er eine Welt finden, die seine Phantasie aufstört und ihn die Realität dennoch nicht vergessen läßt. Die große phantastische Literatur hat immer utopische Züge: sie setzt die Welt, aus Trauer über ihre Unvollkommenheit, neu zusammen. Was heißt für Kinder Wirklichkeit? Sie werden von ihr ja nicht geschont, auch wenn es die Eltern mitunter meinen. Die enge und weitere Umgebung wird von den Kindern in Bruchstücken wahrgenommen, aufgenommen.

Sie sehen aus einer anderen Perspektive als die Großen. Sie haben kaum die Fähigkeit, sich zu schützen, auszulesen.

Alles trifft sie unmittelbar, unerklärt. Also bedeutet es für den, der Wirklichkeit für Kinder zu beschreiben versucht, diesen Blickwinkel ernst zu nehmen. Er darf sich nicht klein machen, sondern muß die Bruchstücke zu Bildern, zu verständlichen Bildern zusammenfügen. Er muß überdimensional erscheinende Handlungen faßbar machen. Er muß das, was aus falscher Rücksicht ausgespart wird, in die Geschichte hereinholen. Nur so kann dem lesenden Kind beigebracht werden, wie es mit seiner Umgebung umgehen, wie es sich wehren, wie es zustimmen, wie es agieren und reagieren kann. Voraussetzung ist eine stets begreifbare Anschaulichkeit. Der Begriff, den wir von einer Sache haben, muß zur durchaus spannenden Szene werden. Die Sprache darf deshalb nicht abstrahieren; sie sollte sich auch nie kindisch machen.

In nicht wenigen Kinderbüchern werden die Leser durch ein läppisches Diminutivdenken verhöhnt. Eine Art von Zwergenphilosophie rumort da in Autorenköpfen. So werden Kinder beleidigt. Kindliche Leser sollen sich engagieren – freilich nicht für irgendeine Partei, irgendeine Ideologie, sondern sie sollen Recht und Unrecht erkennen, sie sollen beim Lesen lachen und weinen, zornig sein und sanft, dafür reden und dagegen. Das geschieht am ehesten, wenn sie ihre Gefühle einer oder einigen Figuren anvertrauen, wenn sie sich identifizieren. Auf der Fährte solcher anziehenden Gestalten und mit einer Sprache, die das Schwierige nicht vereinfacht, können sie auch an die Ränder unserer Wirklichkeit geführt werden, in die Verlassenheit, die Armut, die wortlose Verzweiflung.

Über die Liebe wird derzeit debattiert wie über Hochleistungssport. Die Kinder sehen auf Illustriertenfotos die üppigen, makellosen Produkte einer den Konsum ebenfalls vorantreibenden Sexualtechnologie. In Zeitschriften werden sie unterrichtet über reibungslose, folgenlose Partnerschaft. Schmerz, Zweifel, Leidenschaft, Melancholie sind ausgeschlossen. Kürzlich hörte ich einen Zehnjährigen lakonisch über einen Klassenkameraden urteilen: Der ist ja impotent. Das entsetzliche Leistungsdenken schießt in einem naiven Kürzel zusammen: Ist diese von den Dreißig- bis Vierzigjährigen perfekt eingerichtete Hölle – in der es ein Finanzmanagement ebenso gibt wie ein Sexualmanagement, in der Liebe gilt –, ist diese Hölle die Zukunft unserer Kinder? Dagegen ist anzuschreiben. Von Wärme soll erzählt werden, von der Nähe des anderen, auch von Hilflosigkeit, die Hilfe erhofft; von Umarmungen, die Glück ausdrücken oder Unglück lindern. Es sollte versucht werden, mit Sprache einen Raum zu schaffen, in dem ein Kind sich wärmen kann, und Zärtlichkeit mitzuteilen, ohne sich lächerlich zu machen. Daß der Mensch des Menschen Wolf sei, wird den Kindern nicht allein in Wort und Bild eingehämmert; es wird ihnen vorgelebt. Folter und Mord ziehen ihre blutige Spur auf dem Bildschirm. Die Schwellen, die unser Leben schützen, sind niedrig geworden. Freiheiten einschränkende Gesetze helfen da, meine ich, nicht. Wir, die wir schreiben, können in Erzählungen Leben ausbreiten, seine Fülle, seine Hoffnungen, seine Unversehrbarkeit. Wir können die Empfindlichkeit gegen das Grausame wecken, wir können, beinahe schon Prediger einer besseren Wirklichkeit, ohne alles Pathos, Beispiele von Brüderlichkeit, von Nachbarschaft, von Mut für das Leben erzählen. Wir sollten, schreibend, die Furcht vor dem jeweils anderen abbauen und die Macht der Ohnmächtigen Wort für Wort buchstabieren. Wer vom anderen nichts weiß, achtet ihn nicht und schlägt ungehemmter zu. Blinde Wut sieht nichts und niemand.

Noch fehlen zwei Elemente, die Kindheit und Literatur verbinden und verbünden: Unruhe und Neugier. Nein, die Bücher, die ich meine, sollen nicht beschwichtigen, sie sollen beunruhigen und wecken. Neugierig sollen sie machen auf Menschen und Dinge, auf das Unbekannte im Bekannten, sogar auf das Unmögliche. Bücher können zu neuen Gedanken harausfordern. Denk weiter, rede weiter, erzähl weiter. Trau deiner Phantasie, aber lasse sie die Wirklichkeit nicht vergessen: das sind Leitlinien, auf denen Sätze für Kinder geschrieben werden können. Und dies alles nicht ohne Witz, Vergnügen, Liebe, Anschauung und Erfahrung, Genauigkeit, Leidenschaft, Vernunft. Und das in einer Sprache, die Empfindungen nicht verkleinert. Denn die Freiheit, die so häufig und so verlogen gerühmt wird, beginnt mit dem ersten Blick, der ersten Geste, der ersten Zuwendung, dem ersten Wort, dem ersten Gedanken. Da kann sie schon verloren sein.

Diese Rede wurde am 3. Juni 1977 in Wien gehalten – zum 30jährigen Bestehen der Österr. Jugendschriftenkommission.

Titelvignette von Sophie Brandes zu »Krücke«, Roman für Kinder von Peter Härtling.

Karin Gündisch liest aus ihrem preisgekrönten Manuskript . . .

»Peter Härtling-Preis für Kinderliteratur«

Peter Härtling, den Freund und Verlagsautor – anläßlich seines 50. Geburtstages – durch einen Literaturpreis zu ehren, der seinen Namen trägt, war und ist die Absicht des Verlages. Alle zwei Jahre (sofern es die Finanzen des Verlages zulassen) soll dieser Preis vergeben werden. Entsprechend der Ausschreibung werden jeweils Prosa-Manuskripte gesucht, die sich erzählend, poetisch, der Wirklichkeit entsprechend (wie auch immer) an Kinder von ca. 10–14 Jahren wenden. Der Text sollte wenigstens 30 Schreibmaschinenseiten lang und in Buchform unveröffentlicht sein. (Der Verlag ist bereit, das preisgekrönte Manuskript zu veröffentlichen.) Eine unabhängige Jury soll jeweils über die Preiswürdigkeit der Manuskripte entscheiden; die Manuskripte werden mit Kennwort (ohne Namensnennung) eingereicht. Die Jury des ersten »Peter Härtling-Preises« bestand aus folgenden »Fachleuten«: Frau Prof. Birgit Dankert (Fachhochschule für Bibliothekswesen); Hans-Joachim Gelberg (Lektor); Peter Härtling (Autor); Heike Mundzeck (Journalistin); Käthe Plöger (Buchhändlerin). Die Jury hat nach mehrmonatiger Auswahlarbeit (weit über 100 Manuskripte wurden eingereicht) das Manuskript von Karin Gündisch, »Geschichten über Astrid«, mit dem ersten »Peter Härtling-Preis« ausgezeichnet. Das Buch »Geschichten über Astrid« ist 1985 bei Beltz & Gelberg erschienen.

Eine Manuskriptseite ...

... aus einem neuen Buch von Karin Gündisch ...

Peter erinnerte sich an einen Sonntag, als die Mutter gesund war, als der Vater zu Hause war. Hanzi war noch nicht geboren.
Doris, Peter, die Mutter und der Vater machten einen Ausflug auf den Mehlseifen. Es war ein warmer Sommertag.
Oben auf dem Mehlseifen setzten sie sich in den Schatten eines Apfelbaumes. Der Vater holte die Mundharmonika aus dem Rucksack. Erst spielte er Kinderlieder und lustige Wanderlieder. Die Kinder und die Mutter sangen mit. Dann spielte der Vater traurige Lieder. Sein Lieblingslied war: Am Brunnen vor dem Tore. Beim Spielen hielt er die Augen geschlossen.
Die Mutter fuhr mit den Händen leicht über ihren dicken Bauch. Es bewegt sich, sagte sie.
Ihre Worte klangen wie ein Text zu dem traurig-schönen Lied, das der Vater spielte. Er unterbrach sein Spiel und legte die Hand auf den Bauch der Mutter. Vielleicht ist Frieden, bis das Kind kommt, sagte er leise.
Vielleicht, sagte die Mutter.
Der Vater nahm die Mundharmonika und spielte weiter.
Das Dorf lag weit weg im Tal.
Die Luft zitterte von der Wärme. Es roch nach warmer Erde, nach trockenem Gras. Die Erde war gesprungen wie die rissige Haut von Peters Fußsohlen.
Die Klänge der Mundharmonika blieben in Peters Kopf, als der Krieg begann, als der Vater zur Zwangsarbeit zog, als die Mutter starb. Vielleicht waren es andere Klänge, die in seinem Gedächtnis blieben. Vielleicht war seine Erinnerung an jenen Sonntag nur die Erinnerung an das, was ihm die Grisi erzählt hatte. Eines wußte Peter sicher: Der Sonntag auf dem Buckel des Mehlseifen war schön gewesen. Von seinen Eltern war ihm nicht viel mehr geblieben als dieser Sonntag.

Esther Hautzig
DIE ENDLOSE STEPPE
Roman
Aus dem Englischen
von Ulrike Pollay
Pappband, 244 Seiten, DM 22,–
Lesealter: ab 12

Die zehnjährige jüdische Polin Esther wird im Jahr 1941 mit ihrer Familie nach Sibirien deportiert. Dies ist die wahre Geschichte dieser Deportation und der nächsten fünf Jahre in diesem mörderischen Land. Eine authentische Geschichte aus einer schrecklichen Zeit, in der trotz aller Schrecklichkeiten auch Menschliches, Schönes und Komisches seinen Platz hat. Ein Zeitdokument, gleichzeitig eine schöne, anrührende, liebevoll geschriebene Kindheitsgeschichte.

Buchhändler schreiben ihre Meinung zu diesem Buch:

»Über das Leben in Sibirien während des Krieges habe ich bisher in keinem Jugendbuch etwas gelesen.«
Bettina Rademacher, Märkische Bhdlg., Unna

»Es ist gut, daß es solche Bücher gibt, die einem bewußt machen, daß das Leben auch mal anders war.«
Anne Kortenkamp, Bhdlg. Kortenkamp, Haltern

»Wahrscheinlich einer der stärksten Jugendbuchtitel in diesem Herbst.«
Annette Kemmer, Bhdlg. W. Tümmers, Gladbeck

»Ein tolles Buch! Ein Buch, das in sehr eindringlicher und trotzdem einfühlsamer Art ein Kapitel unserer Geschichte behandelt, das bisher noch kaum Eingang in die Kinderliteratur gefunden hat.«
Bärbel Kroszien, Oberberg. Bücherstube, Gummersbach

»Obwohl ich für das Wochenende mir noch anderes vorgenommen hatte, habe ich das Buch ›in einem Rutsch‹ durchgelesen. ... an keiner Stelle kitschig oder selbstbemitleidend, sondern spannend, packend und einfühlsam. Ein großartiges Buch!«
Gerda Otte, Bhdlg. Gnoth, Mülheim a. d. Ruhr

»Der unerschütterliche Optimismus und die einfühlsame Naturbeschreibung haben mich sehr beeindruckt.«
Erika Dieter, Karstadt, Bremen

»Zum Weinen schön. In unserer Überflußgesellschaft kann man sich solch ein Elend gar nicht mehr vorstellen. Trotzdem macht das Buch das Beste draus.« *Martina Wiese, Berlin*

»Nach Buchhändler-Manier wollte ich das Buch wie üblich ›diagonal‹ lesen, es ist mir von der ersten Seite an nicht gelungen, so fesselnd und eindringlich wirkte die Darstellung auf mich.«
Gerda Fritz, Bhdlg. Anna Thye, Oldenburg

»Bewundernswert, daß Esther Hautzig so hartnäckig und optimistisch war – trotz alledem.« *Maike Busch, Bhdlg. Claus Otto, Bremen-Vegesack*

»Ich möchte Ihnen nur mitteilen, daß an diesem Buch alles stimmt. Ein beeindruckendes Thema und eine ebensolche Autorin. Ich werde dieses Buch mit Sicherheit gern & oft verkaufen.«
Heike Emmerich, Bhdlg. Temming & Heilborn, Bocholt

»Die Wut, das Unverständnis, die Ohnmacht und die Angst der kleinen Esther Rudomin nach der Trennung von ihrer heilen, unbeschwerten Welt in Polen waren für mich ›hautnah‹ mitzuerleben.«
Sabine Westermann, Carl-von-Ossietzky-Bhdlg., Oldenburg

»Dieses Buch hat mich tief berührt. Man sollte es all denjenigen in die Hand drücken, die mit 12 das dritte Rennrad besitzen und denen mit 18 das erste Auto sicher ist.« *Tina Schumacher, Bücher Hansen, Schweinfurt*

»Seit langer Zeit habe ich beim Lesen eines Buches mal wieder geweint. E. Hautzig beschreibt die Geschichte des polnischen Mädchens Esther so hautnah, so gefühlvoll, daß es einen ungeheuer betroffen macht.«
M. Stephan, Frankfurt

»...damit Wirklichkeit entsteht«

Werkstattinterview mit Klaus Kordon

Du hast in den letzten beiden Jahren hervorragende Bücher veröffentlicht – gewiß nicht nur in diesen letzten Jahren –, darunter zwei sehr komplexe Werke, die beide in »Berlin« spielen: »Die roten Matrosen oder Ein vergessener Winter« (ca. 500 Seiten) und »Frank guck in die Luft« (über 400 Seiten). Es sind Romane, deren Realismus – im Gegensatz zum größeren Teil der Kinderliteratur – an den Leser Anforderungen stellt. – Wie weit und wie sehr hast Du Dich beim Erzählen auf Dein Publikum eingestellt? Für wen schreibst Du eigentlich?

Ich schreibe für Menschen – ein großes Wort, ich weiß, aber das einzig richtige. Der Mensch, für den ich meine Bücher schreibe, kann ein Kind oder ein Erwachsener, belesen oder unbelesen sein, ich stelle – bei einigen Titeln mal abgesehen vom Umfang – keine allzu großen Anforderungen an meine Leser; sie müssen sich nur auf meine Texte einlassen. (Ich weiß von einem elfjährigen Jungen, dessen erste »Ganzschrift« meine »Matrosen« waren. »Leichtere« Bücher waren ihm nach zehn Seiten schon zu »mühselig«.)
Ich lasse mich nicht einengen. Ich schreibe, was ich schreiben will. Sogenannte Tabuthemen wie Sex und Tod haben mich nie belastet. Genauso halte ich es mit der Politik – sie gehört zum Leben wie Sex und Tod, Hunger und Sattheit. Ich würde das, was ich für wichtig erachte, nicht weglassen, nur um einige Pädagogen zufriedenzustellen. Allerdings ist es Geschmackssache, wie bestimmte Themen gestaltet werden – aber auch da folge ich ganz allein meiner »Nase«. (Was nicht heißt, daß ich mich nicht beraten lasse – vom Lektor etwa oder von einem Kritiker, der was von der Sache versteht.)
Berlin hat mich geformt, genauso wie die DDR, meine Reisen in die Dritte Welt und seit nunmehr dreizehn Jahren auch die Bundesrepublik mich geformt haben. Meine autobiographischen Geschichten müssen wohl oder übel in dieser irren Stadt spielen. Und natürlich hat es sich angeboten, die Ereignisse um die Novemberrevolution 1918 aus der Sicht der Hauptstädter des Deutschen Kaiserreichs – also derer, die die Ereignisse hautnah miterlebten – zu schildern. Ein Vorteil für den Autor, wenn diese Stadt seine Heimatstadt ist.

Was sind das für Absichten, die Du beim Schreiben von Büchern verfolgst? Ich meine, über die Absicht hinaus, Geld zu verdienen?

Geldverdienen und Schreiben! Ich habe meine ersten Sachen nicht geschrieben, um Geld damit zu verdienen, sondern um zu erzählen, was loszuwerden, aus Spaß an der Sache. Schreiben war mein Hobby, Geld habe ich mit meinem damaligen Beruf verdient. Erst als ich den Exportkaufmann aufgab, um nur noch zu schreiben, kam die Frage des Geldverdienens hinzu. Gott sei Dank gewann sie nie die Überhand, so daß ich auch heute noch sagen kann: Ich

schreibe, weil es mir Spaß macht. Das soll nicht heißen, daß ich nicht auch »rechnen« muß. Aber allein die Tatsache, daß ich an einem Buch wie die »Matrosen« anderthalb Jahre gearbeitet habe, zeigt, daß die Prioritäten sich bisher noch nicht allzusehr verschoben haben – sonst hätte ich in dieser Zeit drei andere, kürzere, verkaufsträchtigere Titel geschrieben. An Ideen mangelt es mir nicht.
Die Absichten! Ich möchte Geschichten erzählen, mal ernst, mal lustig, mal traurig, mal heiter; mal realistisch, mal märchenhaft, mal satirisch, mal romantisch – also »fast wie im richtigen Leben«. Daß das Geschichten werden, die ich für wichtig halte, ist klar. Sie müssen was mit mir zu tun haben, mit meinen Interessen, meinen Wünschen. Kurz: Ich schreibe über das, was mich traurig oder wütend macht, oder mich lachen läßt. Meine »Absichten« sind dann wohl, diese Gefühle und Gedanken weiterzuvermitteln. – »Pädagoge« möchte ich nicht sein; obwohl kein Autor gänzlich verhindern kann, ab und zu auszurutschen. Gerade wenn man sich an junge Leser wendet, kann einem immer mal was »Erzieherisches« passieren.

In »Frank guck in die Luft« ist – in bearbeiteter Form – eines Deiner allerersten Kinderbücher enthalten: »Brüder wie Freunde«. So umfaßt dieses Buch den ganzen »gewordenen« Kordon. Du knüpfst an Deine Anfänge an. Wie ist das, wenn man anfängt und Autor wird? Und kann man davon leben?

Ich war lange Anfänger, weil ich eigentlich immer schon schreiben wollte und auch immer geschrieben habe – meistens Lyrik, wie viele junge Leute. Wie das ist? Blöd! Es ist blöd. Man weiß ja nicht, ob man schreiben kann. Man schreibt sein erstes Buch und fragt sich: Spinnst du eigentlich? Was machst du da? Und wieso ausgerechnet ein Kinderbuch? Hast du irgendwelche Komplexe? (Ich weiß bis heute nicht genau, warum ich ausgerechnet mit Kinderbüchern begonnen habe. Da ich mich aber hin und wieder auch an Erwachsene wende, hoffe ich nicht, daß ich allzuweit zurückgeblieben bin.) Dann sucht man einen Verlag, erhält die üblichen, ewigen Absagen, bis man dann – wenn man Talent und Glück hat – tatsächlich einen findet. In meinem Fall waren es sogar drei, weil ich hier eine Absage erhalten, das Manuskript nach dort weitergeschickt habe. (Dressler machte dann mein erstes Buch »TADAKI«, aber auch Beltz & Gelberg und Spectrum erkannten, daß »da was ist« und waren interessiert an anderen Themen.)

Ob man davon leben kann? Das ist wohl bei jedem Autor unterschiedlich. Anfangs kann das wohl keiner, deshalb habe ich meine ersten 6 Titel auch neben meiner Tätigkeit als Exportkaufmann geschrieben. Der Erfolg dieser Titel hat mir Mut gemacht. Dann habe ich ab und zu mal was fürs Fernsehen gemacht und auch für den Rundfunk, und dann ging's. Es ist natürlich auch eine Frage des Anspruchs. Wenn man einen Beruf hat, den man wirklich will und der einem Spaß macht, ist das auch eine gewisse Form von »Lebensqualität«. (Was nicht heißen soll, daß ich ab sofort auf jegliches Honorar verzichte.)

Nun schreibst Du relativ viel. Manche behaupten das. Deine Bücher erscheinen bei verschiedenen Verlagen, bei welchen eigentlich, und ist das letzten Endes doch gar nicht so viel, wie die Leute meinen?

Ich hab schon gesagt: Ich schreibe gern. Und was man gern macht, davor drückt man sich nicht – also entsteht (relativ) viel. Dazu kommt: Ich hab ein breites Interessengebiet, deutsche Geschichte interessiert mich (wie sollte sie auch nicht: mein Großvater ist im I., mein Vater im II. Weltkrieg gefallen), die Dritte Welt interessiert mich (immerhin war ich als Exportkaufmann über zehn Jahre hinweg mit den Problemen der Menschen in diesen Ländern konfrontiert) und unsere Gegenwart liegt mir auch nicht allzu fern (ich leb ja in ihr). Den Ruf, ein Vielschreiber zu sein, hat man schnell weg, auch wenn es gar nicht so dramatisch ist. Man darf ja nicht vergessen, die meisten Titel sind nicht sehr umfangreich, manch ein Bilderbuch-Text hat nur zwei Tage beansprucht, manches »Buch« nur ein-zwei Wochen, weil es halt nur zwanzig Din-A 4-Seiten Schreibmaschinentext waren.

Und: Auch wenn viel entsteht, ich schludere nicht, sondern arbeite intensiv an den Texten. (Die letzte Fassung ist meistens die Taschenbuch-Ausgabe.) Auch behaupte ich nach wie vor, nicht das Wenige oder Viele macht den guten Autor, sondern das Wie.
Neben den schon erwähnten Verlagen habe ich auch im Arena-Verlag, bei Otto Maier und bei Erika Klopp in Berlin veröffentlicht. Ein Verlag allein kann die Textflut nicht bannen.

Nochmals zum »Frank«, ein Buch, das für mich zu den besonderen und großen der Kinderliteratur zählt; in seiner zähen Kraft und im Mut, dem Leser etwas zuzumuten, erinnert es mich an das Kindheitsbuch von Maxim Gorki (der Vergleich soll Dich nicht schrecken; vielleicht liebst Du ja auch diesen Gorki). – Wie ehrlich warst Du im Umgang mit Deiner Kindheit? Letzten Endes geht es doch nicht um Deine Kindheit, sondern um die Kindheit des Frank im Roman, obwohl es doch Deine Kindheit ist, die Du mit diesem Buch bewältigst. Ein Schreiben also, damit Wirklichkeit neu entstehen kann?

Nichts gegen Maxim Gorki. Ich habe keine direkten Vorbilder, hätte ich welche, zählten er und seine Kindheitserinnerungen sicher dazu. Der indische Autor Salman Rushdie schreibt in seinen »Mitternachtskindern« sinngemäß: »Die Erinnerung ist eine besondere Wahrheit. Sie wählt aus, eliminiert, verändert, übertreibt, untertreibt, verherrlicht und schmäht auch ... schafft ihre eigene Realität.« Besser kann ich es nicht sagen. Genauso sehe ich meine Frank-Geschichte. Keine Memoiren, sondern Literatur. Aber natürlich »wahr« und »eigene Kindheitsbewältigung« und auch »neue Wirklichkeit«.

Immer wieder beschäftigt Theoretiker der Kinderliteratur (und kaufende Kindereltern) die Frage: »Was darf man denn – bis wohin geht man denn?«, kurz, wie hast Du es mit der Realität im Sinn? Wie konzipierst Du Deine Bücher? Du arbeitest viel mit Dialog, Dialog unter Kindern zum Beispiel: Ist das eine Möglichkeit, Realismus, den der Leser scheut, erträglicher zu machen?

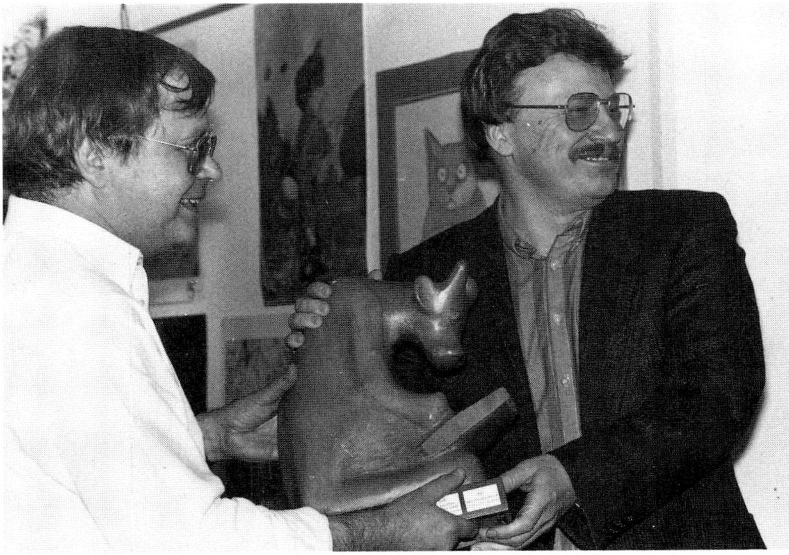

Zürich, Herbst '85: Dr. Jürg Schatzmann überreicht Klaus Kordon für seinen Roman »Die roten Matrosen oder Ein vergessener Winter« den Zürcher Kinderbuchpreis »La vache qui lit«.

Vom Inhalt her setze ich keine Grenze, nur die Art der Darstellung sollte man dem Alter der Leser anpassen. Ein Beispiel: In meinem ersten Buch, der Dritte Welt-Erzählung »TADAKI«, habe ich u. a. das Thema der Kinderverstümmelungen aufgegriffen. Damit ihre Kinder beim Betteln mehr Erfolg haben, greifen manche Eltern in diesen Ländern zu diesem letzten Mittel. Aber natürlich habe ich nun nicht etwa geschildert, wie eine Mutter ihren Sohn oder die Tochter verstümmelt oder verstümmeln läßt, sondern meinen Helden daran denken lassen, daß so etwas geschieht und wie sehr er seiner Mutter dafür dankbar ist, daß sie trotz aller Not nicht zu diesem letzten Mittel gegriffen hat ...

Diese Form der Darstellung reicht m. E. aus, um zehn- oder zwölfjährigen Lesern den Grad des Elends in diesen Ländern begreiflich zu machen. Die meisten Erwachsene haben dickere Häute, da muß man wohl etwas heftiger zustechen, um durchzukommen.

Dialoge gehören für mich einfach dazu. Sie müssen sein, um – gerade auch in umfangreicheren Lesestoffen – Atempausen zu schaffen. Auch macht es Spaß, schlagfertige, intelligente Dialoge zu schreiben. Aber es darf nicht überhandnehmen, in der Hauptsache will ich ja »erzählen«. Ob man mit Dialogen Realismus erträglicher macht, weiß ich nicht. Ich weiß nur, daß ich z. B. in den »Matrosen« ohne Dialoge nicht ausgekommen wäre. Wie hätte ich sonst wohl all die verschiedenen Standpunkte klar-

Greta und Herbert Wehner
Weissdornweg 124
5300 Bonn 2

zur Zeit: Spjutterum, 29. 12. 1984
S 38600 Färjestaden

Herrn Klaus Kordon
c/o Beltz-Verlag
D 6944 Hemsbach über Weinheim

Lieber Klaus Kordon,
vor wenigen Minuten haben wir die letzten Zeilen Ihres Buches „Die roten Matrosen" zu Ende gelesen.
Wir möchten Ihnen für dieses, in jeder Hinsicht außergewöhnliche Buch, danken.
Wir haben uns das Buch vorgelesen und dabei unser Leben wiedererlebt.
Wir danken Ihnen für die tiefe Menschlichkeit, die dieses Buch trägt, für die geschichtliche Genauigkeit und für Ihr Nachwort, welches wir sowohl als Vor- und Nachwort gelesen haben.
Herbert hat wiederholt, bei Ihren Gedanken über die Frage, wie es hätte werden können und wie es geworden ist, gesagt – er hat recht – so ist es.
Ich selbst bin froh, daß mein Entsetzen über das Verschieben der Not aus Europa in die Dritte Welt, von Ihnen angesprochen und so gesehen wird.

Mit freundlichen Grüßen und guten Wünschen,
auch an Ihre Frau Jutta,

Ihre Greta und in Dankbarkeit Herbert Wehner.

machen sollen, ohne den Leser zu ermüden? Außerdem sind bei 500 Seiten Atempausen wirklich angebracht.

Es gibt da eine Rede von Günther Grass über Döblin (seinem »Lehrmeister«). Darin spricht Grass von Döblins Unverträglichkeit für den Leser, »damit er gelesen werden möge«: »Er wird Sie beunruhigen; er wird Ihre Träume beschweren; Sie werden zu schlucken haben; er wird Ihnen nicht schmecken; unverdaulich ist er, auch unbekömmlich. Den Leser wird er ändern...« – was läßt sich von diesem Anspruch für die Kinderliteratur »retten«?

Man darf auch Kinder »beunruhigen«. Sie sind es ohnehin. Einmal in der Woche die »Tagesschau« reicht aus. Nur ist das keine »erklärende Beunruhigung«, sondern eine eher kopflos machende. Für mich steht fest: Auch in Büchern für Kinder darf nichts verschönt, verniedlicht werden – aber alles sollte (soweit möglich) erklärt werden. Sie haben auch dann noch genug zu »schlucken«, es wird ihnen auch dann noch nicht »schmecken«, sicher aber wird es sie »verändern«, ohne hilflos zu machen.
Um kein Mißverständnis aufkommen zu lassen: Ich meine nicht, daß Kinder nur Essentielles zu schlucken bekommen sollen, also nur »Steaks«, sie sollten auch ruhig weiterhin ihren »Pudding« bekommen. Allerdings: *nur* Pudding macht keine Muskeln. Und weil wir gerade bei Grass/Döblin sind: Ich habe Döblins »Alexanderplatz« zum ersten Mal mit 15 gelesen. Der Roman hat mir keine »Angst« gemacht, obwohl er mich beunruhigt hat; er hat mir meine Stadt, meine Welt erklärt.

Herbert und Greta Wehner haben Dir zu den »Matrosen« einen bemerkenswerten Brief geschrieben. »Lob« aus berufenem Mund ist möglicherweise für den Autor mehr als nur eine Geste – zumal Wehner bekanntlich keine unverbindlichen »Gesten« machen würde. Sicher macht das Mut. Geht es nun weiter mit dem Stoff, mit der Geschichte von Helle und seinen Freunden?

Daß Bücher, die sich in erster Linie an Kinder wenden, fast nur von Erwachsenen gekauft werden, ist unser größtes Handicap. Die meisten Erwachsenen haben ja die Unruhen ihrer Kindheit längst vergessen, wollen sich einlullen und ihre Kinder auch, also liefern sie ihnen das, was sie selbst am meisten mögen: Ferien vom Ich.
Der Wehner-Brief hat mich mehr gefreut als so mancher Preis, den meine »Matrosen« erhalten haben. Dieser zutiefst human denkende Mann – trotz seiner äußeren Bärbeißigkeit – hat mir seit jeher imponiert. Wehner ist ein Mann, der immer auf der Seite der Schwachen gestanden hat – das sollten Schriftsteller auch tun.
Ja, mit Helles Geschichte geht es weiter. Mitte 87 werde ich mit dem zweiten Teil beginnen, d.h. im Herbst 89 wird der Band – wenn alles gutgeht – vorliegen. Den dritten Teil will ich dann schneller folgen lassen, vielleicht 91. Weite Pläne? Na ja, irgendwie gehört Optimismus zu unserem Beruf...
Was in den folgenden Bänden geschieht, will ich hier nicht vorwegnehmen, nur soviel: Es geht um die »Wendepunkte« in der ersten Hälfte unseres Jahrhunderts – und zwar aus der Sicht einer Ber-

liner Arbeiterfamilie, Helles Familie. Dabei werden Entwicklungen aufgezeigt, Fehlentwicklungen nicht vergessen und Schicksale erzählt. Alles so, daß es sich auch schon an junge Leser wendet.

Waren diese genannten Bücher, die »Matrosen« und auch der »Frank«, für den Autor eigentlich einträglich; hat sich die Arbeit gelohnt?

Im Vergleich zu meinen »dünneren« Büchern waren sie nicht »einträglich«. (Manchmal hat man Glück, man schreibt eine Geschichte wie z. B. »Mottha und Bawani« – erschienen in der Kleinen Hand-Reihe – und verdient an dieser in verschiedenen Rundfunksendern gelaufenen und von mir auch zum Hörspiel bearbeiteten Geschichte – am Arbeitsaufwand gemessen – mehr als an einem dicken Roman.) Aber ich will mich nicht beschweren, gerade die »Matrosen« sind viel besser verkauft worden, als ich es vorher geglaubt hatte.

Abschließend noch eine weitere Frage. Du hast in Deinen Büchern mehr Jungen beschrieben als Mädchen, weniger Frauen als Männer (wenngleich das Porträt der Mutter im »Frank« unvergeßlich ist), – das ist vermutlich eine Frage der Vorstellbarkeit. Nun befinden wir uns mitten in der Rollen-Diskussion: Warum also nicht lieber ein Mädchen als Hauptfigur? Siehst Du da irgendwelche Verpflichtungen für den Autor?

Das stimmt nur teilweise. Ja, die Hauptfiguren in meinen Romanen und Erzählungen sind meistens – nicht immer – Jungen. Und das hat sicher was mit der Vorstellbarkeit zu tun – ein pubertierender Junge war ich selber mal, ein pubertierendes Mädchen nie. Es hat aber auch was mit meinen meistens doch sehr tiefgehenden Geschichten zu tun. Wenn Frauen solche Geschichten erzählen, sind ihre Hauptfiguren fast immer Mädchen. (Nöstlinger »Maikäfer flieg«, Welsh »Johanna«, Fuchs »Emma oder Die unruhige Zeit« usw.).

Was die »Zweithauptfiguren« betrifft, ist das etwas anderes. Da gibt es bei mir doch wohl sehr viele wichtige weibliche »Helden«; vielleicht sogar mehr als Männer. Eine Verpflichtung für den Autor, die Autorin, zu fünfzig Prozent Mädchen oder Jungen zu Hauptfiguren zu machen, sehe ich nicht. Er soll schreiben, worüber er Bescheid weiß. Um die Frage der Emanzipation der Frau jedoch darf er sich nicht herummogeln, das ist eine Kernfrage unserer Zeit, da muß er Stellung beziehen. (Ich glaube, ich tue das.)

Im Augenblick sitze ich gerade mal wieder über eine Mädchen-Hauptfigur (wie z. B. auch im »Schwarzen Riesen«, »Die Reise zur Wunderinsel«, »Mottha und Bawani«). Es geht dabei um die Probleme von indischen Frauen und Mädchen. In der Dritten Welt leben viele Frauen ja noch wie Sklavinnen. Und dennoch, auch dort beginnen sie sich ihrer Rechte bewußt zu werden. Dieses Buch soll das Gegenstück zu meinem »Monsun« werden. Ob mir das gelungen ist (und ob meine Hauptfigur Munli »lebt« oder nicht), kann im Herbst 87 überprüft werden.

Interview mit Klaus Kordon
für das »Werkstattbuch« von Hans-Joachim Gelberg
Juli 1986

Märchen entstehen…

Sie sagt nicht viel über sich. Einmal habe ich ihr ein Nachwort entlockt: »Ich bin im Hochschwarzwald aufgewachsen, in einem sehr kleinen Dorf, zwischen Maulwurfshügeln und Ameisenhaufen, ringsum die großen Wälder. Dort habe ich bei der Kartoffelernte geholfen, dort habe ich die Ziegen gehütet … In meinem Leben hat sich seither nicht viel geändert. Immer noch denke ich mir Geschichten aus, immer noch male ich meine Bilder dazu …« Das wunderschöne Buch mit dem einzigen Nachwort von Helga Gebert – »ABC, die Katze trinkt Kaffee« – war übrigens recht erfolglos. Geblieben ist aber unsere gemeinsame Entscheidung, Bilder zu machen, Geschichten zu malen – wobei ich veröffentliche, was Helga Gebert malt. Sie malt, zeichnet, erzählt: eigene Geschichten – und vor allem Märchen. Ihr großes Märchen-Werk »Phantastische Märchen« hat über 500 Seiten; es enthält (meist irische oder englische) Märchen von Zwergen, Riesen, Drachen, Meerjungfrauen u. a. Hierbei ist Helga Gebert Herausgeberin, Übersetzerin und Zeichnerin – ein Zusammenspiel! Helga Gebert hat nun (nach den Märchen der Brüder Grimm) Märchen von Wilhelm Hauff farbig illustriert, darunter auch »Das kalte Herz« und »Der kleine Muck« (siehe S. 72). Dieses Buch druckt zur Zeit. Zum Herbst ist es im Buchhandel. Für Helga Gebert ist offenbar der Zustand, ein großes Illustrationswerk (an dem sie über ein Jahr gearbeitet hat) abgeschlossen zu haben, ungewohnt: Seit einigen Wochen arbeitet sie bereits an ihrer nächsten großen Märchenillustration. *Ge.*

Märchen entstehen

Jürg Schubiger

Ich sitze auf einer Bank eines kleinen Seehafens in Galizien und denke über Märchen nach. Es ist still hier, wie immer am Morgen. Nur die Spatzen lärmen im dichten Gefieder der Palmen. Ein alter Mann, tief vorgebeugt, gräbt mit seinem Stock eine einzige Figur in den Sand, die er immer neu nachzeichnet: Er beginnt mit einem Kreuz und verbindet dann die Enden zu einer Raute.

Der Park mit seinen verwilderten, geometrisch angelegten Beeten ist ein Stück Märchenlandschaft und zugleich der wichtigste öffentliche Lebensraum des Städtchens. Die Straßen laufen wie Strahlen auf diese Mitte zu. Hier finden sich die Einheimischen vor allem am Abend ein. Sie bilden verschiedene Gruppen. Die Burschen und Mädchen sitzen auf einer Mauer oder unter der Mauer auf einer steinernen Bank. Die Männer im mittleren Alter treffen sich in einem der vielen Cafés rund um den Platz; die alten ziehen die Parkbänke vor. Bei den Kinderspielplätzen sitzen die Mütter; andere Frauen kommen und gehen.

Die weißen Blätter auf meinen Knien spiegeln das Morgenlicht. Ein Parkwächter geht durch die Allee. Er wischt die Abfälle des gestrigen Abends auf. Nachgiebig gleitet der Besen über den Boden; er ist aus einem Reis gebunden, das in Schlaufen und Locken endet. Der Ruf einer Frau, das Klappern eines Lieferwagens kommen morgenhaft klar herüber.

Wenn mir nun hier, unter diesen Bäumen, »das Märchen« leibhaftig begegnen würde? Eine abwegige und verführerische Frage. Ich würde die Erscheinung natürlich sofort als Märchen erkennen – nicht so sehr am Kleid als am hellen Blick und vor allem an der tänzerischen Gangart. Was immer sich so zeigen würde, es wäre nicht das Rotkäppchen oder Schneewittchen eines Kinderumzugs, sicher aber hätte es denselben heiteren Geist wie dieser Park, diese Mitte, diese Sammlung vielfältiger Erfahrung.

Ich meine zu wissen, was Märchen sind, und ich weiß auch, was mich an den schönen Gebilden besonders anzieht: zum Beispiel die Art, wie die Erzählung fortschreitet, in Wiederholungen, Steigerungen, Umkehrungen, die an die freie Ordnung primitiver Webmuster erinnert.

Weiß ich auch, wie ein Märchen entsteht? Ich schreibe ja Märchen. Wachsen sie über Nacht wie Pilze? Ich setze mich kaum je hin, um ein Märchen zu schreiben. Ich schreibe etwas, das ich am Ende als Märchen bezeichne, wenn es eines ist. Ein einzelnes, oft unscheinbares Motiv kann mich in Bewegung bringen. In meinem Notizheft steht beispielsweise der Satz: »Ein Auto, ein blauer Vierplätzer, wird von einer Familie wie ein Haustier gehalten.« Oder, angeregt durch eine Stelle in einem der *»Märchen aus Tausendundeiner Nacht«*: »Eine zauberkundige junge Frau erkennt in einem klugen Affen sofort den verzauberten Jüngling. Erschrocken verschleiert sie sich bei seinem Anblick.« Wie daraus dann ein Märchen wird, darüber kann ich wenig sagen. Ich gehe nicht vor wie eine Trüffelsau und nicht wie ein Ingenieur; meine Arbeitsweisen liegen irgendwo im weiten Feld dazwischen. Wenn ich beim Schreiben eine Plan habe, so ist er mir selber größtenteils geheim.

Ich habe mehrmals versucht, mir beim Schreiben über die Schulter zu schauen, und ich habe dabei durchaus auch Neues erfahren: wie ich spontan auftauchende Bilder wörtlich nehme, wie sich dann Konstellationen, Muster ergeben. Ich stieß mit solchen Beobachtungen aber rasch an eine Grenze. Nicht, daß ich angefangen hätte, an den Möglichkeiten der Selbstwahrnehmung zu zweifeln: Ich verlor einfach regelmäßig und vollständig das Interesse an diesem Vorhaben. So schützten sich meine Märchen wirkungsvoll vor einem Zugriff des rationalen Bewußtseins. Vielleicht will ich mir die Vorstellung bewahren, sie entständen aus sich selber, aus einer ihnen eigenen Logik der Wörter und Dinge. Beim Schreiben jedenfalls meine ich sie eher vorzufinden als zu erfinden.

Statt länger darüber zu grübeln, schreibe ich zur Entstehung des Märchens besser gleich ein Märchen.

Dagmar Chidolue
SO IST DAS NÄMLICH MIT VICKY
Erzählung
Bilder von Rotraut S. Berner
Pappband, 192 Seiten, DM 19,80
Lesealter: ab 9

Was Vicky ihrer Freundin Nele erzählt, ist meistens ziemlich aufregend und immer außergewöhnlich. Die Sache mit den schwarzen Männern zum Beispiel oder die mit den Haifischen. Außerdem spricht Vicky alle Sprachen der Welt, sogar karamäisch. Ein lustiges und freches Buch, von Rotraut S. Berner köstlich illustriert.

Buchhändler schreiben ihre Meinung zu diesem Buch:

»Klasse, das Buch. Ich hab viel lachen müssen, weil ich u. a. viele Verhaltensweisen aus meiner Kindheit wiedererkannt habe. Warum gab's solche Bücher nicht zu meiner Zeit?«

Annette Scheurer, Bhdlg. Bechmann, Leverkusen

»Schön, wie die Eltern von Nele mit Vickys Geschichten umgehen – schön, wie Nele ihre Freundin so mag, wie sie ist.«

R. Merholz, Cremersche Bhdlg., Aachen

»Unsere einhellige Meinung: ein richtig schönes Kinderbuch!«

Marion Krefting, Oberbergische Bücherstube, Gummersbach

»Man freut sich auf jede neue Geschichte!«

Chr. Kunkel, N. G. Elwert, Marburg

»Eine ganz ausgezeichnete Geschichte voller Situationskomik und liebenswerter Charaktere. Sprachlich so lustig, einfühlsam und geschickt erzählt, daß man das Buch nicht mehr aus der Hand legen kann (Achtung, Mütter! Da wird bestimmt nachts heimlich weitergeschmökert!), bis es ausgelesen ist, und auch dann würde man am liebsten wieder von vorne beginnen – es wird sicher auch allen Kindern so gehen. Und dann die Illustrationen – zum Verlieben!!«

Michaela Rieger, Burgbhdlg., Wertheim

»Wer wünscht sich die phantasievolle (aber auch anstrengende!) Vicky nicht zur Freundin?« *S. Gey, Center-Bücherstube, Hürth*

»... hat mir ausgesprochen gut gefallen, und die kleine Vicky habe ich sofort in mein Herz geschlossen. ... bin sicher, daß es guten Anklang finden wird.« *Elisabeth Adamitza, Köln*

»Vicky mit ihren tollen Geschichten und Nele, ihre gute Freundin, die immer zu ihr hält, sind ein tolles Gespann, um Kinder gut zu unterhalten.«

I. Schwartländer, Bhdlg. Otto Dabelow, Hamm

»Meine 8jährige Cousine und ich sind uns einig: wir haben viel gelacht, uns gewundert über Vickys phantasievolle Ideen, also: Wir fanden es toll!«

Silvia Steger, Bhdlg. Ruth Nohl, Siegen

»Die Vicky war für mich eine kleine, sympathische Nervensäge, ihre Streiche und Lügen verführten trotzdem zum Weiterlesen.«

Maike Busch, Bhdlg. Claus Otto, Bremen-Vegesack

»So ganz nebenbei wird den Kindern richtiges Verhalten bei ›netten Onkels‹ vermittelt.«

Hanne Hasselmann, Bhdlg. Ruth Pütt, Tönisvorst 1

»Ein dreifaches Hoch auf Vicky!«

Linda Broszeit, Bücherinsel, Duisburg

»Einfach zauberhaft.«

Martina Wiese, Berlin

»Dieses Buch hat mir sehr gut gefallen, ich glaube, daß auch Kindern diese ungewöhnliche Freundschaft gefällt.«

Petra Weber, Niederräder Bücherstube, Frankfurt

Dagmar Chidolue schreibt Briefe, wenn ein neues Buch fertig ist:

24. März 1985

Lieber Herr Gelberg,

ich schicke es Ihnen gleich, das Manuskript. Sie werden es sicherlich nach Bologna erhalten. »Rot, rot, rot, wenn ich lüge, bin ich tot« ist so mein Lieblingstitel, oder kurz »Rot, rot, rot«. Und vielleicht lesen Sie folgendes erst, nachdem Sie das Manuskript kennen.

Ich wünsche mir, daß es so ein Familienbuch ist, wie Sie es mal ausdrückten. Obwohl es sich ja nicht nur um eine Familie handelt. Eine Zeitlang hatte ich auch überlegt, die Vicky, die hier ja eigentlich die Hauptperson ist, auch sprachlich dazu zu machen, also, das Buch aus ihrer Sicht zu schreiben, wie ich es schließlich mit der Terry gemacht hatte. Aber hier war es anders, denke ich. Wenn es ›Vickys Buch‹ geworden wäre, hätte es ein Problembuch gegeben. Das kleine, dicke Kind. Wieder einmal. Und dazu noch aus einer sogenannten Gastarbeiterfamilie. So ist es hauptsächlich eine Freundschaftsgeschichte. Eine Liebe zwischen zwei kleinen Mädchen, ohne Abstriche. Und die Vicky ist auch klein und fett, und daran muß man nichts ändern, man kann ja auch solche lieben, das heißt, man (hier: Nele) sieht das ja gar nicht, wie das auch in einer richtigen Liebe ist und sein sollte.

Und Vicky erzählt Geschichten. Es sind ja fast alles Lügengeschichten, und es muß auch nicht immer aufgeklärt werden, daß der Leser hinterher weiß, dies oder das ist wahr. Das war mir zu pädagogisch, auch der Kern der Geschichte, daß man durch solche Geschichten in arge Schwierigkeiten kommen kann, also, mir war das zu moralisch, so Sprichwörtermoral: wer einmal lügt… oder so ähnlich.

Die Vicky ist ja keine, die leidet, hat ja auch ihr Stückchen heile Welt. Eltern, die sie lieben, oft eben durch Schokolade und so weiter, und dann das Fernsehen, das Vicky auf die ihr eigene Art verarbeitet, und das wird dann so ein Phantasiemischmasch.

Alles in allem zwei Familien, wobei die eine Familie eben kann, und die andere kann eben nicht so, aber das ist auch okay, weil's nicht so leicht zu

ändern ist. Und wenn man da zuviel reinschreibt, Lebensstandard und Standesunterschiede, dann wird's mir zu politisch.
Noch etwas kindliche Sexualität, nicht sehr zielgerichtet, die sich aber ausdrückt im Interesse an solchen Themen. Ich wollte das auch nicht so ideologisch drinhaben.
Keine unglücklichen Kinder, eher ganz schön glücklich, Vicky ist eben besser als eine richtig fiese große Schwester. Und Nele ist für Vicky allemal gut, denn zu zweien ist's besser als allein, zumindest einen Sommer lang.
Ich hatte noch andere Titel. »Zum Glück gibt's Vicky« oder »Haifische gibt's überall«! Aber am liebsten: oben.
Nun bin ich gespannt, wie Sie mit dem Manuskript zurecht kommen, ob's Ihnen überhaupt gefällt. Viele Grüße

Ihre Dagmar Chidolue

Im Werkstattgespräch auf dem 1. Weinheimer Kinderbuchseminar wurde dieser erste Einbandentwurf zur »Vicky« (von R. Susanne Berner) gelobt, kritisiert, abgelehnt – wie auch immer, der Verlag entschloß sich trotzdem zum neuen Einband, den Susanne Berner neu zeichnete . . .

(unten)
Illustration von R. S. Berner aus »Vicky«

Umschlag im Entwurfsstadium

Zur Einbandgestaltung von »Lady Punk«

Wolfgang Rudelius

Bei manchen Büchern gäbe es, was die Umschlag-Gestaltung betrifft, mehrere »richtige« Lösungen. »Lady Punk« ist ein Beispiel. Ich mag den abgelehnten Entwurf noch immer. Ob er besser ist als der, der schließlich genommen wurde, ob er schlechter ist, das kann ich inzwischen schlecht beurteilen. Ich mag beide! Sie sind grundverschieden. Ich finde auch das Buch hat diese sehr verschiedenen Passagen: Oft ist Terry unsicher und voller Sehnsucht. Der Brief von C. W. Burger ist die ersehnte Nachricht vom Vater, – eine Enttäuschung. Diesen Aspekt stellt der bewölkte Luftpostbrief in den Mittelpunkt. Die andere Terry ist schon ganz schön ausgebufft! Sie schminkt, sie »verkleidet« sich, sie legt sich Masken an – wohl um sich zu schützen, aber auch um zu provozieren. Sie will die Mutter und deren läppische »Onkels« provozieren. Gleichzeitig ist sie eine kleine »Edeltante«. Sie hat genug Geld, um sich ihre exotischen Maskeraden zu finanzieren. Ich finde, man sieht solche Terrys immer häufiger. Der abgelehnte Entwurf setzt diese Terry besser ins Bild; er ist ein bißchen schräg und schrill.

Ein Verlag besteht aus vielen Personen,

Wolfgang Rudelius kümmert sich um die äußere Gestaltung der Bücher und Werbemittel... Der Entwurf zur Taschenbuchreihe »Gullivers Bücher« stammt von ihm; ebenso lieferte er die Konzeption der »Jubiläums-Bibliothek«. Bis so ein Einband an die Öffentlichkeit kommt, braucht es viele Entwürfe; nachträgliche Korrekturen (wenn der Einband bereits angedruckt ist) sind teuer; dennoch wird manchmal ein schon fertiger Einband auf der sogenannten Vertretersitzung verworfen und muß neu gefertigt werden.

und die meisten wollten die Außenhaut weniger punkig, sondern mehr romantisch: Ein Verlag will seine Bücher verkaufen! Entsprechend lautete das Hauptargument: »So verkaufen wir das Buch nie!« – Da wird mit den Müttern und den »Onkels« argumentiert, die immer noch die meisten Bücher für Kinder und Jugendliche kaufen. Die sollte man nicht schockieren! Facit: Terry darf ihre Leute schockieren! Ein Grafiker darf das nicht.

Die Umschlag-Gestaltung für Bücher ist, wenn man sich auf konkrete Darstellungen einläßt, immer auch ein bißchen ein Hochseilakt. Ist der Inhalt kritischer Natur, kommt der Grafiker schnell in Schwierigkeiten. Oder, er stellt auch die härtesten Themen seicht dar. Man kann das: Düster bewölkte Himmel stehen dann für alles mögliche, hart kopierte Häuserwände... Es gibt alle möglichen Versatzstücke, die dann eingesetzt werden können, wenn man sich nicht konkret zu werden getraut. Meistens trau ich mich. Aber das führt zu Konflikten. Manchmal.

Seite 116 / 117:
Illustration von Peter Knorr zu »Das Mondkalb« (von Simon & Desi Ruge), erscheint im Frühj. 1987.

Peter Knorr '86

Arnulf Zitelmann
BIS ZUM 13. MOND
Eine Geschichte aus der Eiszeit
Mit einem Nachwort des Autors
Pappband mit Lesebändchen,
224 Seiten, DM 17,80
Lesealter: ab 12

Arnulf Zitelmann schreibt die Geschichte des Mädchens Qila, wie sie sich vor ca. 20.000 Jahren während der letzten großen Eiszeit zugetragen haben mag. Ein fesselnder Abenteuer-Roman über die Entstehung von Naturreligionen und über eine Lebensform, die die Grundlage heutigen Zusammenlebens ist.

Buchhändler schreiben ihre Meinung zu diesem Buch:

»Endlich ist es soweit – es gibt ein Buch, in dem sich die neue Generation der Mädchen wiederfinden kann. ... Wenn das Leben ein Abenteuer ist, und ich glaube, das ist es, dann hat die Abenteuer-Reihe bei Beltz & Gelberg ihren Höhepunkt erreicht. Dieses Buch ist nicht nur preiswürdig, es sollte den Jugendbuchpreis erhalten.«
Renate Wallas, Bhdlg. Determann, Heilbronn

»Ein wunderschön zu lesender Abenteuer-Roman aus der Frühzeit der Menschheit.«
Veronika Gruber, Bücher Kettl, Freilassing

»Ich konnte eine Verbindung zwischen heute und der Vorzeit empfinden, so als ob mich jemand dem Ursprung nahe gebracht hätte.«
Der Kinderbuchladen, Düsseldorf

»Er vermittelt auch eine ganz neue Einstellung zum Leben, die uns die (ersten) Naturvölker scheinbar voraus haben: Leben im Einklang mit der Natur und eine Natürlichkeit im Umgang mit Schwangerschaft, Geburt und Tod.«

Sabine Westermann, Carl-von-Ossietzky-Buchhandlung, Oldenburg

»Meine ›Seele fliegt‹ mit den Figuren dieses Romans davon.«

Ulrike Grosser, Scharioth'sche Bhdlg., Essen

»Eine gelungene Mischung aus Abenteuer und Mythos. Spannend und informativ!«

Bärbel Krosien, Oberberg. Bücherstube, Gummersbach

»Ich bin vom ›neuen Zitelmann‹ begeistert.«

A. Gerber, Buchhandlung am Rösslitor, St. Gallen

»Ich wünsche mir, das Buch möge viele, jugendliche Leser finden, damit sich vielleicht doch noch Einsicht, Nachsicht und Rücksicht entfalten kann.« *Oswald, Braunsche Buchhandlung, Ettlingen*

»Anspruchsvoll, abenteuerlich, zart und stellenweise grausam zugleich, einfühlsam, einfach toll!« *Dorith Steffens, Rathaus-Bhdlg., Frechen*

»Das einzige Buch in Prosa, das ich kenne, welches sich mit der Eiszeit befaßt.« *Monika Bleß-Höfer, Bhdlg. am Kloster, Lorsch*

»Insgesamt halte ich das Buch für eines der besten Kinderbücher, die ich bis jetzt gelesen habe.«

Marion Löhn, Buchhandlung de Haer, Hilden

»Das Mädchen ist eine beeindruckende Persönlichkeit, behutsam geschildert. Wir haben das Paradies längst verloren. Ein starkes Buch.«

Irmgard Nieckau, Bücher Edele, Kaufbeuren

»Das Buch ist mit großem Verständnis für das Leben der frühen Steinzeit-Menschen geschrieben, sehr positiv finde ich auch das erklärende Nachwort mit der Skizze. Der Roman wird Jugendliche ab 12 Jahren sehr interessieren und fesseln.« *Martina Gildehaus, Center-Bücherstube, Köln 40*

Dieses Bild von Martin Luther King hat Willi Glasauer gezeichnet. (Er hat hervorragende Cover-Bilder gezeichnet; wer immer sie sammelt, wird darunter viele »Glasauers« verwahren ...) Auch Arnulf Zitelmann war mit diesem Bild einverstanden. Dieses Titelbild zu dem faszinierenden Amerika-Buch über die 60er Jahre von Arnulf Zitelmann vermittelt den Aufbruch dieser Zeit; das Buch ebenso.

Arnulf Zitelmann
»KEINER DREHT MICH UM«
Die Lebensgeschichte des Martin Luther King,
erschienen im Frühjahr 1985,
ausgezeichnet im Rahmen des Deutschen Jugendliteraturpreises
mit der Auswahlliste 1986

Beim Schreiben wie besessen

Arnulf Zitelmann und seine abenteuerlichen Geschichtsbücher

Klaus Peter Creamer

Die »Heldinnen« und »Helden« heißen: Martis, der Schafsjunge, Linori, das Zigeunermädchen, Kleiner Weg, der Höhlenjunge aus dem Klan der Geierleute, Dim und Akunga vom Zweistromland, Jedida, die judäische Kriegsgefangene, und Qila, das Eiszeitmädchen aus dem Sonnenuntergangsland.

Ihr »Schöpfer« ist Arnulf Zitelmann (57), Religionslehrer und Schriftsteller, der mit Vorliebe Abenteueromane mit real-historischem Hintergrund für Jugendliche schreibt. Die Zitelmannschen Bücher (sieben sind inzwischen bei Beltz & Gelberg erschienen) sind nicht nur spannend und unterhaltend, sondern besitzen auch ein breites, historisches Fundament. In den Bänden »Jenseits von Aran«, »Kleiner Weg«, »Zwölf Steine für Judäa«, »Der Turmbau zu Kullab« und »Unter Gauklern« machen nicht Könige und Kaiser, Päpste und Bischöfe, Oberpriester und Zauberer, Fürsten und Adelige Geschichte, sondern ihre Gefolgsleute: die unter den Herrschenden Leidenden werden zu Hauptakteuren. »Und was machte Cäsars Koch?« (Bert Brecht) ist die Suchfrage, die Zitelmann beschäftigt.

Mich interessierte, wie ein Autor, der in seinen Abenteuerbüchern und in seinen Biographien über Martin Luther und Martin Luther King unterschiedliche gesellschaftliche und historische Verhältnisse, die über einen Zeitraum von Jahrtausenden reichen, leicht verstehbar beschreibt, arbeitet.

Die Arbeitsumgebung paßt zu den Inhalten seiner Bücher: Einige Kilometer entfernt vom Zentrum Darmstadts wohnt und arbeitet Zitelmann in einem parkähnlichen Vorort, der geprägt wird von alt-ehrwürdigen Bäumen und kleindimensionierten Wohnhäusern im Jugendstil. Große Fenster in seinem betont schlichten Arbeitszimmer geben den Blick frei auf stämmige Buchen und alte Gärten. Licht und Sonne benötigt er zum Arbeiten. Die Ruhe garantieren die bevorzugte Lage und der Umstand, daß die vier Kinder in einem Alter sind, der sie im Hause eher zu seltenen Gästen macht.

Ich wollte wissen, wie Arnulf Zitelmann seine Einfälle realisiert, wie er historisches Wissen und action zu einer guten Geschichte verbindet.

Bereitwillig und fesselnd erzählt er, wie so ein Abenteuerroman mit geschichtlichem Hintergrund entsteht. »Um die historischen Fakten zu sammeln – das ist die eigentliche Recherche –, benötige ich in der Regel ein halbes bis zu einem dreiviertel Jahr. Ich gehe in die Bibliothek, hole mir Werke, die über die entsprechende Zeit informieren. Ich will auf jeden Fall das historische Datenfeld rekonstruieren.

Anhand eines Beispiels macht Arnulf Zitelmann das deutlich: »Meine nächste Geschichte, die ich bereits im Kopf habe, handelt von einer jungen Frau, einer Philosophin, einer Schülerin Platons, die im antiken Alexandria lebte.

1. Weinheimer Kinderbuchseminar, Juni 1986: Arnulf Zitelmann in seinem Werkstattgespräch, hier mit Hans-Joachim Gelberg.

Dort wurde sie von sektiererischen, fanatischen Mönchen wegen ihrer aufklärerischen Ansichten zu Tode gefoltert.«

Bei der Rekonstruktion des historischen Umfeldes sucht Zitelmann Bilder über das antike Alexandria, forscht nach Stadtplänen (hier stand eines der sieben Weltwunder). Ihn interessieren dabei ebenso die sozialen Strukturen jener Zeit wie Detailfragen, etwa der Art, wie Frauen in dieser Zeit mit ihrer Menstruation umgegangen sind. Zitelmann: »Dazu geben die schlauen Bücher absolut nichts her.«

Auf eine große weiße Wand in seinem Arbeitszimmer klebt er Stadtpläne, Bilder und Gemälder jener Zeit und andere Informationen auf. »Es entsteht ein historisches Bilder-Puzzle auf fünf bis sechs Quadratmetern, das so lange hängenbleibt, bis die Geschichte fertig ist.«

Literatur in Englisch und alten Sprachen gehört mit zum verarbeiteten Material. Zitelmann möchte wissen, was passiert ist und warum es passiert ist. Zu den Recherchen zählen auch Reisen in das entsprechende Gebiet; wie er sie etwa bei seinem neuesten fertigen Roman, der Geschichte von Qila, dem Eiszeitmädchen, unternommen hat, das in der Cro-Magnon-Zeit gelebt hat und von der schwäbischen Alb über einen Schwarzwaldgletscher bis nach Dordogne (Frankreich) gewandert ist. Zitelmann hat die historischen Orte besucht; so die kleine Stadt Les-Eyzies-de Tayac an der Vézère, wo Dutzende von Höhlen und Grotten die bedeutendsten frühgeschichtlichen Kunstschätze der Menschheit beherbergen; zum Beispiel die grandiose Bilderhöhle von Lascaux. In dem Buch werden ausführlich die Maltechniken der Cro-Magnon-Menschen beschrieben.

In einem anderen Fall – der Lebensgeschichte von Martin Luther King: »Keiner dreht mich um« – hat der Autor Tonbandprotokolle des amerikanischen Senats zur Ermordung von Martin Luther King abgehört und verarbeitet. »Doch nur zehn Prozent der Ergebnisse der Recherchen werden dann wirklich in dem Buch verarbeitet.« Schließlich brauchen die Geschichten eine spannende, ausführliche Handlung. »Am Anfang«, so Zitelmann, »ist die Story noch nicht da, liegt der Handlungsablauf noch nicht fest. Ich versuche dann, die Puzzles an der Wand zueinander zu bringen. Ich suche den emotionalen Spannungsbogen!« Gesucht sind keine Helden, sondern Leute, »die trotz aller Schwierigkeiten und auch eigenem Versagen den längeren Atem haben«.

Wenn die Recherche abgeschlossen ist und er die Konzeption einer Geschichte in seinem Kopf hat, macht Zitelmann eine Namensliste der handelnden Personen. »Da fallen dann erste Entscheidungen. Schließlich gibt es sympathische und unsympathische Namen, die ich dann mit Rollenträgern versehe.« Die Geschichte selbst, den plot, fixiert er vorher auf einer einzigen Seite. Und dann geht es los. Meistens in den Schulferien. »Da habe ich wirklich Zeit.«

Zehn Seiten wird Zitelmann dann pro Tag schreiben, 17, 18, 19 Stunden sind sein Arbeitspensum. »Ich bin dann in der Geschichte voll drin. Nach zwei bis drei Tagen bin ich der Meinung, daß die Leute, über die ich schreibe, wirklich gelebt haben. Während des Schreibens bin ich wie besessen.« Das gehe so weit, schildert Zitelmann, daß er sich in dieser Phase nicht zutraue, Auto zu fahren.

Die Handlungsstränge werden möglichst lange offen gehalten. Da muß Entwicklung und Spannung drin sein. Dort, wo es zu wild zugeht, greift, so Zitelmann, auch schon mal mit sicherer Hand die sensible Lektorin ein. »Da gibt es ein echtes Vertrauensverhältnis.«

Die Identifizierung mit der Geschichte und den handelnden Personen geht so weit, daß Zitelmann »sich ganz intensiv in die Mädchen und Frauen seiner Geschichten verliebt«. Wer seine Bücher kennt, kann das gut verstehen.

Der Höhepunkt liegt naturgemäß am Ende des Buches: Auflösung, Schlußfrage, offenes Ende? »Wenn die Geschichte fertig ist«, so der Autor, »bin ich glücklich, habe vier Kilogramm abgenommen, bin befriedigt wie nach einer extremen Klettertour und habe während des letzten Drittels des Textes schon an mein nächstes Buch gedacht.«

Nachdruck aus: »Eselsohr«, Nr. 1/86

Klaus Peter Creamer ist Journalist und Redakteur bei »Pädagogik heute«.

Kinderlesung

Peter Härtling hat Kindern aus seinen Büchern vorgelesen. Wie immer kommt es nachher zu einem Gespräch. Die Kinder wollen wissen, ob er, Härtling, viel läse, viele Bücher?

Härtling: Ja, ich lese viel, auch viele Bücher.

Kind: Warum?

Härtling: Damit ich nicht arm werde.

Worauf die Kinder nachdenklich schweigen.

Noch eine Zeichnung von Willi Glasauer! So leitet er die Lebensgeschichte der Elisabeth Langgässer ein; Frederik Hetmann hat sie geschrieben. – Was ist mit den Gesichtern, die fotografiert und dann gezeichnet werden? Kann die Fotografie die »Inszenierung« des Bleistifts je erreichen? Der Zeichner fügt hinzu, was der Fotograf verschweigt, weil er es nicht sieht, nicht sehen kann...
Die biographischen Bände im Programm Beltz & Gelberg werden von Willi Glasauer ausgestattet. Er bevorzugt den Zeichenstift – mit dem er die Fotografie verändern kann...

Frederik Hetmann
SCHLAFE, MEINE ROSE
Die Lebensgeschichte der Elisabeth Langgässer,
erschienen im Herbst 1986

1. Coverbild George Sand (abgelehnt)

2. Coverbild George Sand

Glasauers Cover-Zeichnung (1) der George Sand ist gewiß ebenso »ehrlich« wie die zweite Zeichnung. Weshalb wurde die erste Zeichnung vom Verlag abgelehnt? Wird hier (aus Gründen besserer Verkäuflichkeit) ins »Schöne« gesteuert – besonders bei einem Frauenporträt?

Coverbild Lise Meitner

Coverbild Federico Garcia Lorca

Weitere Cover-Zeichnungen von Willi Glasauer zur Reihe »Biographie«: die »Lebensgeschichte der Lise Meitner« ist soeben erschienen; das biographische Porträt Lorcas ist in Vorbereitung. Weitere »Lebensgeschichten« sind geplant. Die Reihe »Biographie« wendet sich an Jugendliche und Erwachsene.

Briefbild von Sabine Wilharm, als das ABC-Bilderbuch diskutiert wurde …

Wirklichkeit im Kinderbuch

Josef Guggenmos

Gelegentlich nehme ich aufs Geratewohl einen Band meiner demnächst hundertjährigen Darwin-Ausgabe aus dem Schrank; einfach, weil es wohltut, ab und an diese Stimme zu hören. Die Schlichtheit, mit der Darwin von seinen Beobachtungen an Drosera rotundifolia, vom Wachstum der Korallenriffe oder von Einzelheiten seiner Weltreise berichtet, hat etwas Ergreifendes. In dem Schrank daneben steht auch so ein Buch, aus dem ich manchmal ein paar Sätze brauche. »Alle blickten wir zum Hofe zurück, wie man eine ferne Rauchwolke beobachtet und auf die Flamme wartet. Und wirklich, bald sahen wir Reiter ins weit offene Hoftor einreiten. Staub erhob sich, verhüllte alles, nur die Spitzen der hohen Lanzen blinkten.« Das ist auch Wirklichkeit, blanke, zum Herzklopfen nahe Wirklichkeit. Gibt es zwei Wirklichkeiten? Die Darwins und die Kafkas? Ich glaube nicht. Wirklichkeit ist das große Mysterium. Für den Schriftsteller: etwas tief Verschüttetes. Schwer ans Licht zu fördern. Hunger und Durst nach Wirklichkeit. Ob das nicht auch unsere Kinderliteratur glaubwürdiger machen könnte?

Erstveröffentlichung im Werkstattbuch (1974), hier wiederholt – ein Text fürs Merkbuch der Kinderliteratur.

Huck Finn ist nach dem Leben gezeichnet ...

Vom Büchermachen

... erklärt Mark Twain zu Beginn seines Romans. Er meint damit seine Vorstellung: Huck lebt, wie er ihn sieht. Und Huck lebt, wie der Leser ihn sieht, schon seit hundert Jahren. Und er lebt, wie der Illustrator ihn sieht. Von der Wirklichkeit des Schreibens der Geschichte bis zur Wirklichkeit des Lesens (und des Lesers) ist es ein langer Weg; zudem ein »dornenreicher« Weg, wenn wir an die »Wirklichkeit der Verwirklichung« (des Machens) denken; denn jedes Buch muß gedruckt werden, bevor es gelesen wird ...

Martin Auer an der Druckmaschine: sein erstes Kinderbuch, »Was niemand wissen kann«, druckt ...

Wenn es sich einrichten läßt, hole ich gern die Autoren an die Druckmaschine. Besonders die Künstler. Jeder sollte gesehen haben, wie »sein« Buch wird. Der Künstler muß wissen, daß seine Originale und der spätere vierfarbige Druck unterschiedlich sind; ein Druck kann nicht das Original sein. Dabei spielt schon die Reproduktion der Bilder eine gewichtige Rolle; beim Druck entwickelt das Papier mitunter Eigenschaften, die den Druck erschweren; zudem läuft beim Druck der Bilder auch die Schrift mit: der Drucker muß aufpassen, daß die Bilder nicht zugunsten der Schrift zuviel Schwarz mitbekommen – oder umgekehrt.

Und vieles mehr.

Martin Auer zaubert und erzählt und verzaubert . . .

Nun, Martin Auer* hat – wie auf dem Foto zu sehen – den ersten Druckbogen zur Probe gefalzt; er liest den Text auf Seite 11 ganz neu, als hätte er ihn nicht selbst geschrieben:

›Es gibt ein Gespenst,
das du nicht kennst.
Aber es kennt dich!
Ist der Gedanke nicht fürchterlich?‹

Ein wenig denke ich daran, daß es für den Autor lehrreich sein muß, den technischen Vorgang mitzukriegen. Er soll sehen und spüren, wie ernst es der Verlag mit seinem Buch meint; wie groß der Aufwand und die Mühe ist: das Buch herzustellen, es zu lektorieren, zu korrigieren, zu setzen, erneut zu korrigieren, zu umbrechen (d. h. auf das richtige Seitenformat bringen), erneut zu korrigieren, zu montieren, zu drucken, gut zu drucken – es zum Buchbinder zu schaffen, um es dann zeitgerecht dem Buchhandel auszuliefern. Das und manches mehr . . .

Bevor dies geschieht, haben die Verlagsvertreter damit begonnen, das Buch im Buchhandel anzubieten; dafür machen sie weite Reisen; zuvor wurden vom Verlag an alle Buchhandlungen kostenlose

* Das erste Kinderbuch von Martin Auer ist inzwischen fertig; es heißt: »Was niemand wissen kann«, Seltsame Verse – Sonderbare Geschichten. Bilder von Hansi Linthaler, 142 Seiten.

Leseexemplare geschickt – damit die Buchhändler sich informieren können; nun wird bestellt (oder auch nicht), weil das Buch gefällt (oder auch nicht); schön ist es, wenn das Buch nach der Auslieferung im Schaufenster der Buchhandlung gezeigt wird; dann wird es eher gekauft; vielleicht sieht es auch so

Auch ganz schön, wenn auch nur für Kenner: Bisher wurden fünf Bücher des Programms auf die Liste der »schönsten Bücher« gewählt, und zwar:

1973 Christine Nöstlinger / Werner Maurer: »Der schwarze Mann und der große Hund«
1974 Norbert Höchtlen: »Kaugummi«
1975 Norbert Höchtlen: »Eselsohren«
1984 Andreas Röckener: »Die Insel Marcu«
Janosch: »Das große Panama-Album«
1985 Hans Christian Andersen & Sabine Friedrichson: »Märchen«

aus (hat ein Thema), daß man es gerne kaufen möchte; oder es wird in der Buchhandlung besonders empfohlen; oder in der Zeitung steht, daß es zu empfehlen ist (die Zeitungen haben zuvor vom Verlag kostenlose Besprechungsexemplare des fertigen Buches bekommen) – kurz, das Buch ist öffentlich geworden; der Autor denkt vielleicht schon an ein neues, anderes Buch und überlegt, ob er es schreiben soll. – Das alles ist auch ein Stück Wirklichkeit der Literatur. *Ge.*

In diesem Buch kommt vor: Eine alte Burg, ein unglücklicher Katzenkönig, drei sonderbare Diebe, ein schreckliches Labyrinth, ein großer Schatz, eine riesige Spinne, eine Gewittermaschine, ein Fliegenpilz, einige Mäuse, etliche Katzen und ein überraschendes Ende. *Klappentext von Erwin Moser*

Wie dieses Buch entstanden ist

Eines Tages kam mir die Idee, ein Buch voller seltsamer Verse und sonderbarer Geschichten zu schreiben, solcher Verse und Geschichten, wie Kim und ich sie manchmal füreinander ausdenken. Kim ist ein Kind, das mich manchmal besuchen kommt, und zwar immer dann, wenn ich sehr beschäftigt bin und vor mich hinträume. Also kaufte ich mir einen Packen Schreibpapier und setzte mich an die Schreibmaschine. Ich spannte das Papier ein und dachte mir: So, was schreiben wir jetzt als erstes? Als erstes brauchen wir natürlich ein Vorwort. Und in dem Vorwort muß stehen, wie dieses Buch entstanden ist, denn das wollen die Leute wissen. Also schrieb ich auf das erste Blatt:

Wie dieses Buch entstanden ist

Eines Tages kam mir die Idee, ein Buch voller seltsamer Verse und sonderbarer Geschichten zu schreiben, solcher Verse und Geschichten, wie Kim und ich sie manchmal füreinander ausdenken. Kim ist ein Kind, das mich manchmal besuchen kommt, und zwar immer dann, wenn ich sehr beschäftigt bin und vor mich hinträume. Also kaufte ich mir einen Packen Schreibpapier und setzte mich an die Schreibmaschine. Ich spannte das Papier ein und dachte mir: So, was schreiben wir jetzt als erstes? Als erstes brauchen wir natürlich ein Vorwort. Und in dem Vorwort muß stehen, wie dieses Buch entstanden ist, denn das wollen die Leute wissen. Also schrieb ich auf das erste Blatt:

Wie dieses Buch entstanden ist

Eines Tages kam mir die Idee, ein Buch voller seltsamer Verse und sonderbarer Geschichten zu schreiben, solcher Verse und Geschichten, wie Kim und ich sie manchmal füreinander ausdenken. Kim ist ein Kind, das mich manchmal besuchen kommt, und zwar immer dann, wenn ich sehr beschäftigt bin und vor mich hinträume. Also kaufte ich mir einen Packen Schreibpapier und setzte mich an die Schreibmaschine. Ich spannte das Papier ein und dachte mir: So, was schreiben wir jetzt als erstes? Als erstes brauchen wir natürlich ein Vorwort. Und in dem Vorwort muß stehen, wie dieses Buch entstanden ist, denn das wollen die Leute wissen. Also schrieb ich auf das erste Blatt:

Wie dieses Buch entstanden ist

Eines Tages kam mir die Idee, ein Buch voller seltsamer Verse und sonderbarer Geschichten zu schreiben, solcher Verse und Geschichten, wie Kim und ich sie manchmal füreinander ausdenken. Kim ist ein Kind, das mich manchmal besuchen kommt, und zwar immer dann, wenn ich sehr beschäftigt bin und vor mich hinträume. Also kaufte ich mir einen Packen Schreibpapier und setzte mich an die Schreibmaschine. Ich spannte das Papier ein und dachte mir: So, was schreiben wir jetzt als erstes? Als erstes brauchen wir natürlich ein Vorwort. Und in dem Vorwort muß stehen, wie dieses Buch entstanden ist, denn das wollen die Leute wissen. Also schrieb ich auf das erste Blatt:

Einleitung zu »Was niemand wissen kann« von Martin Auer, gezeichnet von Hansi Linthaler

3
Moped ?
Sommerlandschaft:
Burlingham

Jutta Bauer,
erste Bleistiftskizzen
zur farbigen Illustration des Romans
»Der Hund kommt« (Nöstlinger).

Die Welt der Bilder – Erwin Moser erzählt...

Gleich zu Beginn, ohne Federlesen, gleich so viel Erfolg – das habe ich als Programm-Macher noch nicht erlebt. Sein wievieltes Buch ist inzwischen erschienen? Oh, da muß ich erst nachdenken. Also, zuerst war es die Geschichte (nein, eine Geschichte) seiner Kindheit im Burgenland: »Jenseits der großen Sümpfe«, 130 Seiten lang. Dann kamen »Großvaters Geschichten« und »Das Haus auf dem fliegenden Felsen«, zusammen an die 280 Seiten. Viele, viele gezeichnete Bilder sind auch dabei. Der »Großvater« steht auf der Auswahlliste zum Deutschen Jugendliteraturpreis; der nächste Roman auch: »Der Mond hinter den Scheunen«, 270 Seiten. Doch vorher erschienen das erste Bilderbuch »Die Geschichte von Philip Schnauze« und »Ein Käfer wie ich« (diese köstlichen Erinnerungen eines Mehlkäfers aus dem Burgenland waren Moser über 200 Seiten wert)... Ach ja, Entschuldigung, das kann man alles hinten im Register nachlesen, warum soll ich alles aufzählen! Nur soviel noch, was immer dieser Erwin Moser erzählt – alles steckt voller Bilder: erzählte, gemalte, erinnerte, erfundene, verrückte, heitere Geschichten von Katzen, Mäusen, Ratzen: Fabeln ohne Ende.

Ge.

Notizen meinem Roman
(ca. 200 Seiten)

Titel: KÖNIG MAUZENBERGER
(Katzenkönig)
oder KÖNIG MAUZ

Frauenkirchen
11. September 1985
Nachmittag, draußen
milde Sonne, lange
Schatten

Dicker Kater, König von Katzenland
langweilt sich, ist unglücklich.
Schatzkammer in einem
verborgenen Hof in der Burg.
(Labyrinth, Wendeltreppe
Dumme Torwachen. Ratte?
3 Geburtstagswünsche: Gewitter/Torte/Pferd
↓
Gewittermaschine!
Erfinder

Luigi - Friseur
Jakob - Koch
Zacharias - Zuckerbäcker
Drei Diebe: Fuchs, Keiler, Waschbär
Umständliche Botschaft → Pferd.
Alles geht schief.
Die Krone wird gestohlen (Fenster), dann der Schatz.
Eine Spinne, die Geld frißt und sich einbildet,
eine verzauberte Prinzessin zu sein. Häßlich aber nicht
grausig. Höhle im Wald.
Die Gewittermaschine: Kiste mit Trompete. Kann fliegen (Gebirge)
Schreckliches Labyrinth. Nur der König kennt sich
darin aus. Der Fuchs ist überschlau, der Keiler
feig und der Waschbär ist ein Meisterdieb
(Dietriche! Kann hervorragend klettern!)
↓
Rauben Postkutsche aus?
(Meisterdietrich?)

Gewaltiges Unwetter am Schluß!
Offenes Ende.
Viele Dialoge, viel Action.

Mohnnudeln oder Kuchen.
König Mauz träumt viel,
liegt meistens im Bett,
mag kein Sonnenlicht
weiß nicht, was er tun soll. Hitze?

Die Ratten sind ehemalige Seeräuber (Kanone!)
Verschiedene Pilze mit Zauberkräften. Riesiger Wald.

(oben) erste Entwurfsskizze
zur Illustration;
(rechte Seite) aus der Handschrift
zum »König Mauz«

König Mauz kniete sich vor dem Selbst-Spiegel nieder und beschnüffelte ihn von oben bis unten. Plötzlich hielt er inne und runzelte die Stirn. Da lag ein Bündel, das sah wie angenagt aus! König Mauz betrachtete es genauer. Tatsächlich, da musste jemand abgebissen haben! Man sah deutlich die Bißstellen. Und dort hinten lagen ja noch weitere angenagte Geldscheine! König Mauzenberger erstarrte. Sein Rückenfell sträubte sich leicht. Zwischen abgeschlossene Tür und angebissene Geldbündel! Nun sträubte sich auch König Mauzenbergers Schwanz. Das konnte nur bedeuten, daß noch jemand in der Schatzkammer war. Jemand, der sich von teurem Geld ernährte!

König Mauz drehte langsam seinen Kopf und suchte aus den Augenwinkeln die Schatzkammer ab. Vor Angst begann er unter seinem Fell zu schwitzen. Seine Blicke glitten über die Schatzberge. Es war vollkommen still. Niemand zu sehen. Vielleicht hatte sich der Geldfresser unter den Dukaten versteckt? Ja, dort musste er sein, denn sonst gab es in der Schatzkammer keine Möglichkeit sich zu verstecken! Unter den Dukaten musste er hocken!

Wie er wohl aussah? König Mauzenberger gruselte es. Er betrachtete nochmals das angebissene Geldbündel und schätzte die ~~Größe des Gebisses~~ (Gebißgröße) des Geldbenagers ab. Das Gebiß konnte nicht allzugroß sein, nein, gar nicht groß. Außerdem schien der Übeltäter nur zwei Zähne zu besitzen. Wieder Mut schöpfend stand König Mauz auf. Auf Zehenspitze schlich er zum Spiegel, wo er vorhin eine vergoldete Fahnenstange liegen gesehen hatte. König Mauz hob die schwere Stange auf und ging auf den Dukatenhaufen zu. Mit der Stange als Waffe in Pfoten fühlte er sich nun immer mutiger werden und schließlich wurde er sogar verwegen, tollkühn und zornig.

„Ha!“ schrie König Mauz „Ich weiß wo du bist! Unter den Dukaten bist du! Komm sofort heraus!“ Er schlug mit der Stange ein paarmal auf den Dukatenhaufen. „Ich habe keine Angst vor dir. Komm sofort heraus sonst geht's dir schlecht!“

„Schrei nicht so laut!“ sagte plötzlich eine heisere Stimme, die von der Decke der Schatzkammer kam. „Stör mich nicht in meiner Ruhe, (dummer Kater!)“

König Mauzenberger fiel vor Schreck auf den Rücken und blieb stocksteif liegen. Mit weit aufgerissenen Augen

Lieber Jochen, erinnerst Du Dich an den Schlußsatz der "Geschichte von Roboter Max", den ich für die "Flasche im Meer" drangefügt habe?
"Sie segelten auf das Meer hinaus und wurden nie mehr gesehen."
Er ist aufgetaucht!!!
In Amerika drüben!

Die Geschichte von Roboter Max

Im Jahre 1234 wurde von einem großen Magier der Roboter Max gebaut.
Im Jahre 1235 wurde Max von einer Räuberbande gestohlen.
Im Jahre 1236 verirrte sich Max im Wald.
Im Jahre 1237 fand Max den richtigen Weg, der aus dem Wald führte.
Im Jahre 1238 wollte ihn eine Prinzessin heiraten, da sie ihn für einen Ritter hielt.
Im Jahre 1239 fiel Max in einen Teich und ging sofort unter.
Im Jahre 1240 trocknete der Teich aus.
Im Jahre 1241 fand ein armer Mann den rostigen Roboter und putzte ihn spiegelblank.
Im Jahre 1242 mußte Max für den armen Mann arbeiten.
Im Jahre 1243 war der arme Mann reich.
Im Jahre 1244 wurde Max eingesperrt, weil er nicht mehr arbeiten wollte.
Im Jahre 1245 wurde Max von einer Ratte und von einem Nilpferd befreit und auf ein Segelboot geschmuggelt.
Sie segelten auf das Meer hinaus und wurden nie mehr gesehen.

Roboter Max löste Fall, an dem Polizei scheiterte

Dallas. – Roboter Max gelang beim ersten Einsatz, woran die Polizei von Dallas (USA) scheiterte: Nachdem die Beamten stundenlang vergeblich auf einen Lebensmüden eingeredet hatten, setzten sie Max, der Stiegensteigen und Türen einschlagen kann, ein. Als Max mit Gewalt zum Selbstmörder vorgedrungen war, gab dieser verblüfft auf: „Was ist denn das für ein Ding?"

Sonntag, 13. April 1986 / Nr. 9298, S 6,–

– in Neue Kronenzeitung –

Augenblicke festzuhalten,
das ist Kunst, man muß sie fassen
und mit beiden Händen falten,
bis sie in die Tasche passen.

Frantz Wittkamp

Welches Buch mich in meiner Kindheit* besonders beeindruckt hat, kann ich absolut nicht in ein paar Sätzen darlegen. Meine Kindheit war mit Büchern ziemlich sparsam, und beeindruckt hat mich jeder Fetzen bedrucktes Papier. Besonders beeindruckt allerdings haben mich unbedruckte Papierfetzen; die waren damals auch rar. Und hatten den großen Vorteil, daß man etwas darauf zeichnen konnte und sich selber dazu eine Geschichte ausdenken konnte. Das war mir damals lieber.

Außerdem entsinne ich mich einiger sehr beeindruckender Werke der Kinderliteratur, von denen mir die Titel entfallen sind; den Namen des Autors habe ich seinerzeit wahrscheinlich überhaupt nicht zur Kenntnis genommen. Da war – zum Beispiel – etwas, in gelbes Leinen gebunden. Und von einem ungeheuer dicken Mann war die Rede, der ist unter einen Schneehaufen gekommen. Und der Schnee ist dann abgetaut, ich glaube, wegen der roten, heißen Nase von dem ungeheuer dicken Mann. Und das Tagebuch der Gräfin Bileschowska, das war sehr beeindruckend, obwohl sowohl das Mittelstück als auch die letzten zehn Seiten fehlten. Und *Im Westen nichts Neues* hat mich zum Weinen gebracht. Nicht nur zu ein paar Tränen, sondern zu Schluchzanfällen. Meine Mutter hat es mir immer weggenommen. Nicht wegen der Schluchzanfälle, sondern weil es ein verbotenes Buch war. Sie hat es immer aus meiner Schultasche herausgeholt. In der verbotenen Schachtel – unter dem Bett von meiner Mutter – war auch das *Schloß Gripsholm*. Das hat mich ebenfalls beeindruckt. Ich habe nächtelang darüber gesonnen, was die drei Stück Menschen da, gegen Ende des Buches, in einem Bett machen. Ja, und dann, später, da war meine Kindheit aber schon ziemlich zu Ende, da hat es dann wieder viel zu lesen gegeben, und da weiß ich es eindeutig: *Die Heiden von Kummerow*. Die hat mein Vater aus einem Antiquariat geholt. Die haben vorne drin ein Ex Libris mit einem Totenkopf gehabt. Und hinten drin ist gestanden, daß es auch die *Gerechten von Kummerow* gibt. Hinter denen bin ich dann jahrelang hergewesen, bis ich sie – ebenfalls in einem Antiquariat – gefunden habe.

Christine Nöstlinger

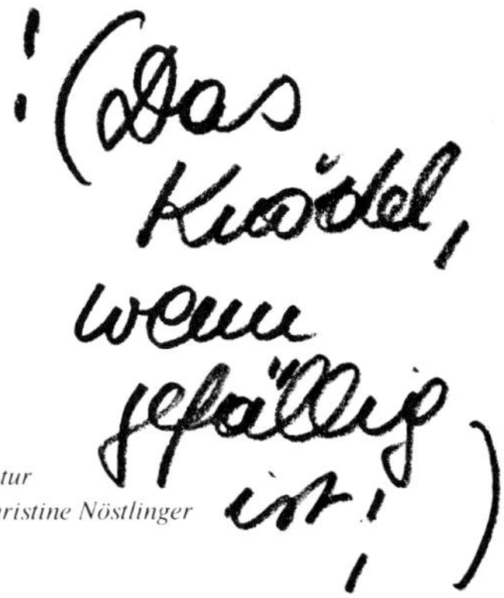

Korrektur von Christine Nöstlinger

* Die Frage »Welches Buch hat Sie in Ihrer Kindheit besonders beeindruckt?« haben für mein Werkstattbuch zm Programm (1974) insgesamt 36 Autoren beantwortet; die Antwort von Christine Nöstlinger wird hier wiedergegeben

Der Sprach-Gärtner

Besuch bei dem Kinderbuchautor Mario Grasso

Christa Spatz

»Übermorgen fliege ich nach Afrika«, sagt Mario Grasso, »aber kommen Sie nur morgen. Rufen Sie mich gleich an, wenn Sie am Badischen Bahnhof in Basel angekommen sind, steigen Sie in die 6 und fahren Sie bis zum Allschwiler Platz«, sagt er aufgeräumt am Telefon und wehrt mein »Ach, ich finde Sie schon, Sie brauchen sich nicht zu bemühen«, ganz energisch ab.

Also steige ich aus am Allschwiler Platz und erkenne ihn auch gleich. Er hat einen kinderbunten Schal am Halse baumeln, eine Frankfurter Zeitung unterm Arm und eine Batschkappe auf dem Kopf. Er ist viel größer, als ich ihn mir vorgestellt hatte. So ein Bär mit Kinderaugen und einer weichen Stimme.

Lachend gehen wir aufeinander zu und schwatzen gleich los, ohne Punkt und Komma, gehen durch Straßen mit elsässischen Namen. »Wenn wir so weitergehen, sind wir in zehn Minuten im Elsaß«, sagt er und bleibt in der Rufacher Straße stehen vor einem ziemlich neuen Haus inmitten älterer Häuschen und Villen mit von Sonne, Wind und Regen gezeichneten Fenstern und Türen. Oben biegen sich Büsche und kleine Bäume über die Balkonbrüstung. »Die habe ich gepflanzt«, sagte er stolz.

Mit dem Lift geht's mitten hinein in seine Welt direkt unterm Dach. Hier lebt er mit seiner Freundin, einer Malerin. Das Maitili, seine verwöhnte Katze, umschnurrt uns, macht einen Buckel, während er Tee kocht, seine Kreativmischung aus Hibiskusblüten, Zitronen und Traubenzucker. Köstlich!

Ein Riesentisch vorm Fenster, ein fast leergeräumter Arbeitstisch und Bücher, Bücher... Darunter schöne alte Kinder- und Märchenbücher, Münchner Bilderbogen, Alben voller Postkarten-Kuriositäten. Er öffnet Schränke und Schubladen, aber erst nach der dritten Tasse Tee, läßt mich Flöten aus aller Welt bestaunen und alte Brett- und Würfelspiele in die Hand nehmen. Zwischen Blechspielzeug entdecke ich einen Mausekopf. Das ist Mimmi, freue ich mich, und er freut sich, daß ich Bescheid weiß, und erzählt, wie er Mimmi aus Ton geformt hat, und sie ihm dann Modell saß für sein neuestes Buch, das auf einer Bestsellerliste steht. Mimmi gehört zu Tommi. Die beiden Feldmäuse sind die Helden eines wunderschönen Spielbuchs für Kinder und Erwachsene mit 21 zum Teil selbst erfundenen Sprach- und Würfelspielen. Wie fast alle seine Kinderbücher – es sind nun fast ein Dutzend in drei Jahren – erschien es bei Beltz & Gelberg.

Strahlend schleppt er herbei, was ich nenne, und noch viel mehr. Das Drehbilderbuch, den Schlauen Bär mit den hintergründigen Sprachbildern: dem in einer Schneelandschaft spazierenden Handschuh, der Telefon-Gabel, der kleinen und großen Schere, die nichts haben als »Scherereien«.

Wir feiern ein Fest des Erkennens und Wiedersehens rund um seine Bücher. Skurrile Spiel- und Wortzaubereien, die Kinder aktivieren und aus ihrer Fernsehkonsumlethargie herausholen können. Bücher ganz im Geist der großen Phantasieankurbler: F. K. Waechter, Hans Manz, Jürgen Spohn.

Er zeigt mir die Knickbilder aus der Wundertüte, die Geburtstagsfeier, die Falzcartoons, die Wolken-, Zauber- und Unterwasserfahrt, eine mir noch nicht bekannte Trilogie aus dem Basilius-Verlag in Basel. Und obenauf liegt ein Adventskalender. Was steckt wohl hinter der verschlossenen 6? Hinter dem Kopf eines mächtigen Nikolaus? Ich öffne und gucke in das lachende Gesicht einer Frau, einer Nikoläusin, klappe das Fenster mit dem traurigen Dackel auf. Da schaut mich großäugig eine Kätzin mit Brille an. Das genügt, die 24 lassen wir ungeöffnet.

Die verkehrte Welt, was steckt hinter dir und mir, das reizt den Mario Grasso. Jeder Mensch hat mindestens noch ein anderes Gesicht, das er bemüht ist zu verbergen. Und Grasso, der Menschen ersetzt und symbolisiert durch Tiere, versucht herauszufinden, was hinter der Maus oder was hinter der Taube steckt, diesem Symbol des Friedens. Vielleicht eine taube Taube? Mit dem Schlüssel des Humors und der Phantasie öffnet er listig Türen zu der Welt hinter den Dingen, hinter unserer gewohnt-vertrauten Welt. Sie ist uns scheinbar so bekannt, daß wir gar nicht mehr richtig hinsehen, oft nur noch halb hinhören. Die Türen – das sind seine Sprachbilder. Mit denen versucht er uns wieder hellhörig zu machen und einsichtig in das unebene Gelände der Sprache, in dem die Pfade so ausgetreten sind, daß wir sie nicht mehr recht wahrnehmen.

Daß er wie ein guter Gärtner nicht müde wird, dieses Gelände zu bearbeiten, hat seinen Grund. »Als achtjähriger kam ich von Mailand nach Basel in den deutschen Sprachraum«, erzählt er und zeigt mir Gedichte in italienischer Sprache, die er für Mutter und Großmutter schrieb, für die er ein Haus bauen wollte inmitten eines Gartens, wo sie friedlich zusammen leben würden. Ein halbes Jahr später ist seine Schrift ordentlich, sehr steil und streng. Da hat er in deutscher Sprache geschrieben: »Liebe Kinder sind in der Schule artig, sie sitzen ruhig an ihrem Platz und passen auf, keines schwatzt und macht Dummheiten, jedes Kind gibt sich Mühe...«

Das war 1950. Er lernte, einen Satz zu sprechen, mit drei Sätzen an der Tafel zu sein, um ihn anzuschreiben, und nach der Schule kaufte er einen Satz Briefmar-

Illustration von Mario Grasso
zu »Sonne, Mond und Luftballon« (Guggenmos)

ken. Er wunderte sich über die Mehrdeutigkeit der deutschen Wörter, über den komischen Doppelsinn von Redensarten »Leumund und Löwenmund«, nahm die Doppelwörter auseinander, drehte sie um und um und setzte sie neu und oft grotesk zusammen, um die fremde Sprache zu begreifen.

Er lernte, seinen Schulfreunden den Buckel runterzurutschen, gleichzeitig auf dem Teppich zu bleiben und auf Draht zu sein und nicht wie ein begossener Pudel dazustehen und keine Krokodilstränen zu weinen, wenn die Freunde meinten, er hätte einen Vogel. Hatte er doch gar nicht. Er hatte eine Katze. Damit mag er die Freunde wieder auf die Palme gebracht haben.

Sein Spiel mit der Sprache und mit Bildern dürfte nicht nur Kindern, die hierzulande aufgewachsen sind, Spaß machen, sondern kann auch all denen helfen, die wie Mario Grasso im Schulalter zu uns kommen, Kinder aus der Türkei, aus Spanien, Italien und Griechenland, unsere schwierige deutsche Sprache besser zu begreifen und in ihr heimisch zu werden.

Nachdruck aus ›Frankfurter Rundschau‹ 14.1.86

Das Verlagssignet

Signet-Entwürfe für Reihen, ganz unterschiedlich (und manche hausintern)...

Beltz & Gelberg
Biographie

BELTZ
& Gelberg

B&G
LITERATUR

JUBILÄUMS
BIBLIOTHEK

Gelberg Extra

ab 14:

AB 14

GULLIVERS
BÜCHER

BILDER
BUCH
NUMMER 14

DER BUNTE HUND
MAGAZIN FÜR KINDER IN DEN BESTEN JAHREN

KLEINE BÜCHER
bei BELTZ & Gelberg

»NEUE KINDERBIBLIOTHEK«
AUSGEWÄHLTE KINDERBÜCHER

Am Schreibtisch

Frantz Wittkamp

Soll ich verraten, was ich bin? Ich bin Dichter. Nein, ich bin nicht dichter als andere. Wenn ich das sagen wollte, müßte hier stehen, ich bin dichter. Ich habe aber geschrieben, ich bin Dichter. Also einer, der Gedichte schreibt. Das ist ein schöner Beruf, finde ich. Mein einziger Beruf ist es allerdings nicht. Denn Maler bin ich auch. Die Malerei jedoch ist anstrengender als das Dichten, weil ein Maler meistens im Stehen arbeiten muß. Die Dichter hingegen haben es gut. Sie können im Sitzen dichten. Sobald ich dichten will, besorge ich mir demnach zuallererst einen Stuhl. Zweitens einen Tisch, drittens Papier und viertens einen Bleistift. Und dann geht es los. Man darf nicht ängstlich sein. Warum auch? Um beispielsweise ein Gedicht über Löwen zu schreiben, muß man ja nicht den Tieren in freier Wildbahn begegnen. Es gibt genug Fotos von Löwen, und Löwen auf Fotos beißen nicht. Angst braucht ein Dichter also nicht zu haben; denn das Dichten ist eine ungefährliche Arbeit. Gewiß, es gibt Ausnahmen. Freitag zum Beispiel. Freitag soll ein Löwengedicht entstehen. Zuallererst besorge

ich mir einen Stuhl. Zweitens einen Tisch, drittens Papier und viertens einen Bleistift. Und dann kann es losgehen. Ohne Furcht und mit höchster Sorgfalt mache ich mich an die Arbeit.
Die einzige Voraussetzung für erstklassige Arbeit ist einwandfreies Werkzeug. Und mein einziges Werkzeug ist ein gelber Bleistift. Nicht zu hart und nicht zu weich. Er verdient die Auszeichnung HB. Das ist meine Abkürzung für höchst bequem. Ein Bleistift muß spitz sein. Mit einem stumpfen Bleistift würde ich gar nicht erst anfangen; denn wirkliche Spitzenleistungen kann man nur von einem spitzen Bleistift verlangen. Soll ich sagen, wie ich den Bleistift spitze? Niemals mit einem Anspitzer, das wird nichts. Ich nehme ein scharfes Messer. Die linke Hand hält den Stift mit der Minenspitze sanft gegen die rechte Daumenkuppe. Die rechte Hand führt das Messer, und während die Linke den Bleistift dreht, schneidet die Klinge Span für Span. Sobald ein gutes Stückchen Mine freiliegt, erhält es den sogenannten letzten Schliff auf einem Schleifpapier. Das nenne ich Spitze. So etwas bringt kein Anspitzer fertig. Herrlich ist das.

Nun geht es an die Arbeit. Ein Löwengedicht will ich machen. Selbstverständlich habe ich keinen leibhaftigen Löwen als Modell im Haus. Ich besitze nicht einmal eine Fotografie, die einen Löwen zeigt. Was ich besitze, ist meine Einbildungskraft und den spitzesten Bleistift der Welt. Wie eine Lanze steht er aufrecht in meiner Faust. Mit Wohlgefallen liegt mein Blick auf dem tadellosen Werkzeug. Kraftvoll und sicher ruht meine Faust auf dem weißen Papier.
Ich sitze entspannt.
Nun kann der Löwe kommen.
Aus Erfahrung weiß ich, daß in der Dunkelheit die Einbildungskraft größer ist. Ich schließe die Augen. Das Reich meiner Vorstellungen steht offen für den König der Wüste. Schöpferische Absicht versetzt mich endlich in einen traumhaften Zustand. In diesem Augenblick muß ich eingenickt sein. Das Wort einnicken beschreibt in treffender Weise die zunehmende Kraftlosigkeit an der Schwelle des Schlafes. Bald neigen Oberkörper und Schädel sich vornüber in blindem Bestreben, ein Lager zu finden. Dann ist die Hölle los. Die herrliche Spitze

des idealen Werkzeugs hat sich tief in meine Wange gebohrt. Ein wahnsinniger Schmerz reißt meinen Kopf empor.
Abwehrend schnellt die rechte Faust ins Leere, die Linke trifft die Glühbirne der Schreibtischlampe. Gleichzeitig hat der Schmerz meinen ganzen Körper zurückgeschleudert. Ich stürze mit dem Stuhl hintenüber. Im Fallen schlägt haltsuchend das Schienbein gegen die Tischzarge und bricht. Es verhindert aber nicht den heftigen Aufprall, bei dem ich einen Schädelbruch erleide. Wieder auf den Beinen, versuche ich, beinahe besinnungslos vor Schmerzen, mich mit beiden Händen auf den Tisch zu stützen. Erst jetzt sehe ich, daß meine linke Hand aus zahlreichen Schnittwunden heftig blutet. Der entsetzliche Anblick ruft einen Schwächeanfall hervor, infolgedessen ich erneut zu Boden stürze. Diesmal breche ich mir den rechten Arm und verliere das Bewußtsein. Während meines langen Aufenthaltes im Krankenhaus bietet sich Gelegenheit, den Hergang des Unfalls in Gedanken nachzuvollziehen und schriftlich festzuhalten. Heute bin ich sicher, daß sich alle Einzelheiten in der geschilderten Reihenfolge zugetragen haben müssen. Und inzwischen bin ich überzeugt, daß der Beruf des Dichters nicht ungefährlich ist.

Tintenfaß mal wieder leer,
Schreibmaschine tuts nicht mehr,
Kugelschreiber streikt seit Wochen,
Bleistiftmine abgebrochen,
Melde mich, sobald ich kann.
Weiß nur leider noch nicht, wann.

Ihr Frantz Wittkamp

Beltz & Gelberg
Postfach 1120
6940 Weinheim

© Erwin Moser / Beltz & Gelberg, 6940 Weinheim

Hamburg, den 6.12.85

Lieber Herr Gelberg!

Vielen Dank für Ihren Brief und den Bunten Hund. Mir war gar nicht bekannt, daß mein Bild in der Nr. 4 veröffentlicht wurde. Ich würde mich daher sehr freuen, wenn ich ein Exemplar erhalten könnte.

Ich gebe meine Einwilligung zu einer erneuten Veröffentlichung. (Ich bin am 24.11.85 18 Jahre alt geworden – als ich Ihnen das Bild schickte war ich 14)

Mit freundlichem Gruß!

Marianne Metze
Saseler Chaussee 90d
2000 Hamburg 65

Kinder werden erwachsen – wie man sieht . . .

Kinder erzählen selbst

Der Erzählwettbewerb im Kindermagazin »Der Bunte Hund«
Ein Bericht von Hans-Joachim Gelberg

In ihrem Erfahrungsbericht »Die Kraft geht von den Kindern aus« (1978) macht Iris Mann erkennbar, in welche Rollen Kinder von den Erwachsenen gedrängt werden, wie gering und unterschiedlich ihre Chancen sind, sie selbst zu werden. Iris Mann fordert, »Situationen zu schaffen, in denen Kinder sprechen«, ... daß sie »eine Möglichkeit bekommen, uns ihre Erfahrungen und Gedanken mitzuteilen«.

Von Janusz Korczak habe ich vorzugsweise ein Buch gelesen: »Wie man ein Kind lieben soll« (1967; geschrieben im Krieg 1914/18). Es hat mich gleich zu Beginn meiner Arbeit mit *Kinder*literatur beeinflußt. – Das Buch von Iris Mann las ich 1981, und es beeindruckte mich ebenso, hat mir sozusagen einen Aspekt deutlicher gemacht, von dem ich weiß, daß er in der Kinderliteratur kaum Beachtung findet: Kinder haben was zu erzählen!

Der Lehrer Ludwig Harig veröffentlichte 1972 eine Sammlung mit Aufsätzen seiner Schüler unter dem (Schüler-)Titel eines 12jährigen: »Und sie fliegen über die Berge, weit durch die Welt«. Der Schritt vom handschriftlichen Schüleraufsatz bis zur gedruckten Sammlung ist in unserem Medienzusammenhang bekannlich leider schwierig; Harig hat ihn mit seiner Sammlung vorbildlich getan: Kinder lernen mit Hilfe von Wörtern die Welt erkunden, durch Witz und Urteil. »Die Texte kommen nicht gescheit daher« (so Harig im Vorwort), »sie sind oft sogar falsch und unbeholfen in den Bildern, und ob es nun kurze naive oder lange raffinierte, manchmal auch kurze raffinierte und lange naive Sätze gibt, immer sind ganze Aufsätze entstanden, vollständige Gebilde eines Willens, der eine Äußerung machen wollte.«

In der etablierten Kinderliteratur (eine andere gibt es nicht) haben *Kinder*geschichten keinen Platz. Geschichten, die *Kinder* anbieten, sind eher suspekt; sie haben einen ähnlichen, durchaus gerngesehenen Stellenwert, den man auch Kinderzeichnungen gibt: man schmunzelt. Die Aussage der 10jährigen Sabine (zum Beispiel) zu Kindserfahrungen einer 10jährigen wirkt nur im Bereich der Benotung und des Leistungsvergleichs, mag Sabines Geschichte noch so interessant sein. – Eine dauerhafte Sammlung von Kindertexten sollte es geben, über die Jahrzehnte hinweg. Was eine 10jährige Sabine (um bei dem Beispiel zu bleiben) 1964 erzählt – wird es wesentlich anders sein als die Geschichte einer 10jährigen Sabine aus dem Jahr 1984? Keine Frage! Kindheit von vor 20 Jahren ist auch in unserem Zeitalter erregend anders. Wie auch immer, jedenfalls sind Geschichten der Kinder unwiderbringlich. Sie werden im richtigen Augenblick erzählt – oder nie.

Literatur für Kinder kann nur sein, wenn die Gestalt des Kindes in seiner Literatur keinem noch so schönen Klischee entspricht, sondern einzig und allein der Wirklichkeit. Dazu aber, meine ich, ist auch Kinderarbeit notwendig.
Die genannten Versuche und nicht zu vergessen: jener aufschlußreiche Bericht »Die Schülerschule. Brief an eine Lehrerin« (1970) haben gezeigt, wie groß die erzählerische, sprachliche Kraft ist, die von Kindern ausgeht. Anlaß genug, dies auch in den Rahmen der etablierten Kinderliteratur einzubringen. – Ich begann mit kleineren und größeren Kindertexten in meinen »Jahrbüchern der Kinderliteratur«, 1971 – 1981. (Viele dieser Texte wurden nachgedruckt und besonders in den schulischen Bereich übernommen.)

Herbst 1981 erschien die erste Magazinausgabe »Der Bunte Hund«. Nach den ersten Versuchen, ein unterhaltsames Bilder- und Textmagazin »für Kinder in den besten Jahren« zu etablieren, wurde bald der Erzählwettbewerb für Kinder zu Bildern von F. K. Waechter fester Bestandteil der Hefte (ab Nr. 3, 1982). Zu den bisher erschienen Erzählbildern von Waechter wurden weit über viertausend Kindergeschichten geschickt. Ich möchte einige wenige Kindertexte aus der Vielzahl der Geschichten hier vorstellen, und zwar lediglich zu zwei Waechter-Bildern von insgesamt acht Bildtafeln.*
Jedes Bild von F. K. Waechter löst merkwürdige Gedanken aus,

* *Ab Heft 13 hat Franco Matticchio die Bilder für den Erzählwettbewerb gezeichnet.*

macht neugierig, verdutzt den Betrachter durch ungewöhnliche Situationen. Zusätzlich hat Waechter seinen Bildern rätselhafte oder sachlich knappe Bildunterschriften beigefügt.

Die Geschichten der Kinder sind kurz, wenn man so will: Short stories. Manche Texte sind Traum- und Sehnsuchtsgeschichten (zum Beispiel nach dem verlorenen Vater). Den Kindern gelingt es, dicht an der Bildvorlage zu bleiben, d. h. die *Möglichkeiten* des jeweiligen Bildes zu berücksichtigen. Kinder haben auf Waechters Bildern Dinge entdeckt und gedeutet, auf die Erwachsene kaum kommen – die Kinder haben sich nämlich durchweg mit der Bildsituation identifiziert: Eine Betrachtungsweise, die Erwachsenen (in der Regel) abhanden gekommen ist. Die Geschichten brauchen keinen Kommentar; sie sind wie sie sind: einfallsreich, intim, zärtlich, wild, abenteuerlich, witzig, komisch, verblüffend, ehrlich – wie Geschichten im besten Sinn sein können...

Natürlich gibt es hier und da Anzeichen, daß Erwachsene (die Mutter vielleicht) die Geschichten ihrer Kinder beeinflußt haben. Deutlich spürbar auch (bei Schulklassen) der Lehrereinfluß; dennoch meine ich den »Originalton« der Kinder weitgehend erkannt zu haben. Und Mitarbeit von Erwachsenen bedeutet letzten Endes, daß die Geschichten eher schlechter werden – somit bei der Auswahl nicht berücksichtigt werden. Die Geschichten sprechen für sich selbst.

»Unter der Brücke saß mein Vater«

Dieses Bild wirkt, zusammen mit der Textaufforderung, suggestiv. Viele Kinder folgten der direkten Aufforderung und schrieben über *ihren* Vater. Andere entzogen sich geschickt der Aufforderung und erfanden einen Traum, eine Räubergeschichte, machten ein Versteckspiel daraus; wieder andere berichteten (vielleicht aus eigener Erfahrung?) von Familienereignissen, vom Zerwürfnis zwischen Vater und Mutter oder vom Vater als verzweifelten Menschen. Die sozialen Geschichten habe ich bei meiner Auswahl bevorzugt. Das Alter der Erzähler spielte grundsätzlich keine Rolle. Die originelle, einzigartige Wendung usw. war mir wichtiger als ein ansonsten gelungener längerer Text.

Viele Geschichten sind voller Zuwendung an den Vater. Seine Fehler werden keineswegs verschleiert, im Gegenteil: »Es war spät geworden, und meine Mutter hatte mich suchen geschickt. Ich war in allen Kneipen, die ich kannte, gewesen. Dann fand ich ihn, mit ein paar Fla-

»Unter der Brücke saß mein Vater«

schen Bier bei sich. Ja, nun wißt ihr, was die Überschrift bedeutet.«
Anna Barbara (8)

Zur Erklärung, warum das Kind den Vater unter der Brücke findet, läßt *Stefanie (11)* den Vater sagen: »Ich wollte nur mal sehen, ob du nach mir suchst, oder ob ich dir gleichgültig bin nach dem Streit gestern.«

Die Geschichten der Kinder:

Ich war auf der Brücke und konnte meinen Vater nicht finden. Paar Tage später bin ich dann wieder hingegangen. Dann habe ich gesehen, daß er unter der Brücke saß. Dann hatte ich Mitleid mit meinem Vater und sagte, er möchte doch mitkommen nach Hause. Er antwortete, nein, ich komme nicht, denn

ich bleibe unter der Brücke sitzen. Ich war sehr traurig und ging nach Hause. Ich war mit meiner Mutter sehr böse, weil sie meinen Vater hat rausgeworfen, aber die Mutter antwortete: Er hat zuviel getrunken, und das konnte ich nicht mehr ertragen.
von Natalie Sieverling (9)

Es war einmal eine Familie: Vater, Mutter und der kleine Robert. Eines Tages gewann der Vater im Pferderennen eine Menge Geld. Darum zog er in die Welt hinaus, um das große Glück zu machen. Inzwischen war Robert erwachsen geworden, und sein Vater hatte sich seit jeher nicht blicken lassen noch gemeldet. Robert machte gerade einen Spaziergang durch den Stadtpark und ging zu einer Brücke, zu der er jeden Tag ging, um nachzudenken und seine Gedanken bei dem Anblick der schönen Fische in dem glitzernden Fluß spielen zu lassen. Er blickt zum Fluß herab und erblickte – bettelarm und arg enttäuscht – seinen Vater. Sie umarmten sich, und Robert brachte seinen Vater nach Hause, denn der schämte sich, daß er am Glück gescheitert war.
von Rickmer Kose (13)

Ich und mein Vater erzählten uns eine Geschichte. Da machte mein Vater Pipi in die Hose und versteckte sich unter einer Brücke. Ich beugte mich hinunter, guckte und rief: Papa, komm, es macht nichts, ich habe schon öfter in die Hosen gemacht.
von Urban Ortner (6)

Einmal ging ich über eine Brücke. Auf der Brücke sah ich hinunter. Unter der Brücke saß mein Vater. Ich wollte wissen, was er dort machte. Da bin ich zu ihm hinuntergegangen. Er sah ganz traurig aus. Endlich fing mein Vater an zu erzählen. Er hatte seine Arbeitsstelle verloren und wußte nicht, was er machen sollte. Es gab keine neue Arbeit, und viel Geld hatte er auch nicht.
von Karsten Günzel (9)

Da lief ein Junge. Er sah die Brücke und dachte, da ist bestimmt Wasser. Er lief hin und wollte sich spiegeln, seine Haare, ob er auch gut gekämmt ist. Er hörte ein Geräusch. Er beugte sich ganz, ganz weit runter und sah den Mann. Er saß mitten unter der Brücke. Und dann ist der Junge runter gelaufen, sagte guten Tag, und der Mann und der Junge haben sich Witze erzählt.
von Marc Wiesenhütter (7)

Als ich meinen Vater unter der Brücke sah, fühlte ich mich nicht mehr so wohl wie zuvor. Da bemerkte ich komischerweise, daß alles auf dem Kopf stand und ich auch. Es sah so aus, als wollte mein Vater jeden Augenblick die Innenwand der Brücke hinunter rutschen. Er hielt seine Füße über dem Wasser und sang ein Lied. Da wurde mir schwindlig, weil mein Kopf immer noch nach unten hing. Nun richtete ich mich auf und ging davon.
von Thomas Gaeb (10)

Eines Nachts träumte Paulinchen von einem fernen Land, das aus einer Wiese, wo es kein Ende und kein Anfang gab, bestand. In der Mitte floß ein Fluß und darüber führte eine Brücke. Paulinchen ging auf der Wiese entlang. Die Sonne brannte, und sie kam sich sehr einsam vor. Es war kein Vogel am Himmel zu sehen, und keine Blume ragte aus der Wiese. Alles war öde und leer. Nichts, woran sie sich in ihrer Einsamkeit festhalten konnte. Nur Wiese und Himmel. Endlich gelangte sie zum Fluß. Sie ging auf die Brücke und sah ins Wasser. Doch da erschrak sie. Im Wasser war das Bild ihres Vaters zu erkennen und nicht ihres. Sie beugte sich weiter runter, um das Bild besser sehen zu können. Dabei warf sie einen Blick unter die Brücke. Was sie da sah, verschlug ihr den Atem. – Unter der Brücke saß ihr Vater! Aber er saß nicht wie sonst, fröhlich und heiter. Paulinchen bekam es nicht ganz raus. Es sah aus wie versteinert. Enttäuscht wanderte sie weiter. Sie blieb einsam. Als sie am nächsten Morgen über den Traum nachdachte, wußte sie, daß er ihr etwas sagen wollte. Bloß was, das wußte sie nicht.
von Eva Fassbinder (11)

Johannes, Peter und Anne waren an diesem Tag sehr laut. Johannes hörte laut Radio, Peter trommelte auf einer selbstgemachten Trommel, und Anne flötete. Dem Vater ging das auf die Nerven, und er sagte: »Geht nach draußen.« Die Kinder rührte das überhaupt nicht, sie machten einfach weiter. Der Vater sagte: »Wenn ihr nicht nach draußen geht, gehe ich.« Sie wohnten am Rande eines Dorfes, an dem ein Bach lang floß. Über den Bach führte eine steinerne Brücke. Vater kam auf die Idee, unter die Brücke zu gehen und sich zu entspannen. Anne ist ihm gefolgt, sie wollte ihn wieder holen, beugte sich über die Brücke und sah ihren Vater. Sie fragte: »Kommst du?« Vater sagte ja. Sie gingen nach Hause und versprachen ihm, nicht mehr so laut zu sein.
von Jörg Möller (9)

★

»Da entdeckten sie mein Geheimnis«

Das (Bild) mit dem Loch im Bett hat unterschiedliche Ausdeutungen gefunden. Dieses Bild ist eine Herausforderung, für Kinder und Erwachsene! Für viele Kinder ist es ein Geheimgang, ein Fluchtweg vor Erwachsenen, auch ein Versteck für geliebte Tiere (Hund, Katze, Hase, Maus), welche die Eltern zu Hause nicht dulden. Fast immer gehen die Geschichten gut aus; die Tiere dürfen nach ihrer Entdeckung behalten werden. *Anna (10)* allerdings bleibt lieber im Nest bei ihrem Hamster (mit 5 Jungen): »Auf der Erde wurde sie nie mehr gesehen.« *Julia (7)* dagegen läßt ihren im Loch verschwundenen Tim nach drei Jahren zu seinen Eltern zurückkommen... Andere Eltern, die ihrem Sohn Fritz durch das Loch in einen Gang folgen, kommen an eine Tor, da steht: »Bitte nicht stören! Fritz«.
Merkwürdig oft wird die Polizei gerufen. Von den Eltern! Fast alle Erwachsenen sind *gegen* das Loch im Bett. *Javier (11)* aber schreibt: »Ich aber schaute in

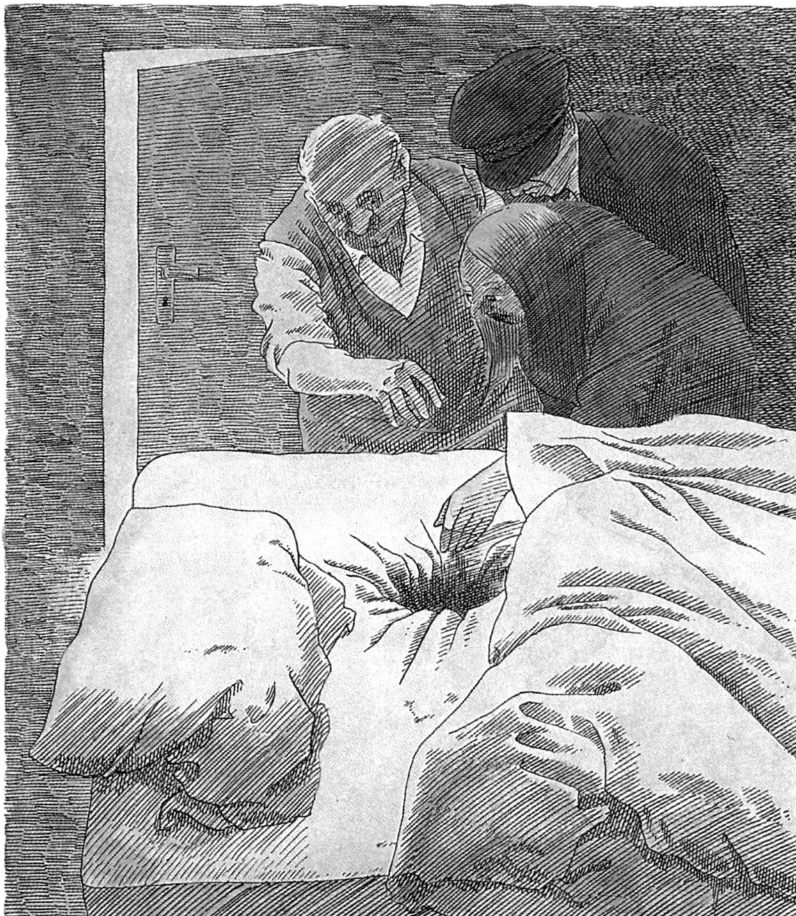

»Da entdeckten sie mein Geheimnis«

das Wunderloch, das in meinem Bett war. Ich schaute die ganze Nacht ins Loch, weil ich drin Abenteuer sah, diese Woche alles von meiner Geburt an bis in meine Zukunft!«
Michael (9) schreibt: »Ich hatte Angst vor meinem Vater und machte ein Loch in mein Bett.« Und *Myriam (9)* hat bei ihrem Besuch von Opa und Oma lauter Pech: »Als ich dort ankam, kam nur Pech auf mich zu. Ich schmiß eine Vase um, ich ließ eine Tasse umkippen und all sowas.« Ja, und *Mirjam (12)* läßt in ihrer Geschichte den achtjährigen Philip nachts noch in die Hosen machen, aber Philip weiß sich zu helfen: er stellt einen Eimer in das Loch im Bettkasten – der Vater, als er das Geheimnis entdeckt, möchte diese Erfindung beim Patentamt anmelden . . .
Vielen Erwachsenen ist – im Gegensatz zu Kindern – das Geheimnis versperrt: ». . . . doch sie konnten nicht ins Loch hinein, weil sie zu groß waren.« *Meike (10)* Zum Schluß sind sich viele Kinder einig: »Anna war sehr traurig, daß sie nun kein Geheimnis mehr hatte.«
Thoja (12)

Die Geschichten der Kinder:

Der Briefträger, Mutter und Vater beugten sich über das Loch in meinem Bett. Niemand sagte etwas. Ruhe. Jeder sah gedankenversunken in das Loch. Jeder sah, was sich dort in der Märchenwelt abspielte. Jeder sah das Loch. Doch niemand sagte etwas. Jeder sah, daß die rosa Fee den Prinzen mit ihrem rosa Hauch anlockte und sich mit ihrem rosa Fächer rosa Luft zufächerte. Jeder hörte ihre Stimme weit, weit weg, die wie ihr ganzes Dasein rosa klang. Keiner von den dreien wunderte sich mehr über das Loch, aber doch kam es ihnen geheimnisvoll vor. Jeder von ihnen meinte, *er* habe es entdeckt. Aber keiner von den dreien wußte, das ich dieses Loch erträumt hatte.
Stefanie Radke (12)

Als Vater und Mutter in das Kinderzimmer kamen, war Hansi weg – einfach weg. Sie zogen die Bettdecke weg. Da sahen sie ein ganz großes Loch. Die Mutter fing an zu weinen. »Mein Sohn ist weg! Vater, hol die Polizei!« Als die Polizei kam, sagte sie: »Ganz einfach, Ihr Sohn hat gefurzt. Ihr Sohn ist ganz bestimmt noch in dem Loch.« Da kam Hansi aus dem Loch.
Algä Mai (10) und Paivi Hić (10)

Jürgen hatte eine Krankheit, die es überhaupt nicht gab. Er war nämlich eine Tonne schwer. Und das Komische daran war, daß er nur in der Nacht eine Tonne wog. Er sagte es seinen Eltern aber nicht, weil er sonst gefragt würde, wie das passiert ist, und das wußte er nicht. Eines Nachts, als er das Übergewicht wieder erreicht hatte, war die Mutter noch nicht bei ihm gewesen, denn sie wollte ihm noch gute Nacht sagen. Er aber sank immer tiefer in den Boden. Als die Mutter zu ihm kam, schrie sie und rannte in den Keller, denn sie wollte ihre Aprikosengläser retten. Vater aber holte Opa, und sie stützten die ganze Nacht die Kellerdecke.
Simon Neuer (9)

Der Hintern von mir wurde immer größer, und eines Tages war ein Loch in meinem Bett. Ich mußte schon ganz weite Hosen anziehen, damit keiner merkte, was mit mir los ist. Außerdem mußte ich jeden Tag mein Bett machen, damit meine Mutter das Loch nicht sieht. Es war eine schreckliche Zeit. Eines Morgens war es so spät, daß ich vergaß, mein Bett zu machen. Meine Mutter entdeckte das Loch, und in diesem Moment wurde mein Hintern immer kleiner, und ich war wieder glücklich.
Nils Dickmann (8)

Mein Name ist Florian. Ich bin 10 Jahre alt und möchte euch eine merkwürdige Geschichte erzählen. Immer, wenn ich mich allein fühlte und Angst hatte, wünschte ich mir ein paar Spielkameraden, denen es genauso ging wie mir. Dieser Wunsch war so stark, daß sich in meinem Bett ein Loch zeigte, das bis in die Erde ragte. Auf einmal bekam ich die Fähigkeit, kleiner zu werden und konnte so in das Loch kriechen, wo viele Kinder spielten und sich über ihre Probleme unterhielten. Es war toll da unten. Aber ich hatte immer Angst, daß jemand das Knarren, Knirschen und Knistern hörte, wenn sich das Loch öffnete. Aber ich war mir sicher, daß es niemand hören würde. Doch es kam ganz anders. Meine Mutter hörte es als erste. Vierzehn Tage später, es war 24 Uhr, lagen meine Eltern und Onkel Fritz auf der Lauer. Die Geräusche wurden von Moment zu Moment hörbarer, und sie kamen aus meinem Zimmer. Meine Eltern und Onkel Fritz machten die Tür auf und hörten jetzt noch deutlicher die verschiedenen Sprachen. Auf einmal hörten sie meine Stimme, als ich mit einem Negerjungen sprach: »Bist du auch hier, weil deine Eltern sich nicht um dich kümmern?« Neger: »Ja, so geht es mir auch, bloß, ich habe Geschwister, da bin ich nicht ganz so allein.« Als sie das hörten, gingen sie aus dem Zimmer. Und seit diesem Tag brachten mich meine Eltern immer ins Bett, und das Loch blieb verschlossen.
Matthias Juszczak (10)

Klappentext
von Erwin Moser

»Such's in Paris nicht, such's in Rom!«

Die Gedichte von Josef Guggenmos

Vor mir liegt ein nun schon altes Buch mit dem seltsamen Titel »Gugummer geht über den See«, Gedichte von Josef Guggenmos. Es ist 1957 im Mitteldeutschen Verlag, Halle, erschienen, und der inzwischen verstorbene Dichter Günter Bruno Fuchs hat dieser Ausgabe fünf Holzschnitte beigegeben. Diesen Gedichten hat die Zeit nichts ausgemacht. Noch immer gilt die Antwort auf die Frage »Wer ist er, wer ist er? – Ach, frage mich nicht! Gugummer – wer ist er schon? Er hat erfunden das Pulver nicht, noch zertrümmert das Atom.« ... »Drei Gramm sind Gus wahres Gewicht. Doch zum Glück kennt die Welt den Sachverhalt nicht.... Mit hintergründigem Lächeln und möglichst ganz ohne Worte spaziert er dahin, ein Hochstapler eigener Sorte.« Seither lebt dieser Gugummer, einer, den keiner kennt, unter uns. Er läßt uns hoffen. »Er dichtet behutsam ein kleines Gedicht, das er sich selber hundertmal spricht.... Es ist sein Feuer im kalten Feld, an das er die blauen Hände hält.« Er liebt die kleinen, zerbrechlichen Dinge, die zart und nah sind; er beschert uns wahre Einfalt, dieser Gugummer. Nicht weit von ihm entfernt hat der Dichter Josef Guggenmos auch jene Gedichte angesiedelt, die viele Kinder (inzwischen wohl schon in der zweiten Generation) aus ihren Lesebüchern kennen. Als 1967 seine Sammlung »Was denkt die Maus am Donnerstag?« (123 Gedichte für Kinder) erschien, war dies – daran ist kein Zweifel – die Geburtsstunde einer neuen Kinderpoesie, welche die damals beliebte Reimkunst der Krüss, Hacks u. a. ergänzte oder gar ablöste. Was ein Kindergedicht ist, wie es lebt und wirkt, das ist schwer zu erklären. Soll man damit bei Matthias Claudius anfangen? Viele seiner Gedichte haben das Einzigartige, das Kindergedichte auszeichnet. Vielleicht müßte man zuvor Verse aus »Des Knaben Wunderhorn« hören, damit erinnert wird, was wir besitzen. Auch könnten Verse von Morgenstern und Ringelnatz nicht schaden. Bert Brecht nicht zu vergessen!

Josef Guggenmos erinnert in seinem Nachwort zur Donnerstagsmaus an Vergil, an den Dichter der Hirtengedichte, der Gedichte über den Ackerbau, den Weinbau, über die Zucht der Bienen... »Das sind Dinge, vom Kindergedicht, so scheint es, meilenweit ab. Und doch. In dem Dichter der *Georgica* und der *Eklogen* muß die Liebe zum Schlichten gebrannt haben, zu den Dingen mit einem hohen Gehalt an Schweigen. Das aber ist es auch, meine ich, was der Verfasser von Kindergedichten als Besonderes mitbringen muß, was ihn zu der geheimen Übereinkunft mit dem Kind befähigt.« Kein abschnurrendes Spielwerk dürfe das Kindergedicht sein, schreibt Guggenmos, es müsse lebendig sein, Fleisch und Blut, vollendet, ohne jemals fertig zu sein, ein lebendiges Geschöpf. »Das Fertige ist der Tod. Das gilt auch fürs Kindergedicht.«

Dies wurde vor fast zwei Jahrzehnten aufgeschrieben. Nach wie vor läßt sich der Dichter Josef Guggenmos daran messen, nicht stets und aufdringlich, sondern grundsätzlich. Er hat sich daran gehalten – eine erstaunliche Werktreue. Seine Wirkung vollzieht sich im Stillen, so etwas macht keinen Lärm. Schon gar nicht für die Literaturkritik. Wer sich aber intensiver mit seinen neuen Gedichten befaßt, entdeckt nicht nur den alten, stets überraschenden Guggenmos der Donnerstagsmaus, und dies in erheblicher Ausweitung, er findet auch den Dichter der leisen Mahnung an unser Tun.

Beharrlich steht Guggenmos in der von ihm geprägten Tradition einer Lyrik für Kinder, die liebevoll und kundig die Natur beobachtet, ihr die vom Wind bewegten Schilfblätter ablauscht, oder – zum Beispiel – auch erklärt, daß es alle Mechaniker auf der Welt nicht mehr hinkriegen, wie es war, ist es erst einmal kaputt: das Ei.

Verblüffend, wie viele Dinge wir als selbstverständlich hinnehmen: Wunder, die unser Hochmut nicht mehr sieht. »Nimm ein bißchen Birkenweiß, nimm ein bißchen Grün...«

Das Spiel in seinen Gedichten – »such's in Paris nicht, such's in Rom« –, kein Tag ist dafür zu schade, eröffnet viele Möglichkeiten, stimmt hoffnungsfroh. Und geheimnisvoll. Und tröstlich ist, was in uns Vertrauen auslöst: *Wer weiß, wieviel wacht, wer weiß, wieviel sacht rings um uns wandert in samtener Nacht.*

In den sechziger Jahren und Anfang der siebziger Jahre habe ich des öfteren Sammlungen mit Texten von Josef Guggenmos edieren dürfen, darunter eben auch »Was denkt die Maus am Donnerstag?«, jene Sammlung, die Guggenmos einer breiteren Öffentlichkeit bekannt machte. Stets habe ich ihn bewundert, diesen Dichter, der seine »Bilder« eher karg, wie beiläufig entwickelt – und doch ist selbst das kleinste Detail genau gezeichnet, unbedingt richtig. Diese aus Erfahrung, aus der Beobachtung kommenden Gedichte haben Atem für viele Jahrzehnte, gehören zum Bestand unserer Kinderpoesie.

Gekürzt aus dem Nachwort von Hans-Joachim Gelberg zu »Sonne, Mond und Luftballon«, 1984

Sonne, Mond und Luftballon

Josef Guggenmos

Such's in Paris nicht, such's in Rom,
such es im Kloster, such's im Dom.
Im Krug steckt's nicht, doch steckt's im Topf,
nicht in der Kiste, doch im Kopf.

Hat es der Vater? Nein, der Sohn.
In Sonne, Mond und Luftballon
ist es versteckt. Es sitzt im Boot,
im Rosenstock, im Morgenrot.

Lösung Seite 180

Manchmal, wenn ich im Garten liege,
und langsam ziehen die Wolken dahin,
fühle ich deutlich, wie ich fliege.
Ich glaube, daß ich ein Vogel bin.
Frantz Wittkamp

Seit dem 10. Februar bin ich Vater.
Seitdem bin ich glücklicher und müder als vorher. Ich rede leiser und manchmal lauter als vorher. Ich muß ganz andere Sachen machen und manche Sachen bleiben einfach liegen, so wie mein Bleistift.

Manchmal liegen wir alle drei herum (Philipp, Blei + ich) und manchmal tanzen wir Ballett.

Bernd Hennig schreibt, warum er vorläufig keine neuen Bilder schicken kann.

Klappentext nach Maß:

Dieses Buch geht mit der großen Welt nach Wanderbühnenart um:
Erzählbilder voll Spaß, Ironie und hintergründiger Bedeutung.
Erzählt wird von freundlichen Nachbarn,
von einem gewissen Herrn Mehlhase sowie
von Parkwächtern, Polizisten, wartenden Pferden, Eulen.
Geschichten ohne Eile.

Dieser Klappentext ziert das Kinderbuch »Wanderbühne« von Günter Bruno Fuchs, 1976 erschienen im Programm Beltz & Gelberg.

Autoren, Titel, Preise

Der Erfolg des Programms Beltz & Gelberg spiegelt sich auch in vielen anerkannten Literaturpreisen für die Autoren und ihre Bücher wider.

Bödecker-Preis

1972 **Christine Nöstlinger**
»Die Kinder aus dem Kinderkeller«

1984 **Josef Guggenmos**
»Sonne, Mond und Luftballon«

Buxtehuder Bulle

1974 **Christine Nöstlinger**
»Maikäfer, flieg!«

1978 **Leonie Ossowski**
»Stern ohne Himmel«

1985 **Mildred D. Taylor**
»Donnergrollen, hör mein Schrei'n«

Deutscher Jugendbuchpreis Deutscher Jugendliteraturpreis

1972 **H.-J. Gelberg (Hrsg.)**
»Geh und spiel mit dem Riesen«

1973 **Frederik Hetmann**
»Ich habe sieben Leben«

1973 **Christine Nöstlinger**
»Wir pfeifen auf den Gurkenkönig«

1976 **Peter Härtling**
»Oma«

1978 **Utta Wickert**
»Im Jahr der Schlange«

1979 **Janosch**
»Oh, wie schön ist Panama«

1986 **Dagmar Chidolue**
»Lady Punk«

Zusätzlich kamen mehr als 60 Titel auf die Auswahllisten zum Deutschen Jugendbuchpreis bzw. Deutschen Jugendliteraturpreis!

Friedrich Gerstäcker-Preis

1982 **Klaus Kordon**
»Monsun oder Der weiße Tiger«

Goldene Plakette der Illustratoren-Biennale, Bratislava

1979 **Janosch**
»Die Maus hat rote Strümpfe an«

1983 **Sabine Friedrichson**
»Mutter Holunder«

Graphikpreis »Fiera di Bologna«

1983 **Sabine Friedrichson**
»Mutter Holunder«

Hans-Christian-Andersen-Preis

1984 **Christine Nöstlinger**
für das Gesamtwerk

Hans-im-Glück-Preis

1979 **Dagmar Chidolue**
»Fieber oder Der Abschied der Gabriele Kupinski«

Holländischer Jugendbuchpreis

Der goldene Griffel

1984 **Karel Eykman**
»Liebeskummer«

Der silberne Griffel

1982 **Christine Nöstlinger**
»Maikäfer, flieg!«

1984 **Janosch**
»Post für den Tiger«

Der silberne Pinsel

1983 **Janosch**
»Das Leben der Thiere«

Oldenburger Jugendbuchpreis

1977 **Leonie Ossowski**
»Die große Flatter«

1979 **Sabine Friedrichson**
»Fundevogel«

1980 **Mirjam Pressler**
»Bitterschokolade«

1982 **Nikolaus Heidelbach**
»Das Elefantentreffen oder Fünf dicke Angeber«

»Peter Härtling-Preis für Kinderliteratur«

1984 **Karin Gündisch**
»Geschichten über Astrid«

Preis der Leseratten des ZDF-Schülerexpress

1984 **Klaus Kordon**
»Monsun oder Der weiße Tiger«

1985 **Klaus Kordon**
»Die roten Matrosen oder Ein vergessener Winter«

1986 **Reinhold Ziegler**
»Es gibt hier nur zwei Richtungen, Mister«

Rattenfänger-Literaturpreis der Stadt Hameln

1985 **Gerhard Holtz-Baumert / Klaus Ensikat**
»Daidalos und Ikaros«

Troisdorfer Bilderbuchpreis

1983 **Mario Grasso**
»Drehbilderbuch«

1984 **Nikolaus Heidelbach**
»Eine Nacht mit Wilhelm«

1985 **Christoph Eschweiler**
»Max Schibronski ist überall!«

1985 **Jutta Bauer**
für Illustrationen zu Waldrun Behncke »Gottfried, das fliegende Schwein«

Wilhelmine Lübke-Preis des Kuratoriums Deutsche Altershilfe

1977 **Peter Härtling**
»Oma«

Zürcher Kinderbuchpreis »La vache qui lit«

1980 **Peter Härtling**
»Ben liebt Anna« und »Sofie macht Geschichten«

1985 **Klaus Kordon**
»Die roten Matrosen oder Ein vergessener Winter«

16 Jahre Beltz & Gelberg

Das Programm 1971 bis 1986

1971*

BLECHER, Wilfried / MANZ, Hans: *eins, zwei, drei – mach vielerlei!* Das Bilder-Verwechsel-Buch mit 8000 Tauschgeschichten. 21 S., Pappband, vierfarbig, 1971 (80208)

Geh und spiel mit dem Riesen. Erstes Jahrbuch der Kinderliteratur. Geschichten, Bilder, Gedichte, Rätsel, Texte, Spiele, Szenen, Comics von 88 Autoren. Hrsg. von Hans-Joachim Gelberg. 352 S., Leinen, mehrfarbig, 1971 (80200)

GUGGENMOS, Josef: *Gorilla, ärgere dich nicht!* Ein Lachkabinett in Versen. Mit Bildern von Anne Bous. 64 S., Pappband, zweifarbig, 1971 (80204)

HETMANN, Frederik: *Weißes Pferd, schwarzer Berg.* Kindergeschichten aus Irland. Mit Bildern von Sabine Friedrichson. 64 S., Pappband, zweifarbig, 1971 (80206)

JANOSCH: *Lari Fari Mogelzahn.* Jeden Abend eine Geschichte. Mit Bildern von Janosch. 80 S., Pappband, zweifarbig, 1971 (80207)

KORINETZ, Juri: *Dort, weiter hinter dem Fluß.* Aus dem Russischen von Hans Baumann. 212 S., Pappband, 1971 (80201)

NÖSTLINGER, Christine: *Die Kinder aus dem Kinderkeller.* Aufgeschrieben von Pia Maria Tiralla, Kindermädchen in Wien. Mit Bildern von Heidi Rempen. 80 S., Pappband, zweifarbig, 1971 (80205)

WEYRAUCH, Wolfgang: *Ein Clown sagt:* Denktexte für junge Leser. Fotografik von Günther Stiller. 64 S., Pappband, zweifarbig, 1971 (80202)

* *In den Jahren 1971 bis 1975 erschien nur ein neues Programm im Jahr, jeweils zum Herbst. Ab Frühjahr 1976 erschien regelmäßig auch im ersten Halbjahr ein neues Programm.*

1972

HETMANN, Frederik: *»Ich habe sieben Leben«.* Die Geschichte des Ernesto Guevara, genannt Che. Fotografik von Günther Stiller. 224 S., Pappband, zweifarbig, 1972 (80210)

JANOSCH: *Janosch erzählt Grimm's Märchen.* Fünfzig ausgewählte Märchen. Mit über 200 Bildern in Schwarz und Gold von Janosch. Mit einem Nachwort von Hans-Joachim Gelberg. Dazu ein Poster von Janosch. 256 S., Pappband, zweifarbig, 1972 (80213)

KILIAN, Susanne: *Na und?* Zwischen Aufstehen und Schlafengehen liegt ein Tag. Kindertagesläufe. Fotos von Werner A. Kilian. 96 S., Pappband, zweifarbig, 1972 (80212)

NÖSTLINGER, Christine: *Wir pfeifen auf den Gurkenkönig.* Wolfgang Hogelmann erzählt die Wahrheit, ohne auf die Deutschlehrergliederung zu verzichten. Kinderroman. Mit Bildern von Werner Maurer. 144 S., Pappband, zweifarbig, 1972 (80214)

PESEK, Ludek: *Nur ein Stein.* Geschichte einer langen Wanderung. Aus dem Tschechischen von Herbert Ungar. Mit Bildern von Ludek Pesek und Sachinformationen im Anhang. 80 S., Pappband, zweifarbig, 1972 (80215)

PFLANZ, Dieter: *vierzehn.* Geschichte eines Jungen. 96 S., Pappband, 1972 (80203)

REINIG, Christa: *Hantipanti.* Zwölf Kindergeschichten zum Nachdenken über Hantipantis Wohl- und Weh-Ergehen. Mit Bildern von Werner Maurer. 64 S., Pappband, zweifarbig, 1972 (80216)

SCHLOTE, Wilhelm: *Superdaniel.* Bildgeschichten und Comics. 48 S., kartoniert, mehrfarbig, 1972 (80218)

STILLER, Günther / KILIAN, Susanne: *NEIN-Buch für Kinder: »Hinterher ist man schlauer«.* Bilder & Geschichten & Texte. 96 S., Pappband, zweifarbig, 1972 (80217)

1973

Am Montag fängt die Woche an. Zweites Jahrbuch der Kinderliteratur. Geschichten, Bilder, Texte, Nachrichten, Szenen, Comics, Rätsel, Spiele, Gedichte von über 120 Autoren. Hrsg. von Hans-Joachim Gelberg. 336 S., Leinen, mehrfarbig, 1973 (80220)

BilderBuch Nummer 1. Erster Jahresband: Bildgeschichten & Comics für Kinder. Originalbeiträge von 33 Autoren. Hrsg. von Hans-Joachim Gelberg. 144 S., kartoniert, mehrfarbig, 1973 (80232)

Birkeland, Thøger: *Gefährlicher Freitag.* Aus dem Dänischen von Jutta und Theodor Knust. 96 S., Pappband, 1973 (80219)

Bletschacher, Richard: *Tamerlan.* Tyrann von Samarkand und Babylon. Seine bescheidenen Anfänge, seine ungeheuerliche Karriere und sein schlimmes Ende fast wahrheitsgetreu berichtet. Mit Bildtafeln von Klaus Ensikat. 224 S., Pappband, zweifarbig, 1973 (80211)

Bous, Anne: *Phantastische Reise.* Neunzig Bilder. Nonsensgeschichte von Edward Lear. Aus dem Englischen von Josef Guggenmos. 96 S., Pappband, zweifarbig, 1973 (80226)

Bulla, Clyde R.: *Weißer Rabe.* Aus dem Amerikanischen von Juliane Piron. Mit Bildern von Sabine Friedrichson. 64 S., Pappband, 1973 (80228)

Härtling, Peter: *Das war der Hirbel.* Wie Hirbel ins Heim kam, warum er anders ist als andere und ob ihm zu helfen ist. Mit einem Nachwort: Kinder fragen den Autor. Mit Bildern von Christa aus dem Siepen. 64 S., Pappband, 1973 (80229)

Hetmann, Frederik: *Frederik Hetmann's Wildwest-Show.* Geschichten über Geschichten. Im Anhang ein kleines Westernlexikon. Mit Bildern von Helga Gebert. 144 S., Pappband, 1973 (80230)

Korinetz, Juri: *In der Mitte der Welt.* Aus dem Russischen von Hans Baumann. 144 S., Pappband, 1973 (80221)

Nöstlinger, Christine: *Maikäfer, flieg!* Mein Vater, das Kriegsende, Cohn und ich. Mit einem Nachwort von Christine Nöstlinger. 176 S., Pappband, 1973 (80224)

Nöstlinger, Christine/Maurer, Werner: *Der schwarze Mann und der große Hund.* Mit farbigen Bildern von Werner Maurer. BilderBuch Nummer 2. 48 S., kartoniert, vierfarbig, 1973 (80231)

Pesek, Ludek: *Preis der Beute.* Erzählungen. Mit einem Exkurs über die Geschichte des Walfangs. Aus dem Tschechischen von Erika Honolka. Mit Bildern von Ludek Pesek. 128 S., Pappband, 1973 (80225)

Stiller, Günther/Brender, Irmela: *STREIT-Buch für Kinder.* Meine Meinung – deine Meinung. 96 S., Pappband, zweifarbig, 1973 (80227)

Stolze, Stefan: *Mit Speck fängt man den kleinen Franz.* BilderBuch Nummer 4. 48 S., kartoniert, vierfarbig, 1973 (80223)

Waechter, Friedrich Karl: *Brülle ich zum Fenster raus.* Kinderrollenspiele mit Texten zum Singen. Mit Fotos von Inge-Maren Hammerich. BilderBuch Nummer 3. 48 S., kartoniert, vierfarbig, 1973 (80222)

1974

Bachér, Ingrid/Jansen, Bernd: *Erzähl mir nichts!* Mit Fotos von Bernd Jansen. BilderBuch Nummer 14. 48 S., kartoniert, 1974 (80244)

Brandes, Sophie: *Trinkmann's Traumreisen.* Urlaubsreisen Extraklasse. BilderBuch Nummer 12. 48 S., kartoniert, vierfarbig, 1974 (80242)

Brembs, Dieter: *Brembs' Tierleben.* Vierhundertundsiebenundzwanzig und einige mehr unmögliche Tiere zum Schutze derselben versammelt und vorgestellt, gezeichnet und beim Namen genannt sowie mit den nötigen Erklärungen versehen von Dieter Brembs. 280 S., Pappband, 1974 (80501)

Gebert, Helga: *Zwei an einem Dienstag.* Johann im Dorf und Jonny in der Stadt. BilderBuch Nummer 13. 48 S., kartoniert, vierfarbig, 1974 (80243)

Höchtlen, Norbert: *Kaugummi.* Geschichten und Bilder zum Kauen und Lutschen. BilderBuch Nummer 9. 48 S., kartoniert, zweifarbig, 1974 (80239)

Janosch: *Lari Fari Mogelzahn: Die Löwenreise.* Mit Bildern von Janosch. 136 S., Pappband, zweifarbig, 1974 (80502)

Kilian, Susanne: *Nur 'ne Fünf.* Ein Tag zwischen Schule und Eltern. Mit Fotos von Werner A. Kilian. BilderBuch Nummer 5. 48 S., kartoniert, 1974 (80235)

– *O. K.* Kinderroman. Mit Bildern von Ingrid Mizsenko. 116 S., Pappband, 1974 (80503)

Korinetz, Juri: *Wolodjas Brüder.* Aus dem Russischen von Hans Baumann. 136 S., Pappband, 1974 (80504)

Manz, Hans: *Worte kann man drehen.* Sprach-Buch für Kinder. Zeit-Wörter und anderes. Mit Umweltbildern von Günther Stiller und einem Nachwort von Hans Manz. 144 S., Pappband, 1974 (80505)

Nöstlinger, Christine: *Der Spatz in der Hand.* Erzählung. Mit Bildern von Edith Schindler. 104 S., Pappband, 1974 (80506)

Pinckernelle, Anneke: *Familiengeschichten.* Zwölf Bildgeschichten mit wahrem Hintergrund, erzählt und gezeichnet von Anneke Pinckernelle. BilderBuch Nummer 8. 48 S., kartoniert, mehrfarbig, 1974 (80238)

Schälicke, Christian: *Die Tintenmännchen.* Bildgeschichten ohne Worte. BilderBuch Nummer 7. 48 S., kartoniert, zweifarbig, 1974 (80237)

Schindler, Edith: *Wenn ich großen Hunger hab, fang ich an zu kochen.* Rezepte und Geschichten für Kinder in der Küche. BilderBuch Nummer 6. 48 S., kartoniert, zweifarbig, 1974 (80236)

Stiller, Günther/Brender, Irmela: *JA-Buch für Kinder.* Ich habe Lust, ich zu sein. 96 S., Pappband, zweifarbig, 1974 (80507)

Stolze, Stefan: *Mangelsberg.* Aus dem Leben einer Stadt. BilderBuch Nummer 11. 48 S., kartoniert, vierfarbig, 1974 (80241)

Waechter, F(ritz) K(arl): *3 Wandgeschichten.* Drei Plakate in einer Mappe: *Bitte recht feindlich.* (vierfarbig) *Ein Streichholz für Hugo. Der König der Eichhörnchen wechselt den Baum.* BilderBuch Nummer 10. 1974 (80240)

Werkstattbuch. Almanach zur Kinderbuchszene. Hrsg. von Hans-Joachim Gelberg. Berichte, Texte, Bilder, Tatsachen, Proben, Informationen aus dem Programm Beltz & Gelberg. Allen Autoren des Verlages gewidmet. 160 S., broschiert, zweifarbig, 1974 (80500)

1975

Bolte, Karin: *Einweisung für drei Mädchen.* Bericht und Erzählbilder. Als Fotopassage: Spiegelbilder von Günther Stiller. 96 S., Reihe Broschur, 1975 (80600)

Brembs, Dieter: *Ein Krokodil zum Beispiel.* Wandbilder zum Basteln und Bemalen:
1. Warum ist Mulek heute so traurig?
2. Das Übertier, das noch keiner kennt.
3. Wer hat Angst vorm schwarzen Fisch?
BilderBuch Nummer 20. 1975 (80250)

Dirx, Ruth: *Eines Tages, als die Schule abgeschafft wurde.* Schülerroman. 112 S., Reihe Broschur, 1975 (80601)

Donovan, John: *Die Schutzschicht ist behutsam zu entfernen.* Erzählung. Aus dem Amerikanischen von Irmela Brender. Fotopassage von Günther Stiller. 96 S., Reihe Broschur, 1975 (80602)

Gebert, Helga: *Irma sucht Eugen.* Eine Bildgeschichte. BilderBuch Nummer 17. 48 S., kartoniert, 1975 (80247)

Härtling, Peter: *Oma.* Die Geschichte von Kalle, der seine Eltern verliert und von seiner Großmutter aufgenommen wird. Mit Bildern von Ingrid Mizsenko. 88 S., Pappband, 1975 (80508)

Höchtlen, Norbert: *Eselsohren.* Geschichten und Bilder zum Umknicken. 48 S., kartoniert, zweifarbig, 1975 (80248)

Holm, Eske: *Fliegender Start.* Roman. Aus dem Dänischen von Jutta und Theodor Knust. 128 S., Reihe Broschur, 1975 (80603)

Klusemann, Georg: *Zimmerland.* Ein Märchen in Bildern. Bild und Text von Georg Klusemann. 60 S., Pappband, zweifarbig, 1975 (80509)

Korinetz, Juri: *Grüße von Werner.* Aus dem Russischen von Rosemarie Reichert. Mit einem Nachwort von Iring Fetscher. Titelvignetten von Anne Bous. 136 S., Pappband, 1975 (80511)

Menschengeschichten. Drittes Jahrbuch der Kinderliteratur. Texte, Lebensbilder, Erzählungen, Gedichte, Beispiele, Märchen, Comics, Rätsel, Bilder, Fotos von 141 Autoren. Hrsg. von Hans-Joachim Gelberg.

NÖSTLINGER, Christine: *Stundenplan.* Roman. 136 S., Reihe Broschur, 1975 (80604)

SPOHN, Jürgen: *»nanu«* 2 Wandzeitungen zum Betrachten und Lesen und An-die-Wand-hängen: *Sabine liebt den Anton heiß* und *Zucker schlecken, Lehrer necken.* Bilder-Buch Nummer 16. vierfarbig, 1975 (80246)

1976

AARON, Chester: *Besser als Lachen.* Kinderroman. Aus dem Amerikanischen von Irmela Brender. Mit Bildern von Willi Glasauer. 190 S., Pappband, 1976 (80516)

BACHÉR, Ingrid: *Das war doch immer so.* Merkbuch für Mädchen & Jungen. Geschichten, Beispiele, Texte, Zitate, Bilder und ein kleines Lexikon zum Thema »Emanzipation«. Mit Zeichnungen von Marie Marcks. Fotos von Tai Lüdicke. 100 S., Pappband, 1976 (80517)

BRANDES, Sophie: *Hauptsache, jemand hat dich lieb.* Kinderroman. Mit Bildern von Sophie Brandes. 160 S., Pappband, 1976 (80513)

CHIDOLUE, Dagmar: *Das Maisfeld.* Roman. 104 S., Reihe Broschur, 1976 (80605)

FRÖHLICH, Roswitha: *Probezeit.* Roman. 128 S., Reihe Broschur, 1976 (80606)

FUCHS, Günter Bruno: *Wanderbühne.* Geschichten und Holzschnitte. 80 S., Pappband, 1976 (80512)

HETMANN, Frederik: *Rosa L.* Die Geschichte der Rosa Luxemburg und ihrer Zeit. Mit dokumentarischen Fotos. 308 S., Reihe Broschur, 1976 (80607)

JANOSCH: *Das große Janosch-Buch.* Geschichten und Bilder. 296 S., mit 85 vierfarbigen Illustrationen, Leinen, 1976 (80514)

KILIAN, Susanne: *Die Stadt ist groß.* Erzählungen, Bilder, Geschichten für Kinder und andere Städtebewohner. Mit Fotos von Werner A. Kilian. 148 S., Pappband, 1976 (80519)

MALMBERG, Stig: *Gegen alle Spielregeln.* Roman. Aus dem Schwedischen von Marianne Svensson. 152 S., Reihe Broschur, 1976 (80608)

MANZ, Hans: *Adam hinter dem Mond.* Zärtliche Geschichten. Von Adam, seinem Größerwerden und Hineinwachsen in den Umgang mit geliebten Menschen. Mit Bildern von Edith Schindler. 116 S., Pappband, 1976 (80520)

Neues vom Rumpelstilzchen und andere Haus-Märchen von 43 Autoren. Gesammelt von Hans-Joachim Gelberg. Mit Bildern von Willi Glasauer. 216 S., Pappband, 1976 (80518)

PESEK, Ludek: *Falle für Perseus.* Science-Fiction-Roman. Aus dem Tschechischen von Herbert Ungar. 160 S., Reihe Broschur, 1976 (80609)

Seht, wie die Zeit vergeht! Kalenderbuch für Kinder. Geschichten, Rätsel, Märchen, Verse, Sprüche, Fotos, Bilder und anderes von Alfons Schweiggert und vielen anderen. Immerwährendes Kalendarium von Sophie Brandes. 184 S., Pappband, 1976 (80521)

WAECHTER, Friedrich Karl: *Opa Huckes Mitmach-Kabinett.* Das große Kinderbuch mit Geschichten, Bildern, Liedern, Rätseln, Märchen, Comics. 132 S., Leinen, 1976 (80515)

1977

BLECHER, Wilfried: *Wo ist Wendelin?* (Neuauflage der Ausgabe von 1965.) 32 S., Pappband, vierfarbig, 1977 (80002)

BOLTE, Karin: *Wie Alfred berühmt wurde* und andere Erzählungen für Kinder. Mit Bildern von Willi Glasauer. 164 S., Pappband, 1977 (80522)

BRANDES, Sophie: *Billie aus der Altstadt.* Kinderroman mit Bildern von Sophie Brandes. 128 S., Pappband, 1977 (80532)

DRAGT, Tonke: *Der Brief für den König.* Abenteuerroman. Aus dem Niederländischen. 400 S., Pappband mit Lesebändchen, 1977 (80528)

Der fliegende Robert. Viertes Jahrbuch der Kinderliteratur. Erzählungen, Bilder, Gedichte, Märchen, Zukunftsgeschichten, Rätsel, Fotos, Kinderzeitung von rund 200 Autoren und Künstlern. Hrsg. von Hans-Joachim Gelberg. 336 S., Leinen, vierfarbig, 1977 (80530)

GEBERT, Helga: *ABC – die Katze trinkt Kaffee.* Bilder, Verse, Rätsel, Sprichwörter, Bildgeschichten und Suchbilder. Dazu ein Handalphabet. 48 S., Pappband, vierfarbig, 1977 (80525)

HÄRTLING, Peter: *Theo haut ab.* Kinderroman. Mit Bildern von Waltraut und Friedel Schmidt. 128 S., Pappband, 1977 (80529)

JANOSCH: *Ich sag, du bist ein Bär.* 32 S., Pappband, vierfarbig, 1977 (80252)

– *Traumstunde für Siebenschläfer.* Eine Geschichte von Popov und Pietzke mit vielen farbigen Bildern. 32 S., Pappband, vierfarbig. 1977. Ausgabe A: Druckschrift (80526)
Ausgabe B: Schreibschrift (80527)

KORINETZ, Juri: *Ein Junge und ein Pferd.* Aus dem Russischen von Rosemarie Reichert. Mit Bildern von Anne Bous und einem Nachwort von Juri Korinetz »Ich über mich selbst«. 84 S., Pappband, 1977 (80531)

LA FARGE, Oliver: *Indianische Liebesgeschichte.* Roman. Aus dem Amerikanischen von Lulu von Strauß und Torney. Überarbeitete Fassung von Irmela Brender. 200 S., Reihe Broschur, 1977 (80611)

Leseladen »Orte, innen und außen«. Erzählungen von über 40 Autoren. Hrsg. von Irmela Brender und Hans-Joachim Gelberg. Redaktion Cordelia Schmidt-Hellerau. 204 S., Reihe Broschur, 1977 (80610)

MALMBERG, Stig: *Tage der Freundschaft.* Roman. Aus dem Schwedischen von Marianne Svensson. 148 S., Reihe Broschur, 1977 (80612)

NÖSTLINGER, Christine: *Lollipop.* Kinderroman. Mit Bildern von Angelika Kaufmann. 120 S., Pappband, 1977 (80523)

OSSOWSKI, Leonie: *Die große Flatter.* Roman. 208 S., Reihe Broschur, 1977 (80613)

RAAB, Fritz: *»Ab mit dir ins Vaterland«.* Kinderroman. Mit Bildern von Dietrich Lange. 156 S., Pappband, 1977 (80524)

SERKE, Jürgen: *Die verbrannten Dichter.* Berichte. Texte. Bilder einer Zeit. Mit Fotos von Wilfried Bauer. 272 S., Großband, Leinen in Schuber, 1977 (80750)

WICKERT, Utta: *Im Jahr der Schlange.* Tizars Geschichte. Berichte und Erfahrungen. 120 S., Reihe Broschur, 1977 (80614)

1978

FRANK, Karlhans: *Willi kalt und heiß.* Roman in sieben Kapiteln. Reihe ›B & G Literatur‹. 300 S., Pappband mit Schutzumschlag, 1978 (80754)

GABEL, Wolfgang: *Fix und fertig.* Roman. 208 S., Reihe Broschur, 1978 (80615)

JANOSCH: *Die Maus hat rote Strümpfe an.* Janosch's bunte Bilderwelt. 128 S., Großband, Leinen in Schuber, vierfarbig, 1978 (80538)
Vorzugsausgabe: Prachtleinen in leinenbezogenem Schuber. Einmalige, von 1-300 numerierte Auflage (der Druckauflage der Normalausgabe entnommen). Zusätzlich mit zweifarbiger, handkolorierter Originalradierung von Janosch, signiert und in gleicher Nummernfolge numeriert. (80539)

– *Oh, wie schön ist Panama.* Die Geschichte, wie der kleine Tiger und der kleine Bär nach Panama reisen. 48 S., Pappband, vierfarbig, 1978
Ausgabe A: Druckschrift (80533)
Ausgabe B: Schreibschrift (80534)

KORDON, Klaus: *Brüder wie Freunde.* Kinderroman. 180 S., Pappband, 1978 (80543)

KORINETZ, Juri: *Dort, weiter hinter dem Fluß.* Aus dem Russischen von Hans Baumann. (Veränderte Neuauflage der Ausgabe von 1971.) 212 S., Pappband mit Schutzumschlag, 1978 (80535)

LEE, Ronald: *Verdammter Zigeuner.* Roman. Aus dem Englischen von Irmela Brender. 220 S., Reihe Broschur, 1978 (80617)

Männerleben. 23 Autoren erzählen. Hrsg. von Cordelia Schmidt-Hellerau. Reihe ›B & G Literatur‹. 236 S., Pappband mit Schutzumschlag, 1978 (80752)

MANZ, Hans: *Kopfstehen macht stark* oder Die Kunst, zwischen den Zeilen zu lesen. Neues Sprachbuch für Kinder. Texte, Spiele, Laute. Mit Zeichnungen von Moritz Baumgartl. 144 S., Pappband, zweifarbig, 1978 (80542)

NÖSTLINGER, Christine: *Maikäfer, flieg!* Mein Vater, das Kriegsende, Cohn und ich. Roman. (Veränderte Neuauflage der Ausgabe von 1973.) 176 S., Pappband mit Schutzumschlag, 1978 (80536)

– *Die unteren sieben Achtel des Eisbergs.* Roman. Reihe ›B & G Literatur‹. 208 S., Pappband mit Schutzumschlag, 1978 (80753)

Ossowski, Leonie: *Stern ohne Himmel.* Roman. 176 S., Reihe Broschur, 1978 (80618)

Ruck-Pauquèt, Gina: *Wie in einer Seifenblase.* Emanzipationsgeschichten. 160 S., Reihe Broschur (80616)

Schubiger, Jürg: *Dieser Hund heißt Himmel.* Tag- und Nachtgeschichten. Mit Bildern von Klaus Steffens. 76 S., Pappband mit Schutzumschlag, 1978 (80541)

Wenner, Tom: *Komm rein. Viel Spaß. Auf Wiedersehn.* Reime & Bilder von Tom Wenner. 32 S., Pappband, vierfarbig, 1978 (80540)

Zitelmann, Arnulf: *»Kleiner-Weg«.* Abenteuer-Roman für Kinder. Mit einem Nachwort des Autors. Bildtafeln von Willi Glasauer. 200 S., Pappband mit Lesebändchen, 1978 (80537)

Zwerenz, Gerhard: *Das Großelternkind.* Roman. Reihe ›B & G Literatur‹. 136 S., Pappband mit Schutzumschlag, 1978 (80751)

1979

Das achte Weltwunder. Fünftes Jahrbuch der Kinderliteratur. Erzählungen, Liebesgeschichten, Gedichte, Märchen, Texte, Briefe, Tagebuch, Werbung, Collagen, Spiele, Rätsel, Reime, Bilder, Fotos, Geheimnis-Lexikon von über 200 Autoren. Hrsg. von Hans-Joachim Gelberg. 336 S., davon 40 vierfarbig, Leinen, 1979 (80560)

Bolte, Karin: *Ulla, 16, schwanger.* Roman. 156 S., Reihe Broschur, 1979 (80623)

Chidolue, Dagmar: *Fieber oder der Abschied der Gabriele Kupinski.* Roman. 168 S., Reihe Broschur, 1979 (80620)

Düx, Henry: *Fliehen wäre leicht.* Roman. Reihe ›B & G Literatur‹. 140 S., Leinen, 1979 (80759)

Fundevogel und andere Lieblingsmärchen. Ausgewählt und bemalt von Sabine Friedrichson. Mit einem Vorwort von Irmela Brender. 128 S., Leinen, vierfarbige Tafeln, 1979 (80552)

Gebert, Helga: *Das große Rätselbuch.* 120 S., Pappband, 1979 (80544)

Härtling, Peter: *»Ben liebt Anna«.* Kinderroman. Mit Bildern von Sophie Brandes. 80 S., Pappband mit Schutzumschlag, zweifarbig, 1979 (80551)

Heuck, Sigrid: *Die Reise nach Tandilan.* Abenteuer-Roman. Mit einer Reisekarte im Anhang. 220 S., Pappband mit Lesebändchen, 1979 (80547)

Janosch: *ABC für kleine Bären.* Der kleine Bär lernt hier nämlich lesen und schreiben. Minibuch. 32 S., geheftet, vierfarbig, 1979

– *Es geht ein Löwe durch das Jahr.* Janosch-Kalender 1980. Vierfarbige Monatsblätter und Titelblatt. Handgezeichnetes Kalendarium. Und jeden Monat eine Löwengeschichte. Format 33 × 41 cm, 1979 (80550)

– *Die Grille und der Maulwurf.* Die Geschichte von der schönsten Zeit ihres Lebens. Minibuch. 32 S., geheftet, vierfarbig, 1979

– *König, Kaiser, Bettelmann.* Abzähler, freundliche Reime, Spaßgedichte für Kinder und andere fabelhafte Menschen. Minibuch. 32 S., geheftet, vierfarbig, 1979

– *Komm, wir finden einen Schatz.* Die Geschichte, wie der kleine Bär und der kleine Tiger das Glück der Erde suchen. 48 S., Pappband, vierfarbig, 1979
Ausgabe A: Druckschrift (80533)
Ausgabe B: Schreibschrift (80534)

– *Sandstrand.* Roman. Reihe ›B & G Literatur‹. 124 S., Leinen, 1979 (80758)

– *Der Wolf und die sieben Geiserlein.* Ein Märchen von Janosch. Minibuch. 32 S., geheftet, vierfarbig, 1979

Kordon, Klaus: *Schwarzer Riese, fünfter Stock.* Kinderroman. 230 S., Pappband mit Schutzumschlag, 1979 (80554)

Linde, Gunnel: *Mami und Papi Geschichten.* Erzählungen zwischen Kindern und Eltern. Aus dem Schwedischen von Anu Pyykönen und Friedbert Stohner. Mit Zeichnungen von Frank Ruprecht. 112 S., Pappband mit Schutzumschlag, 1979 (80546)

Miller, Warren: *Kalte Welt.* Ein Bandenchef aus Harlem berichtet. Aus dem Amerikanischen von Harry Rowohlt. 188 S., Reihe Broschur, 1979 (80619)

Neumann, Robert: *Die Kinder von Wien.* Roman. Mit einer Einführung von Christine Nöstlinger. 176 S., Reihe Broschur, 1979 (80622)

Schweiggert, Alfons: *Tobis Turm.* Vierfarbiges Spiralbilderbuch. 24 S., kartoniert, 1979 (80548)

Serke, Jürgen: *Die verbrannten Dichter.* (Broschurausgabe des 1977 erschienenen Werks.) Mit einem Nachwort von Jürgen Serke zur Sonderausgabe. 272 S., broschiert, 1979 (80757)

Waechter, Friedrich Karl: *Spiele.* Mit ein- und mehrfarbigen Bildern und zahlreichen Szenenfotos. 88 S., Leinen, 1979 (80545)

Wickert, Utta: *Immer im Januar.* Saras' Geschichte. Berichte und Erfahrungen. 184 S., Reihe Broschur, 1979 (80621)

Zitelmann, Arnulf: *Zwölf Steine für Judäa.* Abenteuer-Roman. Mit einem Nachwort des Autors. 212 S., Pappband mit Lesebändchen, 1979 (80557)

1980

Aho, Hannu: *Das ferne grüne Meer.* Roman. Aus dem Finnischen von Anu Pyykönen und Friedbert Stohner. 188 S., Pappband mit Schutzumschlag, 1980 (80558)

Chidolue, Dagmar: *Das Fleisch im Bauch der Katze.* Roman. Reihe ›B & G Literatur‹. 140 S., broschiert, 1980 (80761)

Gebert, Helga: *Zwerge.* Zwergenmärchen, gesammelt, aus dem Englischen übersetzt und mit Zwergenbildern versehen von Helga Gebert. Im Anhang: Zwergen-Lexikon. Reihe ›Gelberg Extra‹. 192 S., broschiert, 1980 (80305)

Geh und spiel mit dem Riesen. Sonderausgabe des 1971 erschienenen Ersten Jahrbuchs der Kinderliteratur. 352 S., Pappband, 1980 (80251)

Härtling, Peter: *Sofie macht Geschichten.* Mit Bildern von Edith Schindler. 64 S., Pappband, 1980
Ausgabe in Druckschrift (80562)
Ausgabe in Schreibschrift (80563)

Hetmann, Frederik: *Drei Frauen zum Beispiel.* Die Lebensgeschichte der Simone Weil, Isabel Burton und Karoline von Günderrode. 168 S., Reihe Broschur, 1980 (80626)

Janosch: *Die Gänse-Oper.* Die Geschichte von den Gänsen und von ihrer Oper. Und von ihren Pelzmänteln. Und vom Fuchs. Und wie alles kam. Minibuch. 32 S., geheftet, vierfarbig, 1980

– *Ich kann schon zählen: 1, 2, 3.* Hier lernt der kleine Tiger etwas rechnen und Pilze zählen. Minibuch. 32 S., geheftet, vierfarbig, 1980

– *Janosch's großer Kalender-Circus.* Janosch-Kalender 1981. Kinderkalender zum Abreißen mit 12 vierfarbigen Monatsblättern und farbigem Titelblatt. Handgezeichnetes Kalendarium, weitere Texte und Bilder auf den Rückseiten. Format 33 × 41 cm, 1980 (80565)

– *Kasperglück und Löwenreise.* Jeden Abend eine Geschichte oder Was Lari Fari Mogelzahn, der starke Löwe Hans und der Quasselkasper aus Wasserburg auf ihren abenteuerlichen Fahrten und Reisen erleben. Mit Zeichnungen von Janosch. Reihe ›Gelberg Extra‹. 284 S., broschiert, 1980 (80304)

– *Der Löwe Hans.* Hier wird mit unheimlich schönen und schlichten Worten und echt wahrheitsgetreuen Abbildungen das gefahrvolle Leben des ehrlichen Löwen Hans geschildert. Und zwar durch den Bärenaufbinder Janosch. Minibuch. 32 S., geheftet, vierfarbig, 1980

– *Robinson Hase.* Die Geschichte vom schönen Leben des Hasen Robinson. Minibuch. 32 S., geheftet, vierfarbig, 1980

Kilian, Susanne: *Lenakind.* Eine Mädchengeschichte mit Fotos von Werner A. Kilian. 88 S., Pappband, 1980 (80559)

Kordon, Klaus: *Monsun oder Der weiße Tiger.* Abenteuer-Roman. 424 S., Pappband mit Lesebändchen, 1980 (80568)

Korinetz, Juri: *Das ganze Leben und ein Tag.* Roman. Aus dem Russischen von Hans Baumann. Reihe ›B & G Literatur‹. 280 S., broschiert, 1980 (80765)

Mend, Alexej/Pilgrim, Volker Elis: *Das Paradies der Väter.* Reihe ›B & G Literatur‹. 180 S., broschiert, 1980 (80763)

Menschengeschichten. Sonderausgabe des 1975 erschienenen Dritten Jahrbuchs der Kinderliteratur. 344 S., Pappband, 1980 (80571)

Moser, Erwin: *Jenseits der großen Sümpfe.* Erzählung für Kinder. Mit Kapitelzeichnungen von Erwin Moser. Reihe ›Gelberg Extra‹. 132 S., broschiert, 1980 (80302)

Nöstlinger, Christine: *Einer.* Erzählung. Mit farbigen Bildern von Janosch. 32 S., Pappband, vierfarbig, 1980 (80569)

– *»Pfui Spinne!«* Roman. 148 S., Reihe Broschur, 1980 (80627)

Pereira, Manuel: *Veneno.* Roman. Aus dem kubanischen Spanisch von Juliane Piron. 188 S., Reihe Broschur, 1980 (80628)

Pressler, Mirjam: *Bitterschokolade.* Roman. 124 S., Reihe Broschur, 1980 (80630)

Raddatz, Hilke: *Die Warner von Bockenheim.* Sechs Tage und ein Wochenende mit Pinki, Ingeborg und Blacky. Reihe ›Gelberg Extra‹. 48 S., broschiert, vierfarbig, 1980 (80301)

Richter, Jutta: *Das Geraniengefängnis.* Roman. 132 S., Reihe Broschur, 1980 (80629)

Ripke, Thomas: *Herabsetzende Äußerungen.* Erzählung. Reihe ›B & G Literatur‹. 112 S., broschiert, 1980 (80762)

Ruge, Simon & Desi: *Katze mit Hut.* Roman für Kinder in zehn Geschichten. Reihe ›Gelberg Extra‹. 208 S., broschiert, 1980 (80300)

Schüler. Zur Schule. Über die Schule. Gegen die Schule. Hrsg. von Brigitte Hassio. Mit zahlreichen Fotos. 180 S., Reihe Broschur, 1980 (80010)

Siciliano, Enzo: *Pasolini.* Leben und Werk. Aus dem Italienischen von Christel Galliani. Reihe ›B & G Literatur‹. 544 S., broschiert, 1980 (80760)

Eine Stadt geht über Land. Weinheimer Bildergeschichten. Bildergeschichten & Comics für Kinder. Hrsg. von Hans-Joachim Gelberg. Originalbeiträge von 19 Künstlern. Mit phantastischen Märchen von Josef Guggenmos, Franz Hohler, Erwin Moser, Jörg Schubiger, Jörg Steiner. 144 S., Großband, Leinen in Schuber, vierfarbig, 1980 (80570)

Tully, John: *Das gläserne Messer.* Abenteuer-Roman. Aus dem Englischen von Irmela Brender. 244 S., Pappband mit Lesebändchen, 1980 (80567)

Vollmann, Rolf: *Die Reise um die Welt.* Darwin nachgereist – Briefe an die Kinder daheim. Mit Zeichnungen von Axel von Criegern. Reihe ›Gelberg Extra‹. 200 S., broschiert, 1980 (80303)

Zitelmann, Arnulf: *Unter Gauklern.* Abenteuer-Roman. Mit einem Nachwort des Autors. 188 S., Pappband mit Lesebändchen, 1980 (80564)

1981

Brembs, Dieter: *Alles ist möglich. »Brembs' Tierleben«.* Veränderte Neuausgabe von »Brembs' Tierleben«, erschienen 1974. Reihe ›Gelberg Extra‹. 152 S., broschiert, 1981 (80307)

Der Bunte Hund. Das Magazin der Kinderliteratur. Nr. 1. Thema: Geschwister. Bilder, Geschichten, Daumenkino, Gedichte, Bildergeschichten, Rätsel, Fotos, Mitmachgeschichten . . . und noch vieles mehr. Mit »Zitronen-Wunder-Buch-Poster« von Bernd Hennig. Hrsg. von Hans-Joachim Gelberg. Erscheint in loser Folge, etwa dreimal im Jahr. 96 S., Magazinformat, broschiert, teilweise vierfarbig, 1981 (80400)

Chidolue, Dagmar: *Aber ich werde alles anders machen.* Roman. 196 S., Reihe Broschur, 1981 (80632)

Dragt, Tonke: *Der Wilde Wald.* Abenteuer-Roman. Aus dem Niederländischen von Eleonore Meyer-Grünewald. 416 S., Pappband mit Lesebändchen, 1981 (80575)

Gabel, Wolfgang: *Einfach in den Arm nehmen.* Erzählungen. 180 S., Reihe Broschur, 1981 (80624)

Gebert, Helga: *Riesen & Drachen.* Riesen- und Drachenmärchen gesammelt, aus dem Englischen übersetzt und mit entsprechenden Bildern versehen von Helga Gebert. Im Anhang: Riesen- und Drachen-Lexikon. Reihe ›Gelberg Extra‹. 208 S., broschiert, 1981 (80308)

HÄRTLING, Peter: *Alter John.* Kinderroman. Mit Bildern von Renate Habinger. 108 S., Pappband mit Schutzumschlag, 1981 (80584)

HETMANN, Frederik: *Georg B. oder Büchner lief zweimal von Gießen nach Offenbach und wieder zurück.* Zeit- und Lebensbild. Erzählung mit Dokumenten. 164 S., Reihe Broschur, 1981 (80631)

– *Wer bekommt das Opossum?* Märchen & Geschichten der amerikanischen Neger. Mit Bildern von Frank Ruprecht. Reihe ›Gelberg Extra‹. 156 S., broschiert, 1981 (80309)

JANOSCH: *Janosch's großer Märchenkalender 1982.* Kinderkalender zum Abreißen mit 12 vierfarbigen Monatsblättern und farbigem Titelbild. Handgezeichnetes Kalendarium, Texte und Bilder auf den Rückseiten. Format 33 × 41 cm, 1981 (80576)

– *Das Leben der Thiere.* Geschildert, bebildert und angemalt von Janosch. 128 S., Großband, Pappband, vierfarbig, 1981 (80585)

– *Post für den Tiger.* Die Geschichte, wie der kleine Bär und der kleine Tiger die Briefpost, die Luftpost und das Telefon erfinden. 48 S., Pappband, vierfarbig, 1981
Ausgabe in Druckschrift (80572)
Ausgabe in Schreibschrift (80573)

KÜNNEMANN, Horst/STRAUBE, Eckart: *Sieben kommen durch die halbe Welt.* Eine phantastische Reise in 22 Kapiteln. Mit Zeichnungen von Eckart Straube. Reihe ›Gelberg Extra‹. 184 S., broschiert, 1981 (80310)

MANZ, Hans: *Adam hinter dem Mond.* Zärtliche Geschichten. (Neuausgabe des 1976 erschienenen Werks.) Mit Bildern von Edith Schindler. Reihe ›Gelberg Extra‹. 112 S., broschiert, 1981 (80311)

MARCKS, Marie: *Es war einmal ein Mädchen.* Eine Weite-Welt-Geschichte. Minibuch. 32 S., geheftet, vierfarbig, 1981

– *Nudeln mit Tomatensauce.* Eine Kleine-Menschen-Geschichte. Minibuch. 32 S., geheftet, vierfarbig, 1981

– *Sichelmond und Sterne.* Eine Mutmacher-Geschichte. Minibuch. 32 S., geheftet, vierfarbig, 1981

– *Wie Hans groß und stark wurde.* Eine Starkmache-Geschichte. Minibuch. 32 S., geheftet, vierfarbig, 1981

Morgen beginnt heute. Jugendliche schreiben über die Zukunft. Hrsg. von Uta Biedermann, Harry Böseke und Martin Burkert. 152 S., Reihe Broschur, 1981 (80011)

MOSER, Erwin: *Großvaters Geschichten oder Das Bett mit den fliegenden Bäumen.* Das sind die Geschichten, die der Großvater erzählt hat, wie der Herbert krank gewesen ist. Mit Federzeichnungen von Erwin Moser. 244 S., Pappband mit Lesebändchen, 1981 (80574)

– *Das Haus auf dem fliegenden Felsen.* 40 Bilder – 40 Geschichten, zum Betrachten und Weitererzählen. 88 S., Pappband, 1981 (80255)

Neues vom Rumpelstilzchen und andere Hausmärchen von 43 Autoren. Gesammelt von Hans-Joachim Gelberg. (Neuausgabe des 1976 erschienenen Werks.) Mit Bildern von Willi Glasauer. Reihe ›Gelberg Extra‹. 216 S., broschiert, 1981 (80315)

NÖSTLINGER, Christine: *Zwei Wochen im Mai.* Mein Vater, der Rudi, der Hansi und ich. Roman. Mit einem Anhang: Zeitungsausschnitte aus dem Jahre 1948. 208 S., Pappband mit Schutzumschlag, 1981 (80581)

NÖSTLINGER, Christine/MAURER, Werner: *Der schwarze Mann und der große Hund.* (Veränderte Neuausgabe des 1974 als ›BilderBuch Nummer 2‹ erschienenen Werks.) 48 S., Pappband, vierfarbig, 1981 (80257)

PINCKERNELLE, Anneke: *Familiengeschichten.* Zehn Bildergeschichten mit wahrem Hintergrund. (Veränderte, vierfarbige Neuausgabe der 1974 erschienenen zweifarbigen Ausgabe.) 48 S., Pappband, vierfarbig, 1981 (80256)

PRESSLER, Mirjam: *Kratzer im Lack.* Roman. 136 S., Reihe Broschur, 1981 (80633)

– *Nun red doch endlich.* Kinderroman. 156 S., Pappband, 1981 (80582)

SCHUBIGER, Jürg: *Dieser Hund heißt Himmel.* Tag- und Nachtgeschichten. (Neuausgabe des 1978 erschienenen Werks.) Mit Bildern von Klaus Steffens. Reihe ›Gelberg Extra‹. 76 S., broschiert, 1981 (80316)

STILLER, Günther/BRENDER, Irmela: *STREIT-Buch für Kinder.* Meine Meinung – deine Meinung. (Neuausgabe des 1973 erschienenen Werks.) 96 S., broschiert, 1981 (80578)

Waechter, F(ritz) K(arl): *Fühlmäuse.* Spiele und Bilder zum Mitmachen, ausgewählt aus Waechters gesammelten Spielbüchern. Reihe ›Gelberg Extra‹. 64 S., broschiert, teilweise vierfarbig, 1981 (80313)

– *Opa Hucke's Mitmach-Kabinett.* (Sonderausgabe des 1976 erschienenen Werks.) 132 S., broschiert, 1981 (80579)

Wer ist denn hier im Abseits? Jugendliche schreiben über Heim, Knast, Drogen, Behinderung... Hrsg. von Harry Böseke. 148 S., Reihe Broschur, 1981 (80012)

Wie man Berge versetzt. Sechstes Jahrbuch der Kinderliteratur. Erzählungen, Märchen, Menschengeschichten, Gedichte, Fabeln, Rätsel, Fotos, Bildergeschichten, Zeichnungen und vieles mehr von über 100 Autoren und Künstlern. Hrsg. von Hans-Joachim Gelberg. 360 S., Leinen, 1981 (80580)

Zitelmann, Arnulf: *Nach dem großen Glitch.* Roman. Mit einem Nachwort des Autors. 208 S., Pappband mit Lesebändchen, 1981 (80583)

1982

Das achte Weltwunder. Sonderausgabe des 1979 erschienenen Fünften Jahrbuchs der Kinderliteratur. 336 S., Pappband, 1982 (80598)

Andersen, Hans Christian: *Mutter Holunder.* 21 Märchen aus dem Teekessel. Vierfarbige Bilder von Sabine Friedrichson. Ausgewählt und mit einem Vorwort »Bevor Mutter Holunder über der Teetasse schwebt« von Bernd Jentzsch. Mit einem Nachwort »Andersens Märchen« von Egon Monk sowie einem Aufsatz »Der unbekannte Andersen« von Hans-Joachim Gelberg. 218 S., Leinen mit Lesebänden, 1982 (80100)

Der Bunte Hund. Das Magazin der Kinderliteratur. Hrsg. von Hans-Joachim Gelberg. Jeweils 64 S., kartoniert, vierfarbig, 1982
– *Nr. 2* (80401)
– *Nr. 3* (80402)

Chidolue, Dagmar: *Ruth hat lange auf den Herbst gewartet.* Erzählung. Reihe ›B & G Literatur‹. 156 S., broschiert, 1982 (80800)

Gabel, Wolfgang: *»Danke, gut!«* Vom Gewöhnlichen der Alltage der Familie Henkelmann (1). Roman. 176 S., Reihe Broschur, 1982 (80637)

Gebert, Helga: *Meermädchen und Wassermänner.* Märchen. Gesammelt, aus dem Englischen übertragen und mit entsprechenden Bildern versehen von Helga Gebert. Im Anhang: Nixen-Lexikon. Reihe ›Gelberg Extra‹. 184 S., broschiert, 1982 (80318)

– *Phantastische Märchen.* Kassette mit den drei Bänden ›Zwerge‹ (1980), ›Riesen & Drachen‹ (1981) und ›Meermädchen und Wassermänner‹ (1982). Insgesamt 584 S., broschiert, in Schuber, 1982 (80320)

Gerke, Heinz-Jürgen: *Andalusisches Dorf.* Fotoessay: Leben in Comares. Reihe ›B & G Literatur‹. 132 S., broschiert, 1982 (80766)

– *Zirkustage 1983.* 12 Kalenderblätter mit Künstlern des Zirkus Roncalli. Format 33 × 45 cm, 1982 (80594)

Goethe ist gut. Ein Goethe-Lesebuch für Kinder. Ausgestattet und bebildert mit Schattenrissen, Scherenschnitten, Stichen und anderen zeitgenössischen Bildern. Mit Erklärungen versehen und herausgegeben von Dagmar Matten-Gohdes. Mit Zeichnungen von Marie Marcks. Im Anhang: Wie wertvoll ist eine Goethe-Locke? Reihe ›Gelberg Extra‹. 200 S., broschiert, 1982 (80319)

Grasso, Mario: *Mario Grasso's Drehbilderbuch.* 64 S., Pappband, vierfarbig, 1982 (80261)

Guggenmos, Josef / Karl, Günter: *Es gingen drei Kinder durch den Wald.* Farbige Bilder von Günter Karl. 32 S., Pappband, vierfarbig, 1982 (80262)

Härtling, Peter: *Oma.* (Großdruckausgabe des 1975 erschienenen Romans für Kinder.) Reihe ›B & G Literatur‹. 188 S., Pappband, 1982 (80768)

Heidelbach, Nikolaus: *Das Elefanten-Treffen oder 5 dicke Angeber.* 28 S., Format 30 × 40 cm, Pappband, vierfarbig, 1982 (80258)

Im Kreislauf der Windeln. Frauenprosa aus der DDR. Hrsg. und mit einem Nachwort von Horst Heidtmann. Reihe ›B & G Literatur‹. 280 S., broschiert, 1982 (80804)

Janosch: *Cholonek oder Der liebe Gott aus Lehm.* Roman. Reihe ›B & G Literatur‹. 244 S., broschiert, 1982 (80767)

– *Circus Hase.* Zirkustafeln mit Versen von Janosch selbst. 24 S., Pappband, vierfarbig, 1982 (80263)

– *Der Esel und die Eule* oder auch: Wie die Liebe uns glücklich macht. Wahrhaftig dargestellt in Wort und Bild von Janosch. Minibuch. 32 S., geheftet, 1982

– *Flaschenpost-Grüße.* Postkartenbuch. 16 verschiedene Motive, zum Sammeln und Schicken aus der Ferne, vierfarbig, 1982 (80900)

– *Das Haus, der Klaus.* Der Vater, die Mutter, der Moritz, der Josef, der Klaus... Minibuch. 32 S., geheftet, 1982

– *Janosch's Flaschenpost- und Briefkalender 1983.* 12 vierfarbige Monatsblätter mit farbigem Kalendarium. Mit Texten auf den Kalender-Rückseiten und farbigem Deckblatt. Format 33 × 41 cm, 1982 (80592)

– *Der kleine Affe.* Ein Studier- und Verwirrbüchlein zum Erlernen und Vergessen von allem Unfug und Mumpiez, was kleine Affen betrifft. Gemalt und erdichtet von Janosch. Minibuch. 32 S., geheftet, vierfarbig, 1982

– *A Letter for Tiger.* (Englischsprachige Ausgabe von ›Post für den Tiger‹, 1980.) Übersetzung von Anthea Bell. 48 S., broschiert, vierfarbig, 1982 (80106)

– *Liebe Grille spiel mir was.* Vier Geschichten: ›Die Grille und der Maulwurf‹, ›Die Gänseoper‹, ›Der Löwe Hans‹ und ›Robinson Hase‹. 72 S., Pappband, vierfarbig, 1982 (80260)

– *Tigerschweinchen kleiner König.* Minibuch. 32 S., geheftet, vierfarbig, 1982

– *The Treasure-hunting Trip.* (Englischsprachige Ausgabe von ›Komm, wir finden einen Schatz‹, 1979.) Übersetzung von Anthea Bell. 48 S., broschiert, vierfarbig, 1982 (80105)

– *The Trip to Panama.* (Englischsprachige Ausgabe von ›Oh, wie schön ist Panama‹, 1978.) Übersetzung von Anthea Bell. 48 S., broschiert, vierfarbig, 1982 (80104)

Kordon, Klaus: *Einer wie Frank.* Roman. 192 S., Pappband, 1982 (80101)

– *Ein Trümmersommer.* Kinderroman. Mit einem Nachwort des Autors. 192 S., Pappband, 1982 (80589)

Moser, Erwin: *Die Geschichte von Philip Schnauze.* 44 S., Pappband, vierfarbig, 1982 (80259)

– *Ein Käfer wie ich.* Erinnerungen eines Mehlkäfers aus dem Burgenland. Mit Zeichnungen und vierfarbigem Vorsatz von Erwin Moser. 212 S., Pappband mit Lesebändchen, 1982 (80593)

– *Der Mond hinter den Scheunen.* Eine lange Fabel von Katzen, Mäusen und Ratzen. Mit Kapitelzeichnungen und vierfarbigem Vorsatz von Erwin Moser. 272 S., Pappband, 1982 (80102)

Ossowski, Leonie: *Wilhelm Meisters Abschied.* Roman. 244 S., Reihe Broschur, 1982 (80639)

Pressler, Mirjam: *Novemberkatzen.* Kinderroman. 204 S., Pappband, 1982 (80588)

– *Zeit am Stiel.* Roman. 168 S., Reihe Broschur, 1982 (80640)

Raddatz, Hilke: *Der Erpresser von Bockenheim.* Eine Bildergeschichte in fünfzehn Kapiteln. 80 S., Pappband, vierfarbig, 1982 (80264)

Richter, Jutta: *Himmel, Hölle, Fegefeuer.* Versuch einer Befreiung. 132 S., Reihe Broschur, 1982 (80635)

Ruge, Simon & Desi: *Katze mit Hut.* Roman für Kinder in zehn Geschichten. (Neuausgabe des 1980 in der Reihe ›Gelberg Extra‹ erschienenen Werks.) Mit Bildern von Helga Gebert. 208 S., Pappband, 1982 (80595)

Steenfatt, Margret: *Liebe in jeder Beziehung.* Roman. 200 S., Reihe Broschur, 1982 (80636)

Stiller, Günther/Kilian, Susanne: *NEIN-Buch für Kinder: ›Hinterher ist man schlauer‹.* (Neuausgabe des 1972 erschienenen Werks.) 96 S., broschiert, 1982 (80591)

Unterm Strich. Gespräche mit Männern. Hrsg. von Ulrich Kind. Reihe ›B & G Literatur‹. 132 S., broschiert, 1982 (80802)

Wickert, Utta: *Die eigene Haut.* Reihe ›B & G Literatur‹. 208 S., broschiert, 1982 (80801)

Ziegler, Reinhold: *Von einem Traum zum andern.* Erzählung. Reihe ›B & G Literatur‹. 156 S., broschiert, 1982 (80803)

Zitelmann, Arnulf: *Der Turmbau zu Kullab.* Abenteuer-Roman. Mit einem Nachwort des Autors. Mit Bildern von Arno Görlach. 240 S., Pappband mit Lesebändchen, 1982 (80103)

1983

Die Berge hinter den Bergen. Geschichten aus Lateinamerika. Hrsg. von Peter Schultze-Kraft. Mit Zeichnungen von Dieter Masuhr. 128 S., broschiert, 1983 (80122)

Der Bunte Hund. Ab Nr. 5: Bildermagazin für Kinder in den besten Jahren. Hrsg. von Hans-Joachim Gelberg.
Jeweils 64 S., geheftet, vierfarbig, 1983
– *Nr. 4* (80403),
– *Nr. 5* (80404)
– *Nr. 6* (80405)

Chidolue, Dagmar: *Ein Jahr und immer.* Roman. 136 S., Reihe Broschur, 1983 (80641)

»Da wollten wir frei sein«. Eine Sinti-Familie erzählt. Hrsg. von Michail Krausnick. Mit Fotos aus dem Familienalbum, aus dem Bundesarchiv Koblenz und von Klaus Fark. 172 S., Reihe Broschur, 1983 (80642)

Dragt, Tonke: *Die Türme des Februar.* Phantastischer Roman. Aus dem Niederländischen von Liesel Linn. Mit einem Nachwort der Autorin. 224 S., Pappband mit Lesebändchen, 1983 (80111)

Friedrichson, Sabine: *Märchenbilder 1984.* Kalender mit 12 farbigen Bildtafeln, dazu ein Titelblatt und Kalendarium. Format: 33 × 43 cm, 1983 (80122)

Gebert, Helga: *Wer kennt die Namen?* Phantastische Rätsel für jung und alt, Suchbilder, Fehlerbilder, Sprichwörter zum Raten und jede Menge Scherzfragen von Helga Gebert. 32 S., geheftet, vierfarbig, 1983 (80266)

Grasso, Mario: *Der schlaue Bär.* Hintergründige Bilder & Geschichten für jung und alt. 32 S., Pappband, vierfarbig, 1983 (80271)

– *Überraschungen.* Reihe ›Beltz & Gelberg Überraschungen‹. 48 S., Pappband, vierfarbig, 1983 (80769)

Härtling, Peter: *Jakob hinter der blauen Tür.* Roman für Kinder. Mit Bildern von Sabine Friedrichson. 104 S., Pappband, 1983 (80121)

– *Peter Härtling erzählt.* Romane & Geschichten für Kinder. Kassette mit sechs Kinderbüchern zum 50. Geburtstag des Autors:

Das war der Hirbel. (1973) Mit Bildern von Christa aus dem Siepen und einem Nachwort des Autors. 64 S., broschiert, 1983 (80114)

Oma. (1975) Mit Bildern von Ingrid Mizsenko. 84 S., broschiert, 1983 (80115)

Theo haut ab. (1977) Mit Bildern von Waltraut und Friedel Schmidt. 120 S., broschiert, 1983 (80116)

Sofie macht Geschichten. (1980) Mit Bildern von Edith Schindler. 64 S., broschiert, 1983 (80117)

Ben liebt Anna. (1979) Mit Bildern von Sophie Brandes. 80 S., broschiert, 1983 (80118)

Alter John. (1981) Mit Bildern von Renate Habinger. 108 S., broschiert, 1983 (80119)

Heidelbach, Nikolaus: *Prinz Alfred.* Reihe ›Beltz & Gelberg Überraschungen‹. 48 S., Pappband, vierfarbig, 1983 (80771)

Hetmann, Frederik: *Bettina und Achim.* Die Geschichte einer Liebe. 200 S., Reihe Broschur, 1983 (80644)

Janosch: *Hasenkinder sind nicht dumm.* Die Geschichte vom Hasenkind Jochen Gummibär und seinen Geschwistern Bobbo, Bubbi, Babba und Bibbelchen. 28 S., geheftet, vierfarbig, 1983 (80268)

– *Das kleine Schiff.* Eine schöne Geschichte in Bildern aus Paris. 32 S., geheftet, vierfarbig, 1983 (80267)

– *Löwenzahn und Seidenpfote.* Eine schöne vierfarbige Geschichte von zwei Mäusen, die sich lieben und zwei Kinder bekommen, nämlich Löwenzahn und Seidenpfote. 32 S., geheftet, vierfarbig, 1983 (80273)

- *Posterkalender 1984*. 12 große Poster, dazu ein Titelblatt und Kalendarium. Großformat 33 × 54 cm, 1983 (80599)
- *Rasputin der Vaterbär*. 26 wahre Geschichten. 32 S., Pappband, vierfarbig, 1983 (80270)
- *Rasputins ewiger Wochenkalender*. 104 S., broschiert, vierfarbig, 1983 (80805)

KORDON, Klaus: *Die Reise zur Wunderinsel*. Eine fast wahre Geschichte. Mit Bildern von Jutta Bauer. 184 S., Pappband, 1983 (80107)

KORINETZ, Juri: *Das ganze Leben und ein Tag*. Roman. (Neuausgabe des 1980 in der Reihe ›B & G Literatur‹ erschienenen Werks.) 280 S., Reihe Broschur, 1983 (80765)

MOSER, Erwin: *Mein Baumhaus*. Bilder & Geschichten. Mit einem Nachwort ›Warum es mir gut geht‹ von Erwin Moser. 80 S., Pappband mit Lesebändchen, vierfarbig, 1983 (80272)

- *Der Roboter Max*. 14 Bilder & 14 Geschichten zum Betrachten & Weitererzählen. 32 S., geheftet, vierfarbig, 1983 (80274)

NÖSTLINGER, Christine: *Hugo, das Kind in den besten Jahren*. Roman nach phantastischen Bildern von Jörg Wollmann. Mit einem Nachwort ›Ein ungewöhnliches Buch – wie es entstanden ist‹. 224 S., Leinen, 1983 (80120)

- *Jokel, Jula und Jericho*. Erzählung. Mit Bildern von Edith Schindler. 124 S., Pappband, 1983 (80108)

OSSOWSKI, Leonie: *Littel faßt einen Entschluß*. Erzählungen. 104 S., Reihe Broschur, 1983 (80634)

RUGE, Simon & Desi: *Das kühne Mädchen*. Geschichten aus dem Hemdsärmel. Mit Bildern von Jörg Wollmann. 112 S., Pappband, 1983 (80109)

SILJ, Alessandro: *Die wahre Geschichte des Gian Burlasca*. Entdeckt und veröffentlicht von Alessandro Silj. Aus dem Italienischen von Christel Galliani. 264 S., Reihe Broschur, 1983 (80645)

SPOHN, Jürgen: *Bleib noch ein Weilchen*. Bilder und Texte zum Ausschneiden für Kinder, die sich ihre Wand-Zeitung selber machen. 60 S., geheftet, teilweise vierfarbig, 1983 (80269)

Eine Stadt geht über Land. Bildergeschichten & Comics für Kinder. (Sonderausgabe des 1980 erschienenen Werks.) Hrsg. von Hans-Joachim Gelberg. 144 S., broschiert, 1983 (80113)

STEENFATT, Margret: *Ich, Paula*. Die Lebensgeschichte der Paula Modersohn-Becker. Reihe Biographie. 140 S., broschiert, 1983 (80646)

WOLLMANN, Jörg: *Von Hasen, Hennen, Himmelsfahrten, Hunden und Hohlsaumnäherinnen*. Hugos phantastische Reisebelege. 8 Bildtafeln, einfarbig, in einer Mappe, 1983 (80275)

ZITELMANN, Arnulf: *»Widerrufen kann ich nicht«*. Die Lebensgeschichte des Martin Luther. Reihe Biographie. 144 S., broschiert, 1983 (80643)

1984

Augenaufmachen. Siebtes Jahrbuch der Kinderliteratur. Erzählungen, Gedichte, Märchen, Rätsel, Zukunftsgeschichten, Wörterzoo, Friedenstexte, Bilder und vieles mehr von weit über 100 Text- und Bildautoren. Hrsg. von Hans-Joachim Gelberg, 304 S., Leinen, teilweise vierfarbig, 1984 (80132)

Der Bunte Hund. Bildermagazin für Kinder in den besten Jahren. Hrsg. von Hans-Joachim Gelberg. Jeweils 64 S., geheftet, vierfarbig, 1984
- *Nr. 7* (80406)
- *Nr. 8* (80407)
- *Nr. 9* (80408)

CHIDOLUE, Dagmar: *Lieber, lieber Toni*. Erzählung. Mit Bildern von Edith Lang. 92 S., Pappband, 1984 (80125)

DRAGT, Tonke: *Das Geheimnis des siebten Weges*. Roman. Aus dem Niederländischen von Liesel Linn. Mit Bildern von Tonke Dragt. 308 S., Pappband mit Lesebändchen, 1984 (80128)

GRASSO, Mario: *Geburtstagsfeier*. 24 S., geheftet, vierfarbig, 1984 (80285)

- *Mario Grasso's Drehbilderbuch* (Sonderausgabe des 1982 erschienenen Werks.) 32 S., geheftet, vierfarbig, 1984 (80286)

GUGGENMOS, Josef: *Sonne, Mond und Luftballon*. Gedichte für Kinder. Mit teils farbigen

Bildern und farbigem Vorsatz von Mario Grasso. Mit einem Nachwort von Hans-Joachim Gelberg. 96 S., Pappband, teilweise vierfarbig, 1984 (80123)

HÄRTLING, Peter / RUPRECHT, Frank: *Und das ist die ganze Familie.* Tagesläufe mit Kindern. Bilder von Frank Ruprecht. 32 S., Pappband, vierfarbig, 1984 (80277)

HEIDELBACH, Nikolaus: *Eine Nacht mit Wilhelm.* 32 S., Pappband, vierfarbig (80288)

HEIN, Christoph: *Das Wildpferd unterm Kachelofen.* Ein schönes dickes Buch von Jakob Borg und seinen Freunden. Mit Bildern und farbigem Vorsatz von Rotraut S. Berner. 252 S., Pappband, zweifarbig, 1984 (80126)

HETMANN, Frederik: *Preis der Freiheit.* Bericht einer Reise nach Kuba. Mit Fotos von Günther Stiller. 136 S., Reihe Broschur, 1984 (80650)

HOLTZ-BAUMERT, Gerhard / ENSIKAT, Klaus: *Daidalos & Ikaros.* Mit farbigen Illustrationen und Vorsätzen von Klaus Ensikat. 64 S., Leinen, 1984 (80129)

JANOSCH: *Das große Panama-Album.* Der kleine Bär & der kleine Tiger und ihre Abenteuer. 140 S., Leinen, vierfarbig, 1984 (80279)

– *Kleine Tierkunde für Kinder.* 32 S., geheftet, vierfarbig, 1984 (80287)

– *Ein kleiner Riese.* Eine endlose Geschichte. Minibuch. 32 S., geheftet, vierfarbig, 1984

– *Die Tigerente und der Frosch.* Minibuch. 32 S., geheftet, vierfarbig, 1984

Kinderkriegen. Ein Nachdenkbuch. Hrsg. von Charlotte Kerner. 192 S., Reihe Broschur, 1984 (80654)

KORDON, Klaus: *Die roten Matrosen oder Ein vergessener Winter.* Mit einem Nachwort des Autors. Mit historischen Fotos im Vor- und Nachsatz. 500 S., Pappband, 1984 (80133)

KORINETZ, Juri: *Wolodjas Brüder.* Aus dem Russischen von Hans Baumann. Mit Bildern von Sabine Friedrichson. (Illustrierte und in der Übersetzung verbesserte Neuausgabe des 1974 erschienenen Werks.) Mit dem Nachwort ›Ich über mich selbst‹ von Juri Korinetz. 184 S., Pappband, 1984 (80134)

KRAUSNICK, Michail: *Hungrig!* Die Lebensgeschichte des Jack London. Reihe Biographie. 96 S., broschiert, 1984 (80652)

LEESON, Robert: *Es ist mein Leben!* Roman. Aus dem Englischen von Lieselott Baustian. 132 S., Reihe Broschur, 1984 (80653)

MOSER, Erwin: *Der einsame Frosch.* Fabelhafte Geschichten. Mit Bildern von Erwin Moser. 84 S., Pappband, 1984 (80124)

– *Erwin Moser's Kalendergeschichten 1985.* Zwölf farbige Monatstafeln mit Kalendarium und farbigem Titelblatt. Zu jedem Monat eine Geschichte auf der Rückseite. Format 33 × 54 cm, 1984 (80130)

– *Die fliegende Schnecke* und vierzehn weitere seltsame Geschichten & Bilder. 32 S., geheftet, vierfarbig (80276)

– *Das verzauberte Bilderbuch.* 48 S., Pappband, vierfarbig (80278)

NÖSTLINGER, Christine: *Wir pfeifen auf den Gurkenkönig.* Ein Kinderroman. (Neuausgabe des 1972 erschienenen Werks.) 144 S., Pappband, zweifarbig, 1984 (80214)

PELZ, Monika: *Diebe der Zeit.* Phantastischer Roman. 452 S., Reihe Broschur, 1984 (80651)

PRESSLER, Mirjam: *Katharina und so weiter.* Erzählung. Mit Bildern von Edith Lang. 148 S., Pappband, 1984 (80135)

PROCHÁZKOVÁ, Iva: *Der Sommer hat Eselsohren.* Erzählung. Aus dem Tschechischen von Teresa Sedmidubská. Mit Bildern von Svend Otto S. 220 S., Pappband, 1984 (80127)

RADDATZ, Hilke: *Die Punker von Bockenheim* und sieben Träume mit Manfred. 80 S., Pappband, vierfarbig, 1984 (80292)

RÖCKENER, Andreas: *Die Insel Marcu.* Professor Krähenblick's seltsame Entdeckungen von ihm selbst aufgezeichnet. 32 S., Pappband, vierfarbig, 1984 (80290)

ROSS, Tony:

– *Towser und Sadies Geburtstag.* (80281)

– *Towser und das Schreckensding.* (80282)

– *Towser und die Wasserratten.* (80283)
Jeweils aus dem Englischen von Christine Nöstlinger. Je 32 S., Pappband, vierfarbig, 1984

RUGE, Simon & Desi: *Neues von der Katze mit Hut.* Roman für Kinder in fünf Geschichten. Mit Zeichnungen und farbigem Vorsatz von Helga Gebert. 140 S., Pappband, 1984 (80136)

SPOHN, Jürgen: *darum.* Ganzkurzgeschichten, Verse & farbige Wünschelbilder. 80 S., Pappband, vierfarbig, 1984 (80291)

TAYLOR, Mildred D.: *Donnergrollen, hör mein Schrei'n.* Roman. Aus dem Amerikanischen von Heike Brandt. Mit einem Nachwort der Autorin. 236 S., Pappband, 1984 (80137)

WELSKOPF-HENRICH, Liselotte: *Nacht über der Prärie.* Roman. 500 S., Reihe Broschur, 1984 (80647)

Willkommen im Affenhaus. Schlußreden, Alpträume und Zukunftsgeschichten. Hrsg. und mit einem Nachwort von Horst Heidtmann. Mit Bildern von Michael Laumanns und Andreas Wittmer. 252 S., Reihe Broschur, 1984 (80649)

ZITELMANN, Arnulf: *Jenseits von Aran.* Abenteuer-Roman. Mit einem Nachwort des Autors. 200 S., Pappband mit Lesebändchen, 1984 (80131)

1985

Alte Märchen der Brüder Grimm. Gut fünfzig Märchen. Ausgewählt und farbig bemalt von Helga Gebert. Nachwort von Hans-Joachim Gelberg. 268 S., Pappband mit Lesebändchen, vierfarbig, 1985 (80140)

ANDERSEN, Hans Christian: *Märchen.* Bilder und Auswahl von Sabine Friedrichson. Aus dem Dänischen von Albrecht Leonhardt. Zwei Bände in Kassette. Je 248 S., Pappband mit Fadenheftung und Lesebändchen, vierfarbig, 1985 (80145)

BEHNCKE, Waldrun: *Gottfried, das fliegende Schwein.* Erzählung. Mit farbigen Bildern von Jutta Bauer. 112 S., Pappband, 1985 (80142)

Der Bunte Hund. Bildermagazin für Kinder in den besten Jahren. Hrsg. von Hans-Joachim Gelberg. Jeweils 64 S., geheftet, vierfarbig, 1985
– *Nr. 10* (80409)
– *Nr. 11* (80410)
– *Nr. 12* (80411)

CHIDOLUE, Dagmar: *Lady Punk.* Roman. 176 S., Reihe Broschur, 1985 (80658)

ESCHWEILER, Christoph: *Max Schibronski ist überall!* Eine Reihe abenteuerlicher Geschichten aus dem Alltag des Max Schibronski. 32 S., Pappband, vierfarbig, 1985 (80294)

EYKMAN, Karel: *Liebeskummer.* Aus dem Niederländischen von Mirjam Pressler. Bilder von Sylvia Weve. 60 S., Reihe Broschur, 1985 (80662)

Der fliegende Robert. Sonderausgabe des 1977 erschienenen Vierten Jahrbuchs der Kinderliteratur. 336 S., Leinen mit Schutzumschlag, 1985 (80530)

GRASSO, Mario: *Knickbilder aus der Wundertüte.* Mappe mit 8 vierfarbigen Bilderbogen zum Falten und 15 einfarbigen Bilderbogen zum Ausmalen und Falten. Format 18,5 × 24 cm, 1985 (80296)
– *Mimmi und Tommi.* 21 Sprach- und Würfelspiele für zwei und mehrere Personen. 48 S., Pappband, 1985 (80298)

GÜNDISCH, Karin: *Geschichten über Astrid.* Erzählung. Bilder von Angelika Schuberg. Mit zwei Vor-Geschichten von Peter Härtling, 116 S., Pappband, 1985 (80149)

HÜTTNER, Hannes/HERFURTH, Egbert: *Das große Benimm-Buch.* 112 S., Pappband, vierfarbig, 1985 (80148)

JUNGE, Norman/SECK-AGTHE, Monika: *Lehn dich an und träume.* Geschichten für aufgeweckte Kinder. 48 S., Pappband, vierfarbig, 1985 (80295)

MANZ, Hans: *Worte kann man drehen.* Sprach-Buch für Kinder. Zeit-Wörter und anderes. Umweltbilder von Günther Stiller. Nachwort von Hans Manz. (Neuausgabe des 1974 erschienenen Werks.) 144 S., broschiert, zweifarbig, 1985 (80151)

MOSER, Erwin: *Geschichten aus der Flasche im Meer.* Illustrationen und vierfarbiger Vorsatz von Erwin Moser. 112 S., Pappband, vierfarbig, 1985 (80289)
– *Kalendergeschichten 1986.* Zwölf farbige Monatsposter mit Kalendarium und farbigem Titelblatt. Zu jedem Monat eine Geschichte auf der Rückseite. Format 33 × 54 cm, 1985 (80147)

– *Das Katzen-ABC.* Für jeden Buchstaben eine Katze. Minibuch. 32 S., geheftet, vierfarbig, 1985

– *Das kleine Mäusealbum.* Ein Bilderbuch für kleine Leute mit spitzen Nasen (und großen Ohren)! Minibuch. 32 S., geheftet, vierfarbig, 1985

– *Winzig, der Elefant.* 32 S., Pappband, vierfarbig, 1985 (80330)

Nöstlinger, Christine: *Andreas oder Die unteren sieben Achtel des Eisbergs.* Roman. (Im Titel und im Einband veränderte Neuausgabe des 1978 erschienenen Werks.) 208 S., Reihe Broschur, 1985 (80659)

– *Die Kinder aus dem Kinderkeller.* Aufgeschrieben von Pia Maria Tiralla, Kindermädchen in Wien. (Neuausgabe des 1971 erschienenen Werks.) Bilder von Heidi Rempen. 88 S., Pappband, 1985 (80146)

– *Der Spatz in der Hand und die Taube auf dem Dach.* Erzählung. Bilder von Edith Schindler. (Neuausgabe des 1974 erschienenen Werks.) 116 S., Pappband, 1985 (80152)

Pelz, Monika: *»Nicht mich will ich retten!«* Die Lebensgeschichte des Janusz Korczak. Reihe Biographie. 116 S., broschiert, 1985 (80666)

Pludra, Benno: *Das Herz des Piraten.* Roman. Bilder von Jutta Bauer. 172 S., Pappband, 1985 (80153)

Welskopf-Henrich, Liselotte: *Das helle Gesicht.* Roman. 360 S., Reihe Broschur, 1985 (80660)

– *Licht über weißen Felsen.* Roman. 468 S., Reihe Broschur, 1985 (80655)

– *Der siebenstufige Berg.* Roman. 388 S., Reihe Broschur, 1985 (80661)

– *Stein mit Hörnern.* Roman. 532 S., Reihe Broschur, 1985 (80656)

Woodruff, William: *Reise zum Paradies.* Roman. Aus dem Englischen von Wolf Harranth. Bilder von Sabine Wilharm. 224 S., Pappband, 1985 (80139)

Ziegler, Reinhold: *»Es gibt hier nur zwei Richtungen, Mister«.* Roman. 276 S., Reihe Broschur, 1985 (80663)

Zitelmann, Arnulf: *»Keiner dreht mich um«.* Die Lebensgeschichte des Martin Luther King. Reihe Biographie. 168 S., broschiert, 1985 (80657)

1986

Auer, Martin: *Was niemand wissen kann.* Seltsame Verse. Sonderbare Geschichten. Mit Bildern von Hansi Linthaler. Neue Kinderbibliothek. 140 S., Pappband, zweifarbig, 1986 (80158)

Brandes, Sophie: *Hauptsache, jemand hat dich lieb.* Kinderroman. Mit Bildern von Sophie Brandes. (Taschenbuchausgabe des 1976 erschienen Werks.) Gullivers Buch 12. ca. 160 S., broschiert, 1986 (78012)

Der Bunte Hund. Bildermagazin für Kinder in den besten Jahren. Hrsg. von Hans-Joachim Gelberg. Jeweils 64 S., geheftet, vierfarbig, 1986
– *Nr. 13* (80412)
– *Nr. 14* (80413)
– *Nr. 15* (80414)

Chidolue, Dagmar: *So ist das nämlich mit Vicky.* Mit Bildern von Rotraut Susanne Berner. 192 S., Pappband, 1986 (80157)

Gebert, Helga: *Der Drache des Nordens.* Ein Märchen aus dem Englischen übertragen. Mit farbigen Bildern von Helga Gebert. Kleines Hand Buch 2. 32 S., geheftet, vierfarbig, 1986 (79002)

– *Das große Rätselbuch.* Mit vielen Suchbildern. (Taschenbuchausgabe des 1979 erschienenen Werks.) Gullivers Buch 10. 120 S., broschiert, 1986 (78010)

Guggenmos, Josef: *Denk dir ein lila Haus.* Liebesgedichte für Kinder. Mit farbigen Bildern von Wolfgang Rudelius. Kleines Hand Buch 1. 32 S., geheftet, vierfarbig, 1986 (79001)

– *Ein Haus ohne Türen.* Rätselgedichte mit Rätselbildern. Mit Bildern von Helga Gebert, Ingrid Gullatz, Bernd Hennig, Paul Maar, Milan Marsalek und Andreas Röckener. Kleines Hand Buch 6. 32 S., geheftet, vierfarbig, 1986 (79006)

Hadley Irwin: *Liebste Abby!* Erzählung. Aus dem Amerikanischen von Fred Schmitz. 148 S., Reihe Broschur, 1986 (80667)

Härtling, Peter: *Ben liebt Anna.* Kinderroman. Mit Bildern von Sophie Brandes. (Taschenbuchausgabe des 1979 erschienenen Werks.) Gullivers Buch 1. 80 S., broschiert, zweifarbig, 1986 (78001)

– *Krücke.* Roman für Kinder. Mit Bildern von Sophie Brandes. 160 S., Pappband, 1986 (80162)

– *Sofie hat einen Vogel.* Mit farbigen Bildern von Jutta Bauer. Kleines Hand Buch 3. 32 S., geheftet, vierfarbig, 1986 (79003)

– *Theo haut ab.* Kinderroman. Mit Bildern von Waltraut und Friedel Schmidt. (Taschenbuchausgabe des 1979 erschienenen Werks.) Gullivers Buch 14. 128 S., broschiert, 1986 (78014)

HAUFF, Wilhelm: *Märchen.* Ausgewählt und farbig bemalt von Helga Gebert. Nachwort von Hans-Joachim Gelberg. 256 S., Pappband mit Lesebändchen, vierfarbig, 1986 (80163)

HAUTZIG, Esther: *Die endlose Steppe.* Roman. Aus dem Englischen von Ulrike A. Pollay. 244 S., Pappband, 1986 (80160)

HEIDELBACH, Nikolaus: *Der Ball oder Ein Nachmittag mit Berti.* 64 S., Pappband, vierfarbig, 1986 (80332)

HEIN, Christoph: *Das Wildpferd unterm Kachelofen.* Ein schönes dickes Buch von Jakob Borg und seinen Freunden. Mit Bildern von Rotraut Susanne Berner. Jubiläumsbibliothek. (Neuausgabe des 1984 erschienenen Werks.) 252 S., Pappband, zweifarbig, 1986 (80054)

HETMANN, Frederik: *Bettina und Achim.* Die Geschichte einer Liebe. (Gebundene Neuausgabe des 1983 erschienenen Werks.) 200 S., Pappband, 1986 (80813)

– *Schlafe, meine Rose.* Die Lebensgeschichte der Elisabeth Langgässer. Mit Fotos von David Förtsch. Reihe Biographie. 112 S., broschiert, 1986 (80668)

– *Weißes Pferd, schwarzer Berg.* Kindergeschichten aus Irland. Mit Bildern von Sabine Friedrichson. (Taschenbuchausgabe des 1971 erschienenen Werks.) Gullivers Buch 3. 64 S., broschiert, zweifarbig, 1986 (78003)

Immer gültiger Kalender. Mit Bildern von Sophie Brandes. Kleines Hand Buch 9. 32 S., geheftet, vierfarbig, 1986 (79009)

JANOSCH: *Janosch erzählt Grimm's Märchen.* Fünfzig ausgewählte Märchen, neu erzählt für Kinder von heute. Mit Zeichnungen von Janosch. Jubiläumsbibliothek. (Neuausgabe des 1972 erschienenen Werks.) 300 S., Pappband, zweifarbig, 1986 (80055)

– *Oh, wie schön ist Panama.* Die Geschichte, wie der kleine Tiger und der kleine Bär nach Panama reisen. (Taschenbuchausgabe des 1978 erschienenen Werks.) Gullivers Buch 2. 48 S., broschiert, vierfarbig, 1986 (78002)

KERNER, Charlotte: *Lise, Atomphysikerin.* Die Lebensgeschichte der Lise Meitner. Reihe Biographie. 140 S., mit Fotos, broschiert, 1986 (80664)

KILIAN, Susanne: *Lenakind.* Eine Mädchengeschichte. (Taschenbuchausgabe des 1980 erschienenen Werks.) Gullivers Buch 7. 96 S., broschiert, 1986 (78007)

KLAGES, Simone: *Es war einmal ein kleines Mädchen.* Kleines Hand Buch 13. 32 S., geheftet, vierfarbig (79013)

KORDON, Klaus: *Frank guck in die Luft. (Brüder wie Freunde. Tage wie Jahre. Einer wie Frank.)* Mit Bildern von Wolfgang Rudelius. Jubiläumsbibliothek. 412 S., Pappband, 1986 (80053)

– *Mottha und Bawani.* Eine Geschichte aus Indien. Mit einem Nachwort des Autors. Kleines Hand Buch 4. 32 S., geheftet, 1986 (79004)

MANZ, Hans: *Die Kunst, zwischen den Zeilen zu lesen.* Neues Sprachbuch für Kinder. Texte, Spiele, Laute. Mit Zeichnungen von Moritz Baumgartl. (Taschenbuchausgabe des 1978 erschienenen Werks.) Gullivers Buch 5. 144 S., broschiert, 1986 (78005)

MILLER, Warren: *Kalte Welt.* Ein Bandenchef aus Harlem erzählt. Aus dem Amerikanischen von Harry Rowohlt. (Gebundene Neuausgabe des 1979 erschienenen Werks.) 188 S., Pappband, 1986 (80812)

MOSER, Erwin: *Ein aufregender Tag im Leben von Franz Feldmaus.* Kleines Hand Buch 5. 32 S., geheftet, vierfarbig, 1986 (79005)

– *Der Bärenschatz.* Die Abenteuer von Manuel, dem Mäuserich, und seinem Freund Didi. 32 S., Pappband, vierfarbig, 1986 (80299)

– *Die Geschichte von Philip Schnauze.* (Taschenbuchausgabe des 1982 erschienenen Werks.) Gullivers Buch 13. 44 S., broschiert, vierfarbig, 1986 (78013)

– *Großvaters Geschichten oder Das Bett mit den fliegenden Bäumen.* Das sind die Geschichten, die der Großvater erzählt hat, wie der Herbert krank gewesen ist. Mit Federzeichnungen von Erwin Moser. Jubiläumsbibliothek. (Neuausgabe des 1981 erschienenen Werks.) 244 S., Pappband, 1986 (80050)

– *Kalendergeschichten 1987.* Zwölf farbige Monatsposter mit farbigem Kalendarium und farbigem Titelblatt. Zu jedem Monat eine Geschichte auf der Rückseite. Format 33 × 54 cm, 1986 (80155)

– *Katzenkönig Mauzenberger.* Eine lange Geschichte. Mit Bildern von Erwin Moser. 228 S., Pappband, 1986 (80161)

– *Der Rabe im Schnee.* Gute-Nacht-Geschichten mit 22 Bildtafeln und 25 farbigen Vignetten. 48 S., Pappband, vierfarbig, 1986 (80334)

NÖSTLINGER, Christine: *Geschichten für Kinder in den besten Jahren.* 26 Erzählungen und eine »Botschaft an die Kinder der Welt«. Mit Bildern von Wolfgang Rudelius. Jubiläumsbibliothek. 220 S., Pappband, 1986 (80051)

– *Lollipop.* Erzählung. Mit Bildern von Angelika Kaufmann. (Taschenbuchausgabe des 1977 erschienenen Werks.) Gullivers Buch 8. 120 S., broschiert, 1986 (78008)

– *Oh, du Hölle.* Julias Tagebuch. Mit Zeichnungen von Christine Nöstlinger jun. 204 S., Pappband, 1986 (80165)

NÖSTLINGER, Christine/BERNER, Rotraut Susanne: *Der Bohnen-Jim.* 32 S., Pappband, vierfarbig, 1986 (80333)

Nußknacker. Über Kinderbücher und Autoren aus dem Programm Beltz & Gelberg. Ein Werkstattbuch. Hrsg. von Hans-Joachim Gelberg. Mit zahlreichen Abbildungen. Gullivers Buch 15. 180 S., broschiert, 1986 (78015)

OSSOWSKI, Leonie: *Die große Flatter.* Roman. (Gebundene Neuausgabe des 1977 erschienenen Werks.) 208 S., Pappband, 1986 (80811)

– *Stern ohne Himmel.* Roman. Mit einem Nachwort der Autorin. (Gebundene Neuausgabe des 1978 erschienenen Werks.) 176 S., Pappband, 1986 (80810)

PELZ, Monika: *Diebe der Zeit.* Phantastischer Roman. Jubiläumsbibliothek. (Gebundene Ausgabe des 1984 erschienenen Werks.) 452 S., Pappband, 1986 (80057)

– *Alarm.* Eine Geschichte aus der Zukunft. Mit Bildern von Wolfgang Rudelius. Gullivers Buch 9. 68 S., broschiert, 1986 (78009)

PRESSLER, Mirjam: *Bitterschokolade.* Roman. (Taschenbuchausgabe des 1980 erschienenen Werks.) Gullivers Buch 4. 124 S., broschiert, 1986 (78004)

– *Nickel Vogelpfeifer.* Nickels Geschichte. Mit Bildern von Detlef Kersten. 140 S., Pappband, 1986 (80164)

RÖCKENER, Andreas: *Die Duschblume am Amazonas* und andere unglaubliche Entdeckungen. 32 S., Pappband, 1986 (80331)

– *Erlogenes und erstunkenes ABC der Tiere* ... und ein Rätsel noch dazu. Kleines Hand Buch 7. 32 S., geheftet, vierfarbig, 1986 (79007)

– *Malstunde mit Möppel.* Farbige Bilder und ein Rätsel. Kleines Hand Buch 14. 32 S., geheftet, vierfarbig, 1986 (79014)

– *Streng geheim.* Das Buch der Geheimnisse. Kleines Hand Buch 11. 32 S., geheftet, vierfarbig, 1986 (79011)

SHIRAZI, Manny: *Die Gasse ohne Namen.* Homas Geschichte. Aus dem Englischen von Heike Brandt. 252 S., Reihe Broschur, 1986 (80665)

Die Tintenmaus malt und schreibt. Farbige Bilder, Schreibseiten und ein Stundenplan. Kleines Hand Buch 12. 32 S., geheftet vierfarbig, 1986 (79012)

Überall und neben dir. Gedichte für Kinder in sieben Abteilungen. Mit Bildern von Künstlern. Hrsg. von Hans-Joachim Gelberg. Jubiläumsbibliothek. 304 S., Pappband, teilweise vierfarbig, 1986 (80056)

WAECHTER, Friedrich Karl: *Fahr'n wir mit der Eisenbahn.* Bilder und Spiele für Haus und Straße. Kleines Hand Buch 8. 32 S., geheftet, vierfarbig, 1986 (79008)

WICKERT, Utta: *Im Jahr der Schlange.* Tizars Geschichte. Berichte und Erfahrungen. (Taschenbuchausgabe des 1977 erschienenen Werks.) Gullivers Buch 6. 120 S., broschiert, 1986 (78006)

ZITELMANN, Arnulf: *Bis zum 13. Mond.* Eine Geschichte aus der Eiszeit. Mit einem Nachwort des Autors. 224 S., Pappband mit Lesebändchen, 1986 (80159)

DIE RECHTE DES KINDES

GRUNDSATZ 1
Das Kind erfreut sich aller in dieser Erklärung enthaltenen Rechte. Ohne jede Ausnahme und ohne Unterscheidung oder Benachteiligung durch Rasse, Hautfarbe, Geschlecht, Sprache, Religion, politische oder sonstige Überzeugung, nationale oder soziale Herkunft, Eigentum, Geburt oder sonstige Umstände, sowohl hinsichtlich seiner selbst wie seiner Familie, hat das Kind auf diese Rechte Anspruch.

GRUNDSATZ 2
Das Kind genießt besonderen Schutz; ihm werden Gelegenheiten und Erleichterungen durch Gesetz und auf andere Weise gegeben, sich gesund und natürlich in Freiheit und Würde körperlich, geistig, moralisch, seelisch und sozial zu entwickeln. Das Beste des Kindes ist für diese Gesetzgebung bestimmend.

GRUNDSATZ 3
Das Kind hat Anspruch auf einen Namen und eine Staatsangehörigkeit von Geburt an.

GRUNDSATZ 4
Das Kind erfreut sich der Wohltaten der sozialen Sicherheit. Es ist berechtigt, in Gesundheit heranzuwachsen und zu reifen; deshalb werden ihm und seiner Mutter besondere Fürsorge und Schutz gewährt, einschließlich angemessener Pflege vor und nach der Geburt. Das Kind hat das Recht auf ausreichende Ernährung, Wohnung, Erholung und ärztliche Betreuung.

GRUNDSATZ 5
Das Kind, das körperlich, geistig oder sozial behindert ist, erhält diejenige besondere Behandlung, Erziehung und Fürsorge, die sein Zustand und seine Lage erfordern.

GRUNDSATZ 6
Das Kind bedarf zur vollen und harmonischen Entwicklung seiner Person der Liebe und des Verständnisses. Es wächst, soweit irgend möglich, in der Obhut und der Verantwortung seiner Eltern, immer aber in einer Umgebung der Zuneigung und moralischer und materieller Sicherheit auf; in zartem Alter wird das Kind nicht von seiner Mutter getrennt, außer durch ungewöhnliche Umstände. Gesellschaft und öffentliche Stellen haben die Pflicht, alleinstehenden und mittellosen Kindern verstärkte Fürsorge angedeihen zu lassen. Staatliche und anderweitige finanzielle Unterstützung kinderreicher Familien ist wünschenswert.

GRUNDSATZ 7
Das Kind hat Anspruch auf unentgeltlichen Pflichtunterricht, wenigstens in der Volksschule. Ihm wird eine Erziehung zuteil, die seine allgemeine Bildung fördert und es auf der Grundlage gleicher Möglichkeiten in den Stand setzt, seine Anlagen, seine Urteilskraft, sein Verständnis für moralische und

soziale Verantwortung zu entwickeln und zu einem nützlichen Glied der menschlichen Gemeinschaft zu werden.
Das Beste des Kindes ist der Leitgedanke für alle, die für seine Erziehung und Führung Verantwortung tragen; diese liegt zu allererst bei den Eltern.
Das Kind hat volle Gelegenheit zu Spiel und Erholung, die den gleichen Erziehungszielen dienen sollen; Gesellschaft und Behörden fördern die Durchsetzung dieses Rechtes.

GRUNDSATZ 8
Das Kind ist in allen Notlagen bei den ersten, die Schutz und Hilfe erhalten.

GRUNDSATZ 9
Das Kind wird vor Vernachlässigung, Grausamkeit und Ausnutzung jeder Art geschützt. Es ist in keinem Fall Gegenstand eines Handels. Das Kind wird erst nach Erreichung eines geeigneten Mindestalters zur Arbeit zugelassen; nie wird es gezwungen oder wird ihm erlaubt, einen Beruf oder eine Tätigkeit auszuüben, die seiner Gesundheit oder Erziehung schaden oder seine körperliche, geistige oder moralische Entwicklung hemmen.

GRUNDSATZ 10
Das Kind wird vor Handlungen bewahrt, die rassische, religiöse oder andere Herabsetzung fördern. Es wird erzogen in einem Geist des Verstehens, der Duldsamkeit, der Freundschaft zwischen den Völkern, des Friedens, weltumspannender Brüderlichkeit und in der Vorstellung, daß seine Kraft und Fähigkeiten dem Dienst an seinen Mitmenschen zu widmen sind.

Diese Deklaration wurde am 20. November 1959 durch die UN-Vollversammlung einstimmig bestätigt.

Grandville, Gulliver lernt die Sprache der Riesen

Hinweis:

Beiträge ohne Quellenangabe sind Originalbeiträge; diese können ohne weiteres im Pressebereich (mit Hinweis auf das Programm Beltz & Gelberg) nachgedruckt werden.
Einige Beiträge sind nicht gekennzeichnet, was hiermit nachgeholt wird:
Seite 3, Zeichnung von Anne Bous (aus »Gorilla, ärgere dich nicht«, Lachkabinett in Versen von Josef Guggenmos, Weinheim 1971);
Seite 4, Mausezeichnung von Erwin Moser (Originalbeitrag);
Vignette von Franz Graf Pocci (ebenso auf S. 1, 4 und die Figuren auf Seite 63, 180).

Fotos (Seite 49, 51, 53) stellte Christine Nöstlinger zur Verfügung;
Fotos (Seite 10, 13, 38, 47, 55, 61, 91, 92, 96, 103, 107, 118, 123, 127, 132) von Alexa Gelberg.

Rätsellösung: Seite 1 Der Mann im Mond; Seite 4 Die Frau im Mond;
Seite 156, gesucht wird das **O**

Programm-Mitarbeit:
Anette Etzel (Sekretariat)
Hans-Joachim Gelberg
Susanne Härtel (Außenlektorat)
Bettina v. Hornhardt
Peter Hühner (Herstellung)
Bärbel Klockenbusch
Cornelia Krutz-Arnold (Außenlektorat)
Markus Weber (Lizenzen)

Programm Beltz & Gelberg
Beltz Verlag, 6940 Weinheim
Postfach 11 20

Der Löwe gähnte. Ich mußte lachen.
Seine Augen waren ganz klein.
»Wir könnten morgen früh weitermachen«,
sagte er, und dann schlief er ein.

Frantz Wittkamp